KB274804
KB274804

대성.
臺城

강 위에 비 흩뿌리고 강가의 풀은 가지런한데
육조의 영화는 꿈과 같고 새만 부질없이 울고 있다
무정한 것은 궁성에 늘어진 버드나무이건만
변함없이 연기처럼 십리 제방을 감싸고 있다

江雨霏霏江草齊
六朝如夢鳥空啼
無情最是臺城柳
依舊煙籠十里堤

숲을, 프라이드에 가다

소림, 프라이드에 가다 5

강백, 서하 퓨전 신무협 소설

초판 1쇄 찍은 날 § 2006년 6월 21일
초판 1쇄 펴낸 날 § 2006년 6월 30일

지은이 § 강백, 서하
펴낸이 § 서경석

편집장 § 문혜영
편집책임 § 심재영
편집 § 최하나 · 문정흠

펴낸곳 § 도서출판 청어람
등록번호 § 제1081-1-89호
등록일자 § 1999. 5. 31
어람번호 § 제2-0942호

주소 § 경기도 부천시 원미구 심곡1동 350-1 남성B/D 3F (우) 420-011
전화 § 032-656-4452 팩스 § 032-656-4453
http://www.chungeoram.com
E-mail § eoram99@chollian.net

ISBN 89-251-0182-3 04810
ISBN 89-5831-943-7 (세트)

소림, 프라이드에 가다
⑤ 완결
Fusion Fantastic Story
강백&서하 공저 퓨전 신무협 소설
도서출판 청어람

목차

제1장
복수는 나의 것

복수는 나의 것

사내는 정중한 몸짓으로 미소를 지으며 방 안으로 들어왔다.

8척 장신에 떡 벌어진 어깨를 보니 젊었을 때 한가락 했을 것 같다는 생각이 들었다. 나이는 중광보다 많은 듯했고, 살이 많이 오른 얼굴 때문에 더욱 곰처럼 커 보였다.

그가 유중광을 지긋한 눈매로 바라보았다.

중광은 가벼운 목례로 인사를 나눴다.

중간에 서 있던 시카고 보스 장천규가 두 사람을 서로 소개했다

"시발, 이쪽은 유중광이라고 합니다. 일본에서 프라이드 프로덕션 사업을 하고 있습니다."

장천규는 말을 할 때마다 욕을 붙였다. 악의는 없어 보였다. 거칠게 살아오면서 몸에 밴 언어 습관인 모양이었다.

"안녕하십니까. 유중광이라 합니다."

중광이 먼저 인사를 했다.

그가 중광을 관심이 있는 듯이 쳐다보았다.

"시발, 그리고 이분은……."

중광과 마주 보고 있는 상대의 소개할 차례였다. 한데 사내는 인사치레가 쑥스럽고 거추장스럽다는 듯이 먼저 입을 열었다.

"아, 나 뉴욕의 황풍이요."

흔쾌히 손을 내미는 황풍. 뉴욕 한인 조직의 보스로, 한인 갱단에서 가장 오래된 연륜을 자랑하는 이였다.

유중광은 겸손의 표정으로 손을 맞잡으면서도 시선만은 황풍의 눈을 피하지 않았다.

황풍 역시 그런 중광을 응시했다.

준비되어 있던 차가 나오자 황풍은 녹차 한 모금을 입 안 가득 적시고는 아주 흐뭇한 표정을 지었다.

"장 사장, 다른 사람들은 아직 도착을 안 했나 보오?"

"니기미, 이곳이 워낙 멀어서 그런지 도착이 늦어지는군요."

"다들 오겠지?"

"시발, 글쎄요. LA 천만석 보스는 참석이 확실한데, 샌프란시스코는 아무래도……."

장천규는 말을 잇지 못했다.

"샌프란시스코가 왜?"

장천규보다 여러모로 연배가 앞서는 황풍은 약간의 하대투를 썼다.

"아니, 아무튼 기다려 보지요. 참석 여부를 좀 더 두고 보고 말씀을 올리지요, 시발."

중광은 그들의 대화를 묵묵히 듣고 있었다.

"한데 유중광 사장은 일본에 계시다고요?"

황풍이 중광에게 관심을 나타냈다.

장천규가 끼어들어 그동안 있었던 얘기들을 간략하게 정리해서 들려주었다. 납치 사건과 강산의 습격 소식.

"이런 괘씸한 자식들! 백 사장, 욕보셨소이다."

황풍은 다혈질인 성격답게 몇 마디의 말만 가지고도 쉽게 흥분하였다.

"요즘 들어 마니교 놈들이 골칫거리야. 이젠 아무나 붙잡고 테러를 하니, 이건 완전히 선전포고야. 거지 자식들!"

흥분한 황풍의 목소리가 커지면서 얼굴이 붉어졌다.

"그 시발 놈들의 요즘 행동이 여간 수상한 게 아니죠. 뭔가 믿는 구석이 생겼는지 공공연하게 사건을 저지르고 있네요."

욕쟁이 장천규는 황풍보다는 침착하려 애쓰고 있었다.

"장 사장, 생각이고 뭐고 할 것 있나. 이번 기회에 아주 싹 쓸어버리자구. 한국 사람 소리만 들어도 숨어버리게!"

"하하하! 황 사장님 말씀만 들어도 속이 다 시원하군요, 시발."

"나는 그놈들이 처음 미국에 모습을 드러냈을 때 먹고살려고 온 거지들인 줄 알고 그냥 뒀던 거지. 이렇게 귀찮게 할 줄 알았으면 처음에 싹을 잘라놓는 건데. 에잉."

황풍은 성가신 얼굴을 하고 화가 난 기색을 드러냈다.

분에 겨운 그가 탁자를 한 번 손으로 내려치더니 담배를 꺼내 물었다.

뉴욕 보스 황풍은 한번 화가 나면 물불을 안 가릴 맹장(猛將)이었다.

방 안에는 그 두 보스의 수하들로 가득했다. 검은 정장을 입은 떡 벌어진 어깨들로 방 안이 침침하게 느껴질 정도였다.

"시발, 이거 어둡군. 니들, 나가 있어라."

장천규가 먼저 그의 수하들에게 손짓을 하자 황풍도 손짓을 하였다.

"부르실 때까지 나가 있겠습니다."

부하들이 자리를 비켰다.

검은 옷을 입고 있던 시카고와 뉴욕의 조직원들이 나가자 금세 방 안은 갑자기 불 하나를 더 켠 것처럼 밝아졌다.

"장 사장, 술이나 한잔 내오시오. 이거, 이대론 화가 풀리지 않는구려."

황풍이 언짢은 기분을 삭이려 술을 주문했다. 기다림이 무료하게 느껴진 탓이다.

"그러시죠. 닝기리."

잠시 후 안주와 함께 얼음과 양주가 테이블에 놓였다.

하지만 황풍은 얼음을 외면하고 글라스에 술만 가득 담아 들이키기 시작했다. 연거푸 술잔을 비웠지만 얼굴 하나 변하지 않았다. 과연 덩치에 맞는 주량이었다.

황풍은 술을 마시면서도 안주엔 손도 대지 않았다.

"내 이놈 자식들을 갈아서 안주로 마셔 버릴 테야."

그가 다시 술잔을 입에 털어넣을 때였다.

"도착하셨습니다."

밖에서 영접을 담당하는 장천규의 부하가 문을 열고 들어왔다.

"어디야? 샌프란시스코야, LA야?"

"LA 천만석 보스입니다."

"천 사장… 시발, 안으로 모셔라."

장천규가 황풍에게 양해를 구하고 부하를 따라 문을 나섰다.

황풍이 혼잣말을 흘렸다.

"역시 샌프란시스코에선 안 오려나."

'샌프란시스코!'

중광이 속으로 되뇌었다.

황풍은 강산을 말하고 있었다.

장천규가 자그마하면서도 당당한 체구를 가진 사내와 함께 들어왔다.

LA 보스 천만석. 미국 내에서도 가장 많은 한인이 살고 있는 곳이기에 그의 조직원 또한 풍부했다.

천만석이 부하들을 이끌고 들어오며 방 안을 둘러보았다.

다른 보스의 부하들이 없는 걸 확인하자 손짓으로 부하들을 내보냈다.

"천 사장, 오랜만이군."

"황 선배님, 건강하시지요?"

각 조직 간의 보스들의 서열은 없었으나 연륜이 앞서는 황풍을 천만석은 깍듯하게 모셨다.

"이거 천 사장까지 오니 천군만마를 얻은 듯해서 기분이 좋구먼. 껄껄."

"황 사장님이 계시니 저도 든든하네요."

"이제 다 늙어 무덤 자리나 찾는 사람이 무슨 힘이 있다고. 요즘은 비만 오면 삭신이 다 쑤신다네."

황풍이 너스레를 떨었다.

"이거 비만 오면 찾아뵙고 주물러 드려야겠습니다."

"나는 남자는 싫네. 참한 아가씨라면 모를까."

"하하하하, 건강은 여전하신가 봅니다."

“그래도 아직까진 수놈이라네.”

중늙은이 황풍의 수놈 타령으로 자리가 잠시 밝아졌다.

하지만 그도 잠시, 모두 침묵 속으로 빠져들었다.

서로의 회동을 두 눈으로 확인하는 순간, 사태의 심각성을 다시 인식하게 된 데서 오는 무거운 긴장감이었다.

좌정한 이들의 분위기를 파악한 장천규가 본론을 꺼냈다.

“우리 모두에게 위급한 사태가 벌어질지도 모른다는 우려 때문에 여러 보스님들을 직접 만나 상의하고 싶었습니다.”

“이번 사태가 그렇게 우려할 만한 일입니까?”

다른 사람보다 늦게 도착한 천만석이 되물었다.

“그러니까 우리가 다 모였겠지요. 어디 우리가 다 같이 모이는 게 흔한 일이었나요.”

“하긴, 십 년 전 마피아 연합과의 전쟁 때 말고는 없었지요.”

“그럼 지금 사태가 마피아 연합과의 전쟁 때와 맞먹는 사태란 말씀입니까?”

황풍의 말이 믿기지 않는다는 듯이 천만석이 물었다.

“그 이상일지도 모르오. 이번엔 정신병자 같은 놈들이오.”

“정신병자라고요?”

“마니교 광신도요.”

“사이비 종교인들이란 소리군요. 이거 골치 아픈데요.”

종교로 뭉친 집단은 여느 갱단하고 다르다. 그 집요함과 광기가 사람의 상식을 뛰어넘는 잔혹함을 가지고 있었다.

천만석이 난감한 표정을 지었다.

중광 역시 자리에서 피하고 싶었다.

암흑가 보스들의 회동은 흔한 일이 아니라 궁금하기도 했지만 그들의 일에 개입하고 싶지는 않았다.

UFC 위원회와의 회의가 결렬되어 다시 성사시키려고 손을 쓰다가 알게 된 이가 바로 시카고 보스 장천규였다. 이때까지도 중광은 한인 보스들이 이종격투기 사업권에 대한 관심으로 접근하는 줄만 알고 있었던 것이다.

그의 그런 의중을 알았는지 장천규가 중광에게 먼저 말했다.

"유중광 사장, 이번 일은 우리 갱단만의 일이 아닐 거 같소이다. 현실적으로 벌어지고 있는 일이니까. 따라서 유 사장도 같이 있었으면 좋겠구려, 시발."

"유 사장, 그렇게 해요. 어쩜, 우리 미국 이민 역사상 최고의 위기 사태일지 모르니."

황풍의 말에 중광보다 더 놀라는 것은 LA 보스 천만석이었다.

"이민 역사상 최고의 위기라고요?"

"그렇소. 이번 일은 그저 암흑가의 세력 다툼으로 끝날 것 같지가 않소."

"도대체 무슨 일이요?"

"자세한 얘기는 샌프란시스코 강산 보스가 오면 얘길 하려 했는데."

'이거 낭패군. 괜한 자리에 참석했어.'

그들의 대화를 들으며 중광은 점점 원치 않는 일에 꼬여드는 것 같은 불길한 생각이 들었다.

장천규는 여전히 강산을 기다리고 있었다.

"샌프란시스코 강 사장이 요즘 은퇴를 생각하시나 봐요."

LA 천만석이 짚이는 게 있다는 듯이 말했다.

"잘은 모르겠는데, 조직 생활에 염증을 느꼈는지 자리를 물러났다는 얘기입니다."

천만석의 말에 문득 장천규는 걱정스러운 얼굴을 지었다.

"이런 시기에는 강산 보스 같은 사람이 꼭 필요한데 낭패군요."

황풍의 질문이 급하게 이어 나왔다.

"그래 그 뒤는 누가 물려받았다고 하오?"

"그의 오른팔이었던 박진기라는 자인데, 강산 보스보다 아직 영향력이 부족해서 어려움이 있는 모양입니다."

역시 샌프란시스코에 대한 정보는 지역적으로 옆에 있는 LA 천만석이 빨랐다.

"허허, 그쪽도 고민이 있겠구먼. 그럼 신흥 보스 박 사장이라도 이곳으로 올 것 같소이까?"

"그게 곤란할지도 모릅니다. 모두가 샌프란시스코를 떠났다고 하는 소문이 돌고 있습니다."

"뭐, 뭣! 자기 영역을 떠났단 말이오? 그럼 지금 샌프란시스코는 텅 비어 있는 지경이란 말이오?!"

"그런 모양입니다."

"어떻게 그런 일이……. 이거 빨리 대책을 세워야겠구먼."

"조금만 더 기다려 봅시다, 닝기리."

장천규가 일행의 흥분을 가라앉혔다. 일단 샌프란시스코 쪽에도 전갈을 했으니 곧 답이 올 것이다.

'샌프란시스코 강산.'

중광은 잠시 말없이 고개를 들었다가 깊은 숨을 내쉬었다. 그는 지금 어디 있단 말인가. 달수의 장례식 이후 그를 본 사람은 아무도 없었다.

얼마의 시간이 흐른 후 영접을 맡은 사내가 또 들어왔다.

"샌프란시스코에선 참석하기 어렵다는 연락입니다."

"시발! 아쉽군."

"역시 쉽지가 않은 모양이오."

갱단 연합 회의가 시작되고 한 시간가량 지나가고 있었다.

중광은 묵묵히 있었지만 지금 이들이 말하는 내용이 사실이라면 놀라운 일이었다.

미국 암흑가를 지배하던 마피아가 세력이 커지면서 미국 사법권에 노출됐다. 그 바람에 마피아 조직이 몰락하게 되자, 그 틈을 마니교가 장악하려 하고 있다는 것이다.

"마니교도는 이권을 위해서라면 물불을 안 가리는, 잔혹하기 이를 데 없더군. 아주 개망나니들이야."

황풍도 마니교도의 잔혹함은 익히 알고 있었다. 그런 놈들을 상대해야 한다는 게 여간 귀찮고 곤혹스럽지가 않았다.

"시발, 문제는 그들 세력은 미국 전 지역에 퍼져 있어서 각각 산발적으로 문제를 일으키고 있지만 중앙의 통제에 따라 움직이는 게 분명합니다."

장천규는 욕을 나불거리는 것만 빼고 평상심을 잃지 않으려 애썼다.

"장 사장, 지금 하나의 통일된 세력이라고 했소? 그럼 놈들이 그만큼 거대하단 말이오?"

천만석은 의외라는 듯 혀를 내둘렀다. 물론 마니교도가 자신들의 구역인 LA에도 출몰하는 걸 알고는 있었지만, 미국 전 지역에 동시 다발적으로 침투해 있다는 것은 짐작도 못했던 일이다.

"마피아가 무너지고 나자 그 패권을 다툴 일을 앞두고 놈들이 우리 한인 사회를 찍은 모양입니다. 그래서 우리 같은 한인 갱단이 첫 번째 목표가 되었단 정보입니다, 니미럴."

"흠, 괘씸한 놈들! 우리 모두가 무너져 버리게 되면 그 다음 한국인들을 상대로 모든 상권을 장악하는 건 불을 보듯이 뻔하겠군.”

황풍은 여태까지와 다르게 덤덤한 어투로 말했다. 하지만 그 덤덤함 속엔 치밀어오르는 화를 한껏 품고 있었다.

“장 사장, 놈들이 그만 한 조직을 이끌려면 자금도 만만치 않을 텐데, 대체 그걸 어떻게 공급하고 있단 말이오?”

“그 시발 놈들이 미국 전역의 마약 루트를 장악하려 하고 있습니다.”

“미국 전역의 마약 루트를? 아니, 그건 마피아의 고유 영역이잖소. 제아무리 마피아가 와해되어 간다 해도 그 부분을 양보할 리가 없잖소.”

“저도 그게 의문입니다. 마니교의 세력이 강해지고 마피아가 약해졌다 해도, 아직까지는 마피아 조직에는 못 미치는 마니교 놈들이 마약 루트를 공공연히 노리고 있는 게 심상치 않습니다.”

“마니교 놈들에게 마역을 공급하려는 곳은 어디요? 분명 마피아와 거래하는 공급원을 노리진 못할 것이고, 공급자도 마피아 무서운 건 알고 있을 테니 말이오.”

“태국 쪽인 거 같습니다. 퇴진한 마약왕 쿤사의 사촌동생인 쿤마 새끼가 마니교도들과 손을 잡은 것 같습니다.”

쿤마(軍馬)? 쿤마라면 황약 노사님을 통해 들은 적이 있었다. 예전에 오츠카와 유우코를 납치해 가서 그들을 구출하려고 무혁이 죽음의 혈전을 벌였다던 녀석이다.

‘녀석은 데드 게임을 즐긴다던데. 혹시 마인들의 데드매치에도 관련이 있을까?

유중광은 뭔가 자신과 연관이 있는 일이 벌어질 듯해서 귀가 솔깃해졌다.

"쿤마 쪽이라면 그럴 수도 있겠지. 녀석이 이끄는 붉은 10월단이 독립국을 선포할 정도니까. 마피아에 대적할 만한 세력이라 할 수도 있겠군."

그들의 대화를 말없이 듣고 있던 중광은 얼굴을 찌푸렸다. 이종격투기가 마인들과의 관계를 넘어 그 배후에 폭력단을 끼고 있다면 골치가 아플 게 뻔했다.

"그렇다면 마니교도가 우리 한인을 노리는 이유가 뭐요?"

황풍과 천만석의 질문은 계속되고 있었다.

"그건 우리 한국 교포들이 미국 내 차지하는 비중 때문인 거 같습니다. 사실 우리 한인들은 이제 미국 내에서 자리를 잡고 다양한 분야로 새로이 진출하고 있지 않습니까. 그들이 노리는 건 바로 우리 한인들의 미국 내 영향력을 이용해 자기들 조직을 강화하려는 듯이 보입니다, 호로 새끼들."

"그게 사실이라면 놈들이 제일 먼저 노리는 것은 무엇이겠소?"

장천규가 신중한 어조로 대답을 했다.

"제 생각에는 먼저 우리 같은 한인 갱 조직을 제압해 한인 사회를 장악한 뒤에 한인들을 내세워 이종격투기 사업체를 인수하고는 데드매치를 합법적인 사업으로 위장하려는 듯합니다."

"아니, 이종격투기 사업을 인수해서 뭘 하겠다는 거요?"

"도박을 조장하고, 거기에서 마약을 공급하는 사업을 병행할 모양인 듯합니다."

'이거 점점 꼬여가는군.'

알면 알수록 중광은 골치가 아팠다. 그렇다면 결국 이에나스 놈이 자신을 노리는 것도 그 이유였던 것이다.

"하지만 그들이 우리 한인 조직과 마피아를 상대로 세력 싸움을 벌이겠다는 선전포고인데, 그럴 힘이 놈들에게 있소? 아무리 쿤마 같은 마약 비호 세력이 있다 해도 여긴 미국이 아니오.”

“그게 저도 의문입니다. 쿤마는 아직 태국에 있고, 붉은 10월단도 움직임이 없는데 마니교 놈들은 움직이기 시작했으니까요.”

“움직이기 시작했다고?”

“미국 전역에 산발적으로 나타나고 있지만, 모든 걸 종합해 보면 의도적으로 자신들을 드러내지 않고 우리를 약화시키려는 듯이 보입니다.”

“이런 쥐새끼 같은 놈들! 이익!”

쾅!!

그때까지 화를 참고 듣고만 있던 황풍이 갑자기 다시 탁자를 내려치며 분기를 내뿜었다.

“아주 이번 기회에 싹 쓸어버리자구. 우리가 어떤 사람들인지 보여 줘야겠어. 나도 미국에 와서 고생할 대로 한 놈이야.”

황풍이 나이를 잊고 씩씩거렸다.

“그렇다고 아직 그들의 배후 세력이 밝혀지지도 않았는데 섣불리 행동하기에도 난처한 입장입니다. 괜히 선제공격을 했다가 오히려 낭패에 빠질 수도 있습니다, 지미럴.”

“배후 세력은 무슨 배후 세력! 배후 세력이라는 게 밝혀진다고 우리의 입장이 달라지는 것이라도 있을 것 같소? 먼저 칩시다!”

황풍이 사방으로 침을 튀겼다. 황풍은 몹시 흥분하여 줄만 놓으면 적을 향해 달려들 불독 같아 보였다.

“자칫하면 우리 모두 한순간에 위태로워질지 모르지 않습니까.”

천만석이 좀 더 신중하자는 의미로 말했다.

“그렇지요. 좀 더 치밀하고 조심스러워야 합니다. 하지만 최소한의 희생들은 각오하셔야 될 겁니다."

"끄응……. 치면 치는 거지 신중은 무슨."

황풍이 못마땅하단 듯이 혼잣말을 흘렸다. 하지만 그도 사태의 심각성을 알기에 더는 말하지 않았다.

장천규의 말에 모두들 침묵 속에서 빠졌다.

잠시 후 다시 황풍이 긴 침묵을 깼다.

"샌프란시스코의 강산 보스는 이후 어찌 지내는지 아시오?"

"그게 알려진 바가 없습니다."

"이럴 때 강산 같은 사람이 있으면 힘이 될 텐데. 끄응."

생각할수록 강산의 부재는 그들에게 아쉬움으로 남았다.

한데 보스들을 놀라게 한 것은 뒤이어진 장천규의 말이었다.

"문제는 강산 보스가 없는 샌프란시스코를 놈들이 자신들의 본부로 삼으려고 한다는 것입니다, 시발."

"뭐, 뭐라고!! 지금 뭐라고 했소, 장 사장?"

LA 보스 천만석이 믿기 어렵다는 얼굴을 하고 되물었다. 뭔가 잘못 들은 게 아닌가 싶었던 것이다.

"알아낸 바에 의하면 사실이오, 천 사장. 강산 보스가 없으니 마니교 놈들의 무혈입성이 가능해진 것이지요."

"샌프란시스코가 접수되면 근접한 우리 LA도 곧 피바다가 되겠군!"

"그래서 보스 회의를 소집한 거 아니겠소."

"끄응. 제기랄, 어제 용꿈을 꿔서 로또나 사려고 했더니 용궁 가게 생겼네, 쓰발."

이번엔 천만석마저 육두문자를 내뱉었다.

천만석의 우려를 끝으로 침묵이 길게 이어졌다.

시카고 보스 장천규가 중광의 눈치를 보며 침묵을 깼다.

"유 사장, 샌프란시스코 조직을 임시로 맡아주시오."

"그게 무슨 말입니까?"

웬일로 욕도 없이 말하는 예기치 못한 장천규의 주문에 유중광이 당황했다.

"유중광 사장, 이야기는 들었소. 유 사장이 일본 야마구찌구미와 쌍벽을 이뤘다고. 더구나 강산 보스의 오랜 친구 아니오."

그 말에 미국 내 갱단 보스들은 적지 않게 놀라고 있었다.

유중광이 그냥 사업가인 줄 알았지, 그가 강산 보스의 막역한 친구란 것과 일본 내 공고구미의 보스란 사실은 전혀 눈치 채지 못하고 있었던 것이다.

"아니, 유 사장이 야마구찌구미의 호적수인 공고구미의 보스였단 말이오?!"

황풍이 반색을 드러냈다.

제길, 이거였던가. 중광에게 보스 회의에 참석해 달라는 이유가.

그의 느닷없는 제의를 중광은 거부하고 싶었다.

"예전 일이지요."

하지만 시카고 보스 장천규는 집요했다. 아니, 집요하다기보다 절박했다.

말 그대로 샌프란시스코가 무너지면 인접해 있는 LA 쪽도 위험해질 것은 불을 보듯 뻔한 것. 미국 내에서 한인 교포들이 가장 많은 곳이 그 두 곳 아닌가.

"물론 유 사장에게 어려운 부탁인 줄은 아오. 알면서도 이렇게 말하는 마음을 헤아려 주시게. 지금 한인 조직은 긴박한 위기에 휩싸이고 있단 말이오."

장천규가 사심없는 마음으로 말하고 있음을 중광은 알고 있었다. 하지만 그럴수록 부담 또한 커졌다.

"이보시오, 유 사장. 아무래도 강산 보스가 돌아오기엔 꽤 오랜 시간이 걸릴 것 같소. 그러기엔 지금 사태가 너무 긴박하게 돌아가고 있소이다. 이건 일개 한인 갱단의 문제가 아니라 전 한인 사회의 위기란 말이오."

천만석이 거들고 나섰다. 그 뒤를 이어 황풍이 말을 이었다.

"맞는 말이오. 나도 남한테 부탁하고 사는 성미가 아니오. 하지만 우리는 그들을 응징하려는 목적이 아니라 미국 이민 역사상 최고의 위기에 부딪쳐 있는 상황에서 우리 것, 우리 한국인들을 지키려는 것뿐이요. 이곳까지 와서 또다시 우리의 터전을 잃어버릴 수 없지 않겠소."

여태 분기를 참지 못해 격앙돼 있던 황풍이 의연한 목소리로 말하자 방 안은 장중한 분위기로 변했다.

"저는 못 들은 걸로 하겠습니다. 더구나 샌프란시스코 조직은 모두 떠났습니다. 그렇다고 제가 일본에서 부하들은 공수해 올 수도 없는 입장 아닙니까. 만약 그랬다간 더욱 큰 화를 자초하게 됩니다."

일본 조직폭력배 미국으로 수출, 한인 조직 일본 야쿠자와 연계라는 소문이 돌면 여론만 악화될 뿐이란 얘기였다.

중광은 자리를 박차고 일어났다.

"허어, 이것참."

보스들의 얼굴에 난감함이 번졌다.

중광의 말도 일리가 있었다.

그렇다고 미국 내 한인 조직에서 인원을 급조해 차출한다는 것도 조직력에 문제가 생길 것이었다.

"큰일이군. 강산 보스가 없는 틈을 타서 이번에 완전히 샌프란시스코를 마니교 놈들이 장악해 버리면 우리 한인들은 어떡하누. 끌끌."

뉴욕 보스 황풍의 얼굴에 근심이 서렸다.

“그러게 말입니다. 정보에 의하면, 강산 보스를 습격했던 나마유성이란 놈을 주축으로 각 지역의 마니교도들이 샌프란시스코에 모여들어 대대적인 단합이 벌어질 모양이더군요.”

“샌프란시스코를 기점으로 본격적으로 아성을 드러낼 속셈이지요, 개눔들.”

시카고 보스 장천규가 덩달아 우려를 나타냈다.

마니교도들은 이번 발족식을 시작으로 미국 전 지역에서 마니교 갱단이 행동을 시작할 게 뻔했기 때문이다.

‘나마유성!’

중광은 그 소리에 귀가 뜨였다.

마침내 이제껏 한인 갱단 보스들의 회동에 회의적이었던 중광의 눈빛이 번뜩였다.

“그 말이 사실입니까! 나마유성이 나타난다는 말이!”

중광의 돌변한 관심에 장천규가 의외란 표정을 지었다.

“그렇소. 놈이 바로 마니교 샌프란시스코 두목에 오른다는 정보가 있소. 한데 놈을 아시오?”

“알지요.”

중광은 이를 으득 갈았다.

“그렇다면 어떻게들 하실 생각이십니까?”

“어떡하기는요. 쳐야지요. 그대로 두면 놈들이 더 극성을 부릴 텐데 초반에 기선을 제압해야지요.”

“방법은 있습니까?”

“방법이 어딨소. 그냥 치는 거지.”

이렇게 무모할 수가!

"소문에 의하면, 일부 정치인들과 FBI(연방경찰)가 놈들과 연류돼 있
단 얘기도 있던데요."

"그래도 어쩌겠소. 그렇다고 그냥 두고 볼 수는 없는 일. 우리에
게 필요한 건 생각이 아니라 행동만이오. 이것저것 따질 시간이 없
소."

장천규가 분기탱천한 목소리로 말했다.

"대체 놈들이 샌프란시스코에 모인다는 날이 언제입니까?"

"조만간일 것 같소. 정확한 날짜는 곧 밝혀질 것이오."

나마유성이 나타난다는데 가리고 자시고 할 것도 없었다. 무조건 출
격이다.

"그렇다면 나도 가겠습니다. 비록 샌프란시스코 한인 갱단을 맡진
못하지만 개인 자격으로 놈들과의 전쟁에 참여하겠습니다."

"하지만 유 사장은 세력이 없지 않소. 혈혈단신으론 무리요."

그랬다. 아무리 한인 갱단 연합이 결성된다고 하지만, 위급할 시엔
서로 손발이 맞는 동료가 있어야지 도움이 되는 법.

중광이 위기에 빠지면 당장 도와줄 측근이 없었다.

"차라리 일본에서 유 사장의 부하들을 데려오면 어떻겠소?"

어림없는 일이다. 이미 유중광과 부하들은 건달 세계에서 손을 씻고
정식 사업가로 거듭나고 있는 중이었다. 지금 부하들은 불러들인다면
스스로 개과천선하자고 했던 약속을 깨는 것이 될 터였다.

더구나 놈들과의 일전을 피할 수 없는 상황. 괜히 한인에 대한 여론
만 나빠질 것이었다.

중광은 설령 자신이 죽더라도 일이 커지는 걸 원치 않았다.

"아직까지는 남의 신세를 질 정도는 아닙니다. 저 혼자 하겠습니
다."

"하지만 무리인 건 사실이오. 그럴 바엔 유 사장은 빠지심이……."

장천규의 말에 중광의 눈이 번뜩였다.

어떻게 나마유성을 두고 자신이 빠진단 말인가.

"나를 못 믿겠단 소리로 들리는군요. 불쾌하오."

중광의 불편한 속내가 드러났다.

중광을 위한 말이었지만 중광에겐 달갑지 않은 말이었던 것.

"오해는 마시오. 우리는 유 사장이 다치는 것은 싫소이다. 나중에 강산 보스를 무슨 면목으로 볼 수 있겠소."

양달수의 죽음 소식과 강산의 행방이 묘연해진 사실을 알고 있는 갱단 보스들이었다.

한데 그의 또 다른 막역한 친구라는 유중광까지 화를 당하게 되면 자신들이 강산의 얼굴을 볼 낯이 없단 소리였다.

"나마유성, 그놈은 꼭 제 손으로 처리해야 할 원한이 있습니다. 그건 강산도 마찬가지일 겁니다. 그러니 강산은 저를 이해할 것입니다."

"두 분의 원한이 깊은 줄을 알겠소만……. 허허, 이거 참, 낭패군."

황풍이 난처한 표정을 지었다.

"친구의 복수에 이유는 없습니다. 그냥 행동할 뿐입니다. 설령 제가 죽더라도 강산이 제 뒤를 이을 것입니다. 우린 같은 추억과 아픔을 앞으로도 같이 나눌 친구니까요."

중광이 완고하게 말했다. 그의 얼굴에 잔뜩 비장함이 묻어 나왔다.

그저 단순한 의리일 뿐이었다.

한데 그 단순함이 주변 사람들을 감복시키고 있었다.

죽을지도 모르는 일에 혈혈단신으로 뛰어든다는 결정이 쉽지 않다는 걸 모두는 알고 있었다.

'이미 이 세상에 없는 친구의 복수를 위해 그런 무모한 짓을…….'

생각은 누구나 하지만, 실제 행동으로 나오긴 쉽지 않은 결정이란 것을 알고 있는 시카고 보스 장천규가 입을 열었다.

"그렇다면 우리가 유 사장의 뒤를 책임져 드려야겠군."

중광의 행동이 무모하긴 했지만 장천규의 마음에 닿은 것이다.

"유 사장, 마음껏 은원을 풀어보시오. 우리가 도와주리다."

"고맙습니다. 하지만 폐는 끼치진 않겠습니다."

"폐는 무슨. 도리어 우리가 유 사장의 도움을 받게 되진 않을까 걱정이오. 하하!"

"좋소, 그럼 장천규 보스가 그리하신다니 결정난 거로 합시다. 모두들 명심하시오. 이 일은 거사 직전까지도 조직원들에게조차 비밀로 해야 하오. 놈들의 정보력이 워낙 뛰어나서 하는 소리요."

이미 마니교 놈들은 정치계와 재계, 공권력에까지 줄이 닿아 있었던 것이다.

놈들이 이렇게 빨리 모습을 드러내는 것도 결국은 뒤를 봐주는 세력들이 있기 때문이었다.

결국 유중광은 한인 갱단 연합회의 일원으로 마니교도와의 혈전에 참여하게 되었다.

"우리 쪽에서 먼저 선제공격을 해도 괜찮을까요?"

"이판사판이오."

"기다리느니 먼저 칩시다."

한인 갱 연합 보스들의 얼굴이 비장하게 돌변했다. 의기투합.

제2장
샌프란시스코여, 내가 왔다!

샌프란시스코 국제 공항.

무혁과 남덕이 비행기 트랩을 내리고 있었다. 무혁은 지팡이를 들고 남덕은 삽자루를 메고.

한데 그 뒤로 삐죽 내미는 얼굴, 바로 나오미였다. 이번만은 결코 무혁을 혼자 보낼 수 없다며 UFC 기획 취재를 한다며 기어이 따라나선 것이었다.

공항 안에 들어서자 천장에 달린 배 밑창같이 생긴 유리창에서 빛이 스며들고 있었다. 자연광을 이용한 실내의 조경이 제법 멋지다.

지팡이가 빛에 반짝였다.

"이야, 정말 끝내준다. 이야호!"

삽자루를 등에 묶어 멘 남덕이 지면을 미끄러져 가는 무빙워크(수평보행기) 위에서 두 주먹을 앞으로 내밀고 슈퍼맨 놀이를 하며 신나 있었다.

지나가는 사람들이 그런 그를 흘깃 쳐다봤다.

빡빡머리 조폭같이 생긴 게 노는 모습은 세 살짜리 애랑 똑같았다.

"형, 우리 지금 그거 아니거든, 빨리 중광 형을 만나야 하거든."

"나도 알거든, 걸어가는 거보단 빠르니까 이거 타고 가는 거거든."

남덕은 아예 한 발을 들어 뒤로 쭈욱 빼냈다.

슝―

급기야 모든 사람들의 눈이 남덕에게 집중됐다.

남덕의 뒤로는 세계 각국의 아이들이 슈퍼맨 놀이를 하며 뒤따르고 있었던 것이다.

"이야호, 신난다. 한 번 더 타자."

"형, 우리 먼저 수속 밟고 있을게."

"그래, 알았어. 히히히."

막 입국 소속을 마쳤을 때였다.

"무혁아."

공항의 소란을 뚫고 멀찍이서 유중광의 목소리가 들렸다. 북적거리는 인파 사이로 서 있는 사내.

무혁은 부쩍 야위어 있는 중광을 보고 적지 않게 놀랐다.

"형님…… 무슨 일 있었어요?"

"일은 무슨. 나오미 양도 오느라 고생했어요."

중광은 무혁의 말을 흘리며 다른 말을 했다. 그간 미국에서 있었던 일은 따로 말하고 싶지 않았던 것이다.

"그런데 웬 지팡이냐? 무척 오래되어 보이는데."

용 두 마리가 양각되어 있는 금속 지팡이가 유중광의 눈에 띄지 않을 리가 없었다.

“보물.”

“골동품 가게에서 하나 구입했나 보구나. 네가 이제야 엔터테인먼트에 드디어 눈을 뜨는구나. 스타가 되려면 상징물 하나쯤은 지니는 것도 괜찮지.”

“멋져 보여?”

“응. 근데 아직은 제대로 때가 안 닦인 모양이다.”

보통 골동품이라면 왁스를 발라 빛이 번쩍거린다고 생각했던 것이다.

“흐흐, 그래도 많이 나아진 거유. 처음엔 얼마나 꾀죄죄했는데. 한데 아무리 닦아도 때가 안 빠지는 편이라 이 모양이라우.”

사실이었다. 아무리 때를 빼내려 해도 지팡이에 밴 세월의 이끼는 쉽게 사라지지 않았다.

오히려 중광은 그게 더 맘에 드는 모양이었다. 자연스레 퇴색된 세월 그대로의 고풍스런 멋이 맘에 든 탓이다.

“아주 멋진걸. 어디서 구했니?”

“한국.”

“저번에 한국 다녀오겠다더니 그때 구한 모양이구나.”

“응.”

“어디 만져 보자.”

중광이 호기심에 이끌려 스스럼없이 지팡이에 손을 내밀었다.

“안, 안 돼…….”

“안 된다니? 허허, 자식, 한번 만져만 보자.”

무혁이 장난을 치고 있다고 생각한 중광이 이번엔 좀 더 적극적으로 손을 내밀었다.

“함부로 만지면 안 돼.”

“무슨 말이야?”

“모, 모르겠어. 팔공 사부님이 다른 사람에게 함부로 말하지 말라고 그랬어.”

“팔공 대사님이?”

이제껏 무혁이 장난치고 있다 여겼던 중광은 무혁이 팔공 대사를 운운하자 의아한 생각이 들었다.

“뭔가 내력이 있는 물건이란 얘긴가?”

“그런 모양이야.”

“허허, 호기심만 더 생기게 만드네.”

중광은 아쉽긴 했지만 호기심을 따위 때문에 가볍게 행동할 사람이 아니었다. 털털 웃는 것으로 아쉬움을 대신했다.

“일단 내 숙소로 가자.”

무혁과 나오미가 짐을 챙겨 자리를 뜨려 할 때였다.

나오미가 서성거렸다.

“남덕 아저씨가 안 보여요.”

무빙워크를 돌아보고 나오미가 걱정스럽게 말했다.

아까 전까지만 해도 슈퍼맨 흉내를 끝내고 이번엔 헐크 흉내라면서 두 주먹에 힘을 불끈 주고 입을 쫙 찢어 얼굴 근육에 잔뜩 힘을 준 채 무빙워크에서 놀던 남덕이 사라지고 안 보였다.

“아니, 이 형이 대체 어디 간 거야?”

가뜩이나 후속 비행기들이 도착하면서 공항이 더욱 번잡해져 있었다.

“남덕 아저씨는 영어도 모르는데 큰일이네.”

나오미가 발을 동동 굴렀다.

마침 부모 손을 잡고 공항을 빠져나가려 출입문에 다가가는 꼬마가 무혁의 눈에 띄었다. 열심히 남덕을 따르던 피부가 새하얗고 주근깨가 총총 박힌 얼굴에 머리를 붉게 염색한 꼬마였다.

무혁이 다가갔다.

"익스큐즈 미. 애야, 너랑 같이 괴물 놀이하던 그 아저씨 어디 갔니?"

"아, 삽자루 멘 아저씨 말이죠?"

"그래, 그 아저씨 지금 어딨는지 알아?"

"좀 전에 카레이서 놀이한다고 반대편 무빙워크로 갔어요. 사람들 밀려오는 거 피하면서 놀더라고요."

한데 아무리 반대편을 둘러봐도 없었다. 불명 뭔가 사고가 난 것이다.

"너는 왜 더 놀지 않고 가는 거냐?"

꼬마의 헤어스타일을 봤을 때, 남덕과 계속 놀고 있었으면 한눈에 띄었을 터였다.

"저도 지금 그거 하다가 엄마한테 붙잡혀서 끌려가고 있는 거예요."

아이는 활짝 웃으며 V자를 그리며 씨익 쪼갰다.

딱!

꼬마 엄마가 그런 녀석의 머리통을 때렸다.

"너, 집에 가서 죽을 줄 알아라. 우리 알렉산더 가문 얼굴에 니가 똥칠을 했어."

애는 곧 시무룩해졌다.

그래도 공항 출입문을 나가면서 부모 몰래 무혁에게 손까지 흔들었다.

"그래, 매 잘 맞아라. 인연 있으면 죽지 말고 또 만나자. 잘 가."

그나저나 걱정이다. 이 화상을 어디 가서 찾나. 나오미는 동분서주

하며 공항을 가로지르고 있었다.

"오빠가 없어요. 무슨 사고라도 난 거 같아요."

나오미의 커다란 눈엔 벌써 닭똥 같은 눈물이 흘러넘치고 있었다.

홀쩍홀쩍. 울먹울먹.

그때였다. 공항 관리국에서 방송이 나왔다.

—삽자루를 메고, 짧은 머리의 장애인 미아를 보호하고 있사오니 부모 되시는 분은 속히 와주시기 바랍니다.

미아 보호소에 있으니 와서 찾아가란 소리였다. 영어를 몰라 버벅거리던 남덕의 하는 짓을 보고 나이를 가늠한 출입국 관리소 직원에 의해 장애인 미아로 취급받은 모양이었다.

남덕을 찾아 공항 출입문을 나오자 누군가 뒤에서 일행 모르게 눈짓을 나눴다.

히스패닉 계의 사람들이었다. 히스패닉이란 스페인어를 쓰는 남미 사람을 지칭할 때 쓰는 말이었다. 보통 멕시코 사람을 말한다.

모두 5명. 그들의 움직임이 수상쩍다. 공항을 주근거지로 물정 모르는 외국에서 온 관광객을 상대로 날치기해 먹고사는 자들이었다.

"저게 보물이란 말이지."

"저 녀석들이 하는 소릴 내 두 귀로 똑똑히 들었어."

"그래, 먹어버리자."

구레나룻을 기르고 노란 머플러를 목에 묶은 녀석이 눈짓을 보냈다. 옆에 섰던 놈들이 재빠르게 행동을 시작했다. 놈이 리더인 모양이었다.

스스슥.

녀석들이 노리는 것은 바로 무혁이 가지고 있는 지팡이였다. 공항에서 유중광과 무혁이 나눈 얘기를 엿들었던 것이다.

'차이나타운에 내다 팔면 돈 좀 되겠군. 마누라가 명품 가방 사달라고 했는데 잘됐지 뭐야, 크크크.'

일행 옆으로 두 녀석이 따라붙었다.

하지만 일행은 아직까지 그것을 눈치 채지 못했다.

무혁은 남덕을 타박하느라 여념이 없었다.

"형은 대체 나이가 몇이유? 미아 보호소에서 삽자루 잡고 벌벌 떨고 있던 꼴이라니."

"힝. 무혁아, 너무 그러지 마라. 덩치 큰 경비원들이 몰려와서 알카에다냐고 물으면서 덜렁 잡아끄는데, 나 죽는 줄 알았다."

"그래서 저능아인 척한 거야?"

"응. 나 머리 좋지?"

"대단해요. 그 덩치에서 어린애 연기가 나오다니."

"그냥 침 좀 흘려주고 말귀를 못 알아듣는 척하니까 측은한 얼굴로 친절하게 대해주더라고."

"형, 원래 영어 모르잖아."

"아는데 모르는 척했다니까."

남덕은 우기기 시작했다. 둘이 옥신각신하는 사이 유중광은 핸드폰을 꺼내서 차를 불렀다.

콜을 받은 셔틀밴 한 대가 일행을 향해 미끄러져 들어왔다. 공항 일대에서 관광객을 전문적으로 상대하는 차였다.

"우와! 이거 연예인들 타는 차네. 이거 대따 좋다던데. 내가 드디어 이걸 타보는구나, 크히히히!"

남덕은 미아 보호소에서 벌벌 떨던 기분을 잊고 기분이 좋아서 헬렐레거렸다.

"유니언 스퀘어로 갑시다."

유중광이 먼저 앞좌석에 앉으며 행선지를 말했다.

뒷문이 열리자 남덕은 신나서 나오미보다도 먼저 차에 올랐다.

"형은 레이디 퍼스트도 모르오?"

"아, 참! 그렇지. 미안, 내가 좀 흥분했나 봐. 나 다시 내릴게."

남덕이 쑥스러운 얼굴로 다시 내렸다.

"호호. 아녀요, 아저씨."

나오미가 대수롭지 않게 뒤이어 차에 올랐다.

바로 그 순간,

부아아앙—

굉음을 날리며 벤을 향해 맹렬히 달려오는 오토바이 한 대. 바로 그 히스패닉 날치기 녀석들이었다.

빠라바라, 빠라바.

클랙슨 소리를 터뜨리자 공항에서 차를 기다리던 관광객들이 혼비백산 놀라 길을 열어줬다.

"뭐야, 저 양아치들은!"

무혁이 녀석들은 불쾌한 눈으로 노려봤다.

오토바이는 맹렬히 무혁을 향해 돌진했다.

"허억!"

정면으로 달려들고 있는 기세에 깜짝 놀란 무혁.

오토바이는 눈앞에까지 다가와 급브레이크의 요란한 소리와 함께 타이어 타는 냄새를 풍기며 옆으로 틀어졌다. 위협 행위였다.

생긴 것도 양아치 같은 녀석들이라 보험을 들어놨을 리 없다는 생각이 머리를 스쳤다.

'이런 놈한테 박히면 개 값도 안 나오겠다.'

본능적으로 얼른 피했다.

"야, 이놈들아! 운전 똑바로 해!"

빠아아앙, 빠라라라라!

순간 오토바이의 굉음과 클랙슨이 터져 나왔다.

"으악! 시끄러워."

무혁은 지팡이를 노리는 눈속임이라는 걸 알지 못했다. 그저 몸만 피하기 급급했던 것.

바로 그때였다.

어느새 바짝 뒤따르던 한 놈이 슬쩍 무혁을 밀치며 뒷다리를 걸었다.

"어어어."

잠깐 방심한 사이에 넘어지게 된 무혁은 두 팔로 발버둥 쳤다.

"흐훗, 이때닷!"

재빠르게 다른 한 놈이 지팡이를 든 무혁의 팔을 쳐올렸다.

"어라! 이건 또 뭐니."

그때서야 무혁은 자신을 둘러싼 음모가 시작됐다는 걸 눈치 챘다.

"이 새끼들, 지금 뭐 하는 거야!"

이미 늦었다. 오토바이 뒤에 탄 놈이 송골매가 병아리를 채듯이 지팡이를 낚아채자마자 급속도로 속력을 올려 공항 건물 모서리를 돌아 사라졌다.

잠시 어안이 벙벙.

정말 눈 깜짝할 사이에 벌어진 일이었다. 가히 날치기로 먹고살 만한 솜씨였다.

일순간에 지팡이를 빼앗겨 당황한 무혁.

한데, 무혁의 입에선 뜻밖의 소리가 튀어나왔다.

"야, 니들 그러다 죽어!"

그 말이 다 끝나기도 전에 건물 모서리 너머에서 아주 강력한 파공음이 울렸다

퍼억!!

마치 전기가 합선됐을 때나 들음직한 소리였다.

우당탕탕!

콰아앙!

엄청난 폭발이라도 일어난 걸까?

유중광이 깜짝 놀라서 차에서 내렸다.

"무혁아, 뭔 일이야!!"

"저놈들이 지팡이를 날치기해 가네요."

지팡이를 빼앗기고도 남의 일 말하듯 하는 폼이 왠지 여유까지 있는 모습이다.

"뭐라고! 여기 놈들은 한 번 물건을 채가면 되찾기 힘들기로 악명 높은데, 골치 아프게 됐군."

유중광이 서둘러 놈들이 사라진 건물 모서리로 돌아갔다. 중광은 이미 포기한 얼굴이었다.

"근데 나를 밀쳤던 쉐리들은 어디 간 거야?"

벌써 인파 속으로 사라지고 있는 놈들의 모습이 보였다. 정말 행동 하나만은 기가 막히게 빠른 녀석들이었다.

"날다람쥐 같은 놈들."

따라간다 해도 이미 잡기는 그른 상황.

하지만 무혁도 더 이상은 녀석들에게 신경 쓸 겨를이 없었다. 당연히 지팡이가 먼저였다.

무혁이 공항 건물 모서리를 돌아들자 앞서 달려갔던 중광이 멍하니

서 있었다.

운전하던 놈이 오토바이에 깔려 있고, 뒤에 탔던 놈은 5미터 정도를 날아가 옆 벽에 처박혀 널브러져 있었다

눈앞에 펼쳐진 뜻밖에 사태. 영문을 모르는 중광은 어처구니가 없어 헛웃음마저 나오려고 했다.

정말 가관이었다. 거꾸로 처박힌 녀석은 이미 목이 부러져 눈만 깔짝깔짝 움직였다.

이때였다.

"으으. 프리즈 알레꼴래꼴래리."

오토바이에 깔린 녀석이 개침을 흘리며 구구절절 호소했다.

뭔 말인지 무지 시끄럽기만 하다.

"뭐라고? 침 삼키고 천천히 말해봐."

중광이 측은한 생각에 되물었다.

"꿀꺽. 구… 급… 차 좀 불러달라고요."

중광이 고개를 끄덕였다. 하지만 고개만 끄덕인 거지 곧바로 911로 전화를 한 건 아니었다.

"기둘려. 너보다 쟤 상태가 더 심각해 보인다."

"아, 아, 너무해."

오토바이에 깔린 놈이 울부짖든 말든 중광은 벽에 거꾸로 처박혀 있는 놈에게 다가가서 상태를 확인했다.

"아, 아니!!"

중광은 녀석의 얼굴을 보며 적지 않게 놀라고 있었다.

놈은 얼굴이 벌겋게 달아올라 있었고, 머리털은 잿빛으로 그을려 찝찌름한 냄새를 풍겼다. 두 손은 피멍이라도 든 듯 새까맣게 타 있었다.

목이 부러졌으면서도 두 손과 두 발을 간간이 떨고 있었다. 이건 감

전 쇼크가 왔을 때나 볼 수 있는 증세였다.

'어디 송전선 공사라도 하나?'

중광은 고개를 들어 하늘을 살피다 다시 땅을 살펴도 고압선이 노출된 흔적은 없었다.

그렇다면 대체 이게 어떻게 된 일일까. 의아하기만 할 따름이었다.

번쩍.

그때였다.

뭔가가 거울 장난을 치듯이 눈부시게 중광의 두 눈을 찔렀다.

번쩍번쩍.

용 문양의 지팡이. 햇살은 계속 지팡이 표면에 반사되어 두 눈으로 쇄도했다.

지팡이는 목이 부러진 녀석의 정 반대편에 떨어져 있었다

눈이 시린 중광이 눈을 찡그렸다.

녹슬고 칙칙했던 지팡이가 빛을 반사하는 게 신기하기도 했지만 중광은 대수롭지 않게 생각했다.

오로지 이 녀석들이 영문도 모르게 아스팔트 맨바닥에 나뒹굴고 있는 것만이 의아할 따름이었다.

"오토바이도 제대로 못 타는 녀석들이었군."

결국 중광은 그렇게 결론을 내렸다. 운전 미숙이라고.

대수롭지 않게 생각하곤 지팡이를 회수하려고 다가갔다.

"분실하지 않았다니 다행이야."

막 손을 대려 할 때였다.

강한 경고의 말이 귀청을 때렸다.

"형님, 안 돼요! 지팡이를 만지지 말아욧!"

무혁의 화급한 목소리.

의아했다.

"뭐?"

"만지면 다쳐요!"

"뭐, 뭐라고!"

"원만 삼촌도 그걸 만지고 지금 병원에 입원해 있다구요."

"그게 무슨 소리야?"

사실이었다. 원래대로라면 원만은 미국에 따라올 생각이었다. 항상 돌아다니기 좋아하던 그가 이런 기회를 놓칠 리가 없었다.

한데 그만 일이 터져 버린 것이다. 문제는 그의 넘쳐 나는 호기심 때문이었다.

워낙에 골동품에 관심이 많은 원만. 과거 소림사의 황금 불상도 겁 없이 보러 들어갔다가 불목하니로 잡혀 온갖 구박을 받았던 원만이 아니었던가.

이번에도 호기심을 참지 못해 만지지 말라는 무혁의 경고를 무시하고 모두가 잠든 새벽에 지팡이에 손을 대고 말았던 것이다.

퍼억!

경쾌한 파공음이 나고 원만은 곧바로 의식을 잃어 응급실로 직행했다.

다행히도 목숨엔 지장이 없었는데, 깨어난 그날이 바로 일행이 미국행 비행기에 오르던 날이었다.

그날 원만은 눈물을 흘리며 새까맣게 타서 붕대 감은 손을 흔들며 일행을 배웅했다.

"부디 잘 다녀와, 끄흑. 나오미 양은 내 말을 명심하구. 할 때마다 전화로 알려줘. 달력에 체크해 두게. 아흑흑."

오매불망 기대하던 원만의 미국행은 이로써 무너져 버린 것이다.

"자세한 내막은 저도 모르겠어요. 다만 사부님의 말씀에 의하면, 함부로 만졌다간 검기를 못 이겨 다치게 될 것이라고 하더라고요."

"그래? 그럼 너는 어떻게 된 일?"

중광은 무혁이 태연히 지팡이를 들고 있던 일을 말하고 있었다.

"글쎄요. 그걸 저도 모르겠어요."

무혁도 그 이유가 궁금했다. 다만 혼자 추측하건대 마교 동혈에서 얻은 기연 때문이 아닐까 싶기도 했다.

어쨌든 지팡이는 좀 까다로운 물건인 건 분명했다.

"이거 겁나는걸."

쿵쿵!

그때야 건물 모서리를 돌아든 남덕이 삽자루를 높이 들고 달려왔다. 남덕 딴엔 전력질주인 셈.

"어떤 놈이 우리 무혁이한테 해코지 한거! 다 나와!"

남덕은 벽에 처박혀 의식이 없는 놈을 제쳐 두고 오토바이에 깔린 놈에게 다가갔다.

"너야? 이놈, 남덕 옹의 삽자루 맛 좀 봐라, 이얍!"

"오, 노, 플리즈 알래꼴래 꽁따리."

"뭐 어쨌다고? 침 삼키고 똑바로 말해."

"꿀꺽, 오, 노, 플리즈, 때리지 마세요. 때리면 아파요."

"오노를 운운하는 너 같은 놈은 죽어야 해."

빠박머리 미숙아 남덕이 삽자루를 높이 쳐들고 득달같이 달려들었다.

일도양삽.

"턱 꼿꼿이 들고 의연한 마음으로 이마 까! 이눔 자식아!"

"으아아악! 때리지 마요."

녀석은 사색이 돼서 오토바이 밑으로 기어들어 갔다.

애애애앵, 앵앵.

갑자기 공항 전체에 요란한 경보음이 울렸다.

"으아악! 내 고막 터진다."

하필이면 스피커가 있는 곳을 지나갔던 것. 삽자루를 들고 달려들던 남덕이 두 귀를 고통스럽게 막으며 바닥에 나뒹굴었다.

고막 속이 쩡쩡거렸다.

"뭔 사이렌이지?"

유중광이 주변 상황을 살폈다.

공항은 급기야 모든 비행기의 이착륙이 금지되었다. 바로 공항 폐쇄.

데프콘Ⅰ(Defcon Ⅰ) 발동.

가장 긴박한 사태를 뜻하는 것으로, 오토바이가 낸 폭발음에 공항은 급히 비상 체제에 돌입한 것이었다.

9.11 테러 이후에 공항과 같은 곳은 수상쩍은 위협이 생길 때는 자동으로 테프콘Ⅰ이 자동 발동되었다. 비행기도 무기로 돌변할 수 있다는 걸 알게 됐기 때문이다.

웽웽웽웽.

갑자기 공항이 패쇄되며 완전무장한 군인들이 장갑차를 타고 달려오고 있었다.

"으으. 무혁아, 나 잡으러 오나 봐. 나 삽자루로 한 대도 안 때렸다. 너도 봤지?"

911에 전화를 하지 않았는데도 붉은 십자가를 붙인 군용 구급차가 달려오고 있었다.

중광이 날치기들을 보며 측은한 얼굴로 말했다.

"우린 가야 하니까 군인 아저씨들한테 잘 말씀드려 봐라. 앞으로 운전 조심들 하구."

무혁이 공항 아스팔트에 나뒹굴고 있던 지팡이를 챙겨 들었다.

"확실히 신기하군."

번쩍, 번쩍.

지팡이가 햇빛을 분산시켜 아까보다 더 밝아진 느낌이었다. 생각할수록 기이한 일이었다. 그렇게 정성껏 손질을 해도 묵은 색감에 변화가 없더니.

기이하게도 지팡이는 모종의 사건을 거치며 제 스스로 광을 내고 있었던 것이다.

"무슨 일입니까?"

주변을 에워싼 군인들이 경계를 늦추지 않고 총을 겨눈 가운데 얼굴이 길고 코도 길쭉한 대위 하나가 다가왔다. 공항 경비를 맡은 특수 보안군 책임자였다.

"당신이 그 삽자루로 오토바이 타고 가는 두 사람을 팬 거요?"

대위는 남덕에게 의심의 눈초리를 겨눴다.

"예?! 아니, 저는 그냥…… 덜덜덜덜."

남덕의 아랫입술이 옴찔거리더니 급기야 덜덜 떨리고 있었다.

"그냥 장난으로 팬 거란 말을 하고 싶은 게요?"

"그, 그게 아니고……."

"범죄자들 대부분이 당신처럼 일단 부인을 하지. 일단 보안대로 갑시다."

"네에?! 아니, 제가 왜요?"

경악을 해서 빼액 하는 소리가 남덕의 입에서 나왔다. 가뜩이나 험악한 얼굴에 머리까지 빡빡이다 보니 악질 범죄자로 보인다.

"조사하면 다 나와."

"히잉. 무혁아, 나 좀 도와줘."

남덕이 울상을 지었다.

"형, 너무 걱정 마. 거기 가면 일단 조사 끝날 때까지 밥도 주고 그럴 거야."

오로지 밥. 남덕이 세상을 사는 즐거움인 밥. 공짜란다. 남덕은 잠시 끌리는 충동을 억제 못해 머뭇거렸다. 하지만 아무래도 거기서 먹는 밥은 좀 무서울 거 같았다.

"나 싫어. 밥은 나오미 양이 어차피 사줄 건데. 나 안 갈래."

공항 보안대는 벌써 남덕의 양팔을 잡아끌고 있었다.

"으악! 말할게요. 사실은……."

"사실은 뭐요?"

"사실은 저놈들이 내 삽을 훔쳐 가려 했던 거욧!"

대위는 영문을 모르겠다는 듯 아리송한 표정을 지었다.

"삽자루를? 아니, 그게 그렇게 대단한 삽이오?"

"그렇소."

도통 이해가 되지 않을 얘기였다.

대위는 결국 의아해서 관심을 나타내고 있었다.

"그러니까 이 삽으로 말할 거 같으면, 자루로 쓰인 나무는 향나무로, 천 년 동안 갯벌에 담갔다가 만든 아주 특별한 나무 재질이오."

"뭐, 뭐라고요. 천 년씩이나?"

"그렇소. 우린 그것을 침향이라 부르오."

침향이 참 복도 지지리도 없다. 얼마나 기구한 운명이기에 남덕의 삽자루가 돼서 험하게 나돌고 있단 말인가.

하지만 그 뻥은 효험이 있었다.

'오오, 동양엔 정말 신기한 것들이 많다고 하더니 사실인가 보군.'

"그럼 무척 비싸겠군요."

"암, 비싸죠. 여기 자루에 찍힌 낙관을 한번 보시오. 정품이란 표시라오."

대위가 관심을 보이자 신이 나서 더 강력한 뻥을 날리기 시작했다. 남덕은 삽자루를 대위 앞에 불쑥 내밀었다. 정말 삽자루엔 붉은 사각의 인장이 찍혀 있었다.

"오호, 정말이군요. 정말 멋진 스탬프요."

"작가가 직접 사인한 거요."

"오호, 작가의 친필 사인까지. 정말 귀한 물건이군요."

"그렇대도 그러시는구려."

이거 뭔가 영 이상하다. 남덕 형이 정말로 작가의 친필이 새겨진 삽자루를 가지고 다녔단 말인가? 결국 믿을 수 없다는 듯 무혁이 다가가 삽자루에 찍힌 낙관을 확인했다.

삽자루엔 붉은 글씨가 써 있었다.

남덕 꺼.

기가 막혀서 코에서 바람이 사정없이 새어 나왔다.

하지만 동양의 신비감에 흠뻑 젖은 보안대 대위는 삽자루가 정말 귀한 것이라고 믿기 시작했다.

"그래서 저놈들이 사전에 정보를 입수했다가 공항 출입구를 나오자마자 노린 거로군요. 정말 큰일 날 뻔했소이다."

"그렇대도."

결국 히스패닉계 날치기범들은 현장에서 삽자루 도둑으로 몰려 일
단 군수사대에 넘겨졌다.

그렇게 간부에게 사건의 내막을 설명하고 일행은 유유히 공항을 빠
져나올 수 있었다.

"형, 근데 궁금한 게 있어. 정말로 형이 직접 삽을 만든 거야?"

"응. 글씨도 내가 썼어. 잘 쓰지 않았냐?"

스스로 위기를 넘긴 남덕이 삽자루를 메고 의기양양해져서 앞장을
섰다.

샌프란스텔 5층.

처음 들어서자 한낮인데도 컴컴한 어둠이 가득 차 있었다.

"중광 형님이 토끼 굴을 좋아하는지 몰랐네. 이렇게 살면 우울증 걸
려요. 적당한 일광욕도 하고 살아야지."

우울증은 일사량과 반비례한다고 했던가.

어둠이 거북스러워 무혁이 한마디 했다.

"자식."

스르륵.

중광이 커튼을 걷자 환한 햇살이 눈부시게 밀어닥쳤다. 중광은 약간
눈살을 찌푸렸다. 불편한 모양이었다.

사실 중광은 집에 와선 거의 커튼을 열지 않은 채 매일매일을 지내
고 있었다. 그건 요즘 그의 마음이 그만큼 어두웠기 때문이다.

"UFC와 관련된 일은 어떻게 됐어요?"

"진행 중이다."

"아직도요?"

"이번에 UFC 무제한급이 샌프란시스코에서 열린 예정이니, 그때 다

시 만나기로 했다.”

“그래요? 잘됐군요. UFC 애들은 어떤지 보고 싶었는데.”

“안드레이 알몸스키가 나온다더라.”

“뭐 하는 앤데요?”

“현 UFC 챔피언이다.”

UFC 첫 관람이 챔피언의 시합이라니. 행운이었다.

“그래요? 구미가 당기네요. 그때가 언제인가요?”

“이틀 후다.”

“상대는요?”

“이번에 UFC는 하루에 열리는 토너먼트 형식이다. 계속 시합을 벌려 최후의 승자가 남을 때까지 하는 것이라서 누구라고 정해져 있지 않다.”

“완전 노가다군요.”

“그런 셈이지. 첫 상대가 히틀러 히드라라는데, 무명의 신인이라서 잘은 모르겠더라. 신예라니 현 챔피언 알몸스키가 당연히 우세하겠지.”

“누군지 재수 더럽게 없군. 첫 출전에서 챔피언과 붙다니.”

“글쎄. 혹시 아니, 숨겨진 강자일지도.”

“저처럼 말이죠, 히히.”

자기가 말해놓고도 쑥스러워서 웃었다.

“하하, 녀석. 링은 항상 의외의 일이 벌어지곤 하니까 그럴지도 모르지.”

“그쵸, 새로운 선수는 항상 나오니까. 왠지 기대가 되는걸요.”

“너무 큰 기대는 하지 마라. 현 챔피언이 거저 오른 자리는 아닐 테니까.”

“억, 억, 억!”

방 안 한구석에서 사색이 돼서 꽥꽥거리는 소리가 들렸다.

남덕이었다.

"물, 물. 아니, 콜라 좀… 억억."

테이블에 올려논 햄버거가 하나도 안 남아 있었다. 무혁과 중광이 말하는 틈에 급하게 다 먹어 치우려다가 목에 걸린 모양이었다. 콜라도 다 먹어 치워 남아 있지도 않았다.

"으이구, 이 화상. 형, 정말 이러기야."

"으으, 살려줘."

나오미가 냉장고에서 물을 따라 먹였는데도 쉽게 내려가지 않았다.

"형, 자꾸 이러면 두고 다닌다."

"무혁아…… 등 좀 쳐줘, 으흐."

"스님, 참으로 여러 가지 하시네요."

결국 무혁이 남덕 뒤로 돌아가 앉았다.

"아프다고 뭐라 원망하기 없기다."

"으, 으."

무혁이 주먹을 꽉 쥐었다.

"간다!"

팡! 팡! 팡!

"끄헉!"

주먹을 칠 때마다 남덕의 앞가슴이 앞으로 튀어나갔다.

속이 뻥 뚫리는 모양이었다.

"형, 어때?"

"꼬르르르."

햄버거를 입 밖에 빼논 남덕은 대답이 없었다. 주먹이 너무 세서 아프다는 투정조차 못하고 그대로 기절한 것이다.

"까아약!"

기절한 남덕을 보고 놀란 나오미가 세면대로 달려가 물을 떠 달려오
다가는 우당탕 자빠졌다.

"아쿠쿠, 넘어졌다."

덜렁거리는 거라면 남덕 못지않은 그녀였다.

오피스텔 안이 금세 물바다로 변하며 마른 걸레를 찾느라 부산을 떨
었다.

"오미야, 너 무릎에서 피난다."

나오미는 피나는 무릎을 보고 두 볼이 울먹거리더니 급기야 울음을
터뜨렸다.

"으아앙!"

"뽀뽀해 줄게. 무릎 앞으로."

유중광의 조용하기만 했던 오피스텔이 일행이 늘어나며 소란스러워
졌다.

'이런 게 사람 사는 거겠지, 후후.'

간만에 중광의 입에서 웃음이 나왔다. 어처구니없어 웃고는 있지만
그나마 다행이었다.

중광도 이런 소란이 싫지만은 않았다. 양달수의 죽음의 무게가 그동
안 너무 무거웠다. 스스로가 지나치다는 걸 알면서도 어쩔 수가 없었
다.

소란스런 일행의 등장은 중광의 무거운 분위기를 환기시켜 주는 효
과가 있었다.

'하지만 복수는 꼭 한다!'

중광은 다시 한 번 다짐했다. 그리곤 무혁이 눈치 챌까 봐 얼른 눈빛
을 감췄다.

"에이, 재미없다. 그런데 중광 형님, 대체 무슨 일이 있었던 거유?"

"뭐, 뭐?"

이제껏 시치미를 떼던 중광이 단도직입적인 질문에 적지 않게 당혹해하고 있었다.

"내 눈은 못 속이오. 얼굴이 빼빼 마른 거며, 가끔 씁쓸해하는 표정들이 대체 뭐란 말이유?"

허허실실 노닐고 있는 듯하면서도 무혁은 다 체크하고 있었던 것이다.

"일은 무슨……. 아무 일도 없다."

"뻥치지 마슈. 대체 뭔 일이 있었던 거유?"

무혁이 집요하게 물고 늘어졌다.

무혁이 좋아하던 유중광이다. 아무리 과묵한 사람이라 하더라도 평소 같지 않아진 모습을 감지 못했을 리가 없다.

"허허, 녀석, 눈치 하나는……."

속내를 들켜 버린 중광은 잠시 어색한 얼굴을 지었다. 하지만 양달수의 죽음에 관한 것만은 되도록 말하고 싶지 않은 게 중광의 솔직한 심정이었다.

"말해보슈. 납치됐던 일은 뭐고."

양달수에 대해 말하기가 꺼려졌던 중광이 납치로 화제가 돌려지자 기꺼이 그 말을 받았다.

"아참, 너도 알고 있었지?"

"그렇게 말하면 섭하죠. 내가 그것 때문에 시합에서 얼마나 얻어터졌는데. 아직도 비가 오면 삭신이 쑤시다고요."

"하하, 녀석 너스레는."

"대체 무슨 영문인지나 말해보시라니까요."

"이에나스가 미국에 나타났다. 놈이 데드매치 리그를 활성화하려는 모양이야."

“그게 가능할까요? 데드매치는 법적으로 문제가 있는 도박 행위잖아요. 더구나 목숨을 내놓고 하는 건데.”

“상대가 죽여야 끝이 나는 경우도 있지.”

“나도 캄보디아에서 해봤잖아요.”

“그 얘긴 황약 노사님한테 들었다. 어쨌든 이에나스 놈이 이종격투기에 마인들을 화려하게 등장시키려고 부단히 애쓰는 모양이더라. 일단 마인들이 챔피언에 올라야지만 서서히 여론 몰이를 해갈 테니까.”

“하긴 사람들이 강자에게 끌리니까 일단 우상을 만들어놓으려는 거군요.”

“그렇지. 그래서 너의 시합에도 개입했던 거지.”

“그래서 형님은 납치를 당했던 거구. 나쁜 자식! 그 새끼 지금 어디 있어요?”

“마니교도들 속에 숨어 있겠지.”

“이에나스가 마니교도들과 내통을 하고 있을 줄이야.”

무혁이 주먹을 꽉 쥐었다. 마니교도랑 연관되어 있다면 그냥 두지 않을 참이다. 사실 마니교도가 아니더라도 중광을 납치한 사실만으로도 그냥 두지 않을 참이었다.

“그나저나 무혁아, 부탁이 있다.”

중광이 진중한 목소리로 입을 열었다.

“형님하고 나 사이에 무슨 부탁이유. 뭔지 말씀해 보시유.”

“하인즈 워드라는 애가 있는데, 네가 책임져 줘야겠다.”

“뭐 하는 앤데요?”

“내 친구 밑에서 권투를 했던 아이인데 제법 주먹이 매섭더구나. 친구가 사고로 죽어서 지금은 혼자 방황하는 모양이야.”

유중광은 하인즈 워드 생각만 하면 가슴이 아팠다. 양 사범 생각이

나서이기도 했지만, 권투를 배우며 나름대로 마음잡고 살아보려다가 좌절해 버린 녀석의 축 처진 모습이 자꾸 눈에 밟혔다.

중광은 죽은 양달수를 생각해서라도 그냥 내버려 둘 수가 없었다.

"프라이드 선수로 뛰게 하시게요?"

"그건 아직 모르겠다. 복싱을 하고 싶어 하는 거 같던데, 그애가 원할지는 모르겠다. 일단은 미국에 있는 동안만이라도 데리고 있고 싶구나."

"제가 한번 만나 보죠. 걱정 마세요."

무혁은 선뜻 대답했다. 굳이 많은 얘기를 듣지 않아도 녀석의 상황이 눈에 선했다.

"성질머리가 보통이 아니라더라. 그러니 너도 너무 덤벙거리지 말고 만나 봐야 해."

"남자들 간에 그런 얘긴 길게 하지 맙시다. 척하면 짝이지."

"괜히 껍죽거리다가 워드 녀석의 주먹에 몇 대 맞고 오는 건 아닐지 걱정되네."

"그것도 재밌겠네, 클클."

무혁이 놈, 성격 참 독특하네.

"농담 아니다."

"날 믿어보시라니까요. 남자끼리 부랄 까고 얘기 좀 하죠 뭐."

무혁이 자신있게 덜렁거렸다.

그래, 가서 맞아 죽든 말든 내 탓 아니다.

중광은 덜렁거리는 무혁을 보며 혀를 끌끌 찼다.

제3장
용광검은 스스로 진화한다

용광검은 스스로 진화한다

UFC(Ultimate Fighting Championship).

캘리포니아 로스앤젤레스 스테이플스 센터는 LA 컨벤션 센터 부지 내에 자리잡고 있는 우주선처럼 생긴 거대한 건물이었다. 스포츠와 콘서트가 열리는 다목적 공간으로 수용 인원 2만 명. 실내 스타디움으로는 미국 최대 규모를 자랑한다.

체육관 앞에는 전설적인 농구 선수 LA Lakers의 매직 존슨이 손짓을 하며 농구공을 모는 역동적인 동상이 서 있었다. 농구팀 LA 레이커스의 전용 구장이기도 했다.

나오미와 무혁, 남덕은 UFC60을 참관하기 위해 로스앤젤레스에 와 있었다. 무혁은 용광검을 들고, 남덕은 삽자루, 나오미는 사진기를 들고.

UFC 취재가 일종의 핑계였기에 나오미는 사진 담당 기자를 데려오지 않았다. 따라서 취재 기록을 남기려면 직접 사진을 찍어야 했다.

이번 시합에서 전 헤비급 챔피언 안드레이 알롬스키의 재기전이 벌어질 예정이었다.

아쉽게도, 한 달 전 UFC59에서 알롬스키는 원투 작살 펀치를 팀 실비아의 면상에 작렬시키며 다운까지 빼앗았다. 하지만 너무 서둘러 대쉬하다가 어퍼컷카운터 펀치에 걸려 눈 깜짝할 사이에 통한의 역전패를 당하고 말았다.

UFC 헤비급 최강이라던 그의 위치가 순식간에 도전자로 뒤바뀐 상황이 벌어진 것이다.

링이란 그렇다. 영원한 승자도 영원한 챔피언도 없었다.

당시 알롬스키의 원투도 전광석화 같았고, 팀 실비아의 반격도 너무 급격히 이뤄졌다. 이에 흥분한 심판이 너무 빨리 시합을 끊은 게 아닌가 하는 논란이 있었다.

"시발, 인정할 수 없어! 으아아앙! 너무 억울해."

"그러게 그 존만한 심판 새끼를 잡아다가 팰까?"

알롬스키의 매니저 마이클 잭슨이 걱정스러워서 해결책이라고 내놨다.

"팬다고 뭐가 달라질까?"

"그렇긴 하지."

"그럼 어쩌지? 난 너무 억울한데."

"그럼 다시 시합하자."

"헉, 나 지금 몸이 탈진 상태인데 괜찮을까?"

"니가 지금 그거 따질 때냐? 조금이라도 젊었을 때 한 푼이라도 더 모아야지."

"하긴, 나도 요즘 흰머리가 나는 게 몸이 예전 같지가 않아."

"뭐, 사실이야?"

알몸스키는 대답 대신 고개를 떨어뜨리고 침통하게 몇 번 끄덕였다.

"새치 난 거 뽀록나면 우리 거지 된다. 요즘 젊은것들이 늙은 놈을 쳐다봐 주기라도 하더냐?"

"그럼 어떡하지? 밤새서 다 뽑을까?"

"팬들이 눈치 채지 못하도록 염색하자. 그리고 이럴 때일수록 더 악착같은 모습을 보여줘야 해. 우리 여기서 퇴출되면 갈 때도 없어."

"아, 미치겠다. 아직 지난 달 술값 카드 빚도 못 갚았는데."

"그러니까 바로 UFC60에 출전하자는 거야. 몸이 아직 튼튼하다는 거 보여줘야 해."

"알았어. 그럼 무슨 색으로 염색하지?"

"흰색."

"커헉, 정공법이군."

"그래야지 다음에 새치 들켜도 염색 후유증이라 우기지."

마이클 잭슨이 묘안을 내놓았다.

한 달이 지나기도 전에 알몸스키가 재기전을 서두르는 것은 그때의 분함 때문도, 얼떨결에 패자가 된 자신이 스스로도 이해가 되지 않아서도 아니었다. 오로지 카드 빚 때문이었다.

'아, 시발, 카드는 쓸 때는 좋아도 뒷감당은 너무 힘들어!'

팔각형 철창, 옥타곤.

2만 명이 가득 찬 스테이플스 경기장. 실내는 축제를 즐기려는 사람들로 붐비고 있었다.

가운데 팔각형의 철창이 흉흉하게 설치되어 있었다. 옥타곤(Octagon)이다. 한눈에 보기에도 프라이드보다 더 거칠고 잔혹한 경기가 벌어진다.

특히 로프 대신 철창이 벽을 서고 있어서 테이크 다운을 당해 코너로 끌려가면 빠져나오기 힘들다는 죽음의 코너였다.

"인종을 가리지 않고 싸움은 인류 최고의 구경거리네요."

동물적인 인간의 본성이고, 이미 길들여 없어진 야성에 대한 대리만족일 테지.

찰칵찰칵.

나오미가 열광하는 관객들을 향해 등을 배경으로 셔터를 눌러댔다.

"아무리 그렇다고 무명의 신인인 히드라하고 붙이다니, 전 챔피언의 처지가 딱하구먼."

유중광이 알몸스키의 비애감을 이해하겠다는 듯이 혀를 찼다.

하지만 알몸스키는 중광이 생각했던 것보다 밝아 보였다.

가뜩이나 온몸에 털이 많은 알몸스키. 온통 하얀색으로 염색을 하고 나와 설인(雪人) 같아 보였다. 기분도 좋아 보였다.

"좋아, 좋아. 하지만 안 돼."

주먹을 내뻗고 얼굴을 가리고 방향까지 틀어가며.

척척, 쓱쓱.

링 위엔 알몸스키가 가슴팍에 무성한 털을 털털 흔들며 '충동구매 안 돼' 체조를 하며 몸을 풀고 있었다.

"쟤 너무 긴장한 거 아냐?"

무혁이 알몸스키를 유심히 보다 안쓰러워서 한마디 했다.

"어설프게 주먹 내밀고 턱 때려달라고 주문하는 거 같네."

"그래도 무서운 선수야. 저번 시합에서 카운터펀치만 아녔으면 변함 없는 챔피언이었을 거야. 너무 서둘렀던 게 탓이지."

"지금 하는 짓을 보니 좀 덜렁이네요. 저렇게 덜렁거렸으니 지나가는 주먹도 쫓아가서 맞았지."

"카운터 펀치는 행운의 펀치라고도 하지. 물론 맞는 선수한테는 불운의 펀치겠지만. 알몸스키도 좋은 경험이 됐을 거다. 너도 포수는 토끼 한 마리를 잡아도 최선을 다한다는 말을 기억해야 한다."

"나는 그런 실수 안 하네요."

"방심하지 마라. 항상 경계해야 하는 건 자기 자신이니까."

"중광 형님, 마치 저보고 꼭 한번 당해보라고 기도하시는 거 같네."

"허허, 그럴 리가. 네가 웬만한 펀치에 당할 녀석이더냐."

"그렇긴 하죠. 하지만 맞는 건 기분이 좋진 않더라고요."

"너의 장점은 매 맞는 걸 두려워하지 않는다는 거야. 많은 선수들이 자기는 안 맞고 때릴 생각만 해서 퇴로를 못 찾곤 하지."

중광의 그 말은 사실이었다. 상대가 누구든 겉돌지 않고 직접 붙으면서 결정적인 기회를 찾아내는 게 무혁의 강점이었다. 왕무식.

"그럼 앞으로 계속할까요?"

"매 맞는 게 좋으면 그렇게 해라."

"솔직히 이젠 쌍코피 흘리기도 지겨워요."

"경험이 좀 더 쌓이면 코피 흘릴 기회도 줄어들 것이다. 한 백 번 정도 싸우면 좀 나아질 거다."

"헉, 백 번요?"

무혁이 그 자리에서 손가락을 꼽기 시작했다.

"이제 열 번 싸웠는데, 그럼 아직도 구십 번이나 더 쌍코피를 흘려야 된단 말인가! 아, 미치겠다."

찰칵, 찰칵.

무혁과 중광의 대화엔 신경도 안 쓰고 셔터만 눌러대던 나오미가 안드레이 알몸스키를 근접 촬영하기 위해 앞으로 나갔다.

"오빠, 저는 링 근처에 가 있을게요. 직업이 직업이다 보니, 호호."

"오미야, 렌즈에 피 튀기지 않게 조심해라. 하하!"

"까약, 오빠, 저주를 해라! 만약 그렇게 되면 오빠는 죽을 줄 알아요. 홍."

입을 댓발 내밀고 삐친 표정을 잠깐 짓는 나오미. 링 주변에서 좋은 구도를 잡기 위해 얼쩡대다가는 결국 링 뒤로 사라졌다.

아마도 모든 시합이 끝나기 전엔 나오미를 보기 힘들 것이리라.

한 번 자신의 일에 빠져들면 주변 일은 거들떠보지도 않는 그녀라는 걸 무혁은 알고 있었다.

그때였다.

"와아아아!"

안드레이 알몸스키에게 몰렸던 관중들의 시선이 반대편으로 쏠렸다.

쿵쿵짜, 쿵쿵짜.

돈 차 위스 걸프랜드 워스 핫 라이크 미!

푸쉬 캣 돌스(Pussy Cat Dolls)의 돈 차(Don't Cha)가 귀청을 떨어뜨릴 정도의 크기로 흘러나왔다. 강렬한 비트가 신나긴 했다.

리듬에 맞춰 일어나 손을 흔들며 환호하는 관객들에 녀석의 모습이 가려 보이지 않았다.

"어떤 녀석이기에 관객이 저렇게 환호를 하지?"

분명 신인이라고 했다. 한데 관객들은 환호하고 있었다.

대체 무슨 일일까.

무혁은 궁금해졌다.

바로 그때였다.

우으으웅, 웅웅웅.

"……!"

갑자기 무혁의 손이 지랄병을 앓는 듯이 마구 떨리고 있었다.

그 진원지는 용광검이었다. 용광검은 진동 모드의 핸드폰처럼 요동 치고 있었다.

"뭐야, 이거!"

점점 더 떨림이 강해졌다. 무혁은 주변 사람들이 수상쩍은 현상을 눈치 챌까 봐 두 손으로 용광검을 꽉 쥐어 진동을 진정시키려 애썼다.

부르르르, 덜덜덜.

하지만 용광검은 조금도 진정될 기미를 보이지 않았다. 도리어 이번 엔 무혁의 온몸이 덩달아 떨리며 얼굴이 힘차게 흔들렸다.

'으으으, 이게 뭔 일이냐.'

갑자기 발작을 시작한 용광검을 보며 무혁은 황당한 생각이 들었다.

무혁의 괴력으로도 용광검의 떨림은 막을 수가 없었다.

"무혁아, 너 갑자기 왜 그래? 어디 추워?"

옆에 서 있던 남덕이 몸살이 났는 줄 알고 어깨를 감싸왔다.

그랬더니 이번엔 남덕마저 커다란 얼굴을 마구 떨어대기 시작했다.

"어어어, 이게 뭔 지랄이냐."

진동이 남덕에게도 전이됐다.

"우악! 귀신이다."

겁먹은 남덕이 기겁을 하고 무혁에게서 떨어졌다.

"조용히 해, 남덕 형. 남들 눈치 채겠다."

무혁은 스스로 발작을 하는 미증유의 현상을 보며 자신이 할 수 있는 일이 없다는 걸 알았다.

'황당하긴 하지만 그래도 두는 수밖에 없겠군.'

무혁은 쥐었던 손을 풀고 살짝 손에 걸치는 정도로 용광검을 놓아주었다.

덕분에 더 이상 진동이 몸에 전이되진 않았지만 용광검은 한참이나 진동을 계속했다.

"가만히 있던 용광검이 대체 왜 발작을 시작한 거야?"

무혁은 그 원인에 대해 궁금해졌다.

궁금함은 곧 풀렸다.

출입문에서 마인 다섯 명이 몰려나오고 있었다.

하나같이 축제에 들뜬 모습. 리듬을 타고 흥얼흥얼 몸을 흐느적거리며 내려오는 히드라를 가운데 두고 앞에선 두 놈과 뒤에선 두 놈. 모두 밝은 연녹색으로 머리를 염색하였다.

무혁은 그 색을 어디선가 본 듯했다.

"어, 저건 녹동의 색깔인걸."

무혁에게 불쾌한 기분이 엄습했다.

그물망에 둘둘 말려 찌그러지고 얼굴에 들창코가 돼서 속수무책으로 들려가던 난감한 기억.

앙코르와트에서 자신을 납치했던 녹동들을 기억 못할 리가 없었다.

"저 개자식들!"

물론 그때의 녹동들은 다 늙어 죽었거나 동혈이 무너져 죽었을 테지만, 그래도 그때만 생각하면 쪽팔려서 죽고 싶은 심정이다.

"으으, 갑자기 저 자식들을 때려주고 싶어진다."

갑자기 무혁은 전의가 불타올랐다.

부르르. 우, 우웅……

한참을 요동치던 용광검이 차츰 제 스스로 떨림을 멈추고 있었다.

뚜우욱!

"후휴, 이제 진정된 모양이네."

그리고 용광검은 경기장에 들어오기 전보다 더 형형한 색깔로 바뀌어 있어 보였다. 서서히 용광검의 진화가 이뤄지고 있었던 것이다.

"무혁아, 걔 다 떨어댄 모양이다."

"그러게. 대체 무슨 일인지 모르겠네."

어쨌든 그 영문을 모르는 무혁이 고개를 갸우뚱거렸다.

다행히 히드라의 출현에 열광하던 관객들은 눈치를 못 챘다.

그러든지 말든지, 관객은 동양에서 온 젊은이에겐 관심도 없었다. 이미 아돌프 히드라의 출현에 열광적으로 흥이 올라 있었으므로.

머리통 옆머리를 빡빡으로 밀고 가운데 머리만 닭볏같이 높이 세워 눈이 부실 정도로 밝은 핑크로 염색한 아돌프 히드라의 등장.

녹동들 사이에 있어서 그 핑크색이 더욱 눈에 띄었다.

그걸 보는 순간 무혁은 엉뚱하게도 닭 한 마리가 생각났다.

'아, 고향에서 먹던 닭 칼국수가 생각나는구나. 닭백숙 발라먹고 남은 그 국물에 칼국수를 넣어 먹으면 정말 죽음인데. 쩝.'

돈 차 위스 걸프랜드 워스 핫 라이크 미~

눈이 부실 정도로 밝은 핑크로 염색한 아돌프 히드라가 녹동들 사이에서 맷돌 춤을 추며 계단을 내려오고 있었다.

빙글빙글.

길게 뺀 목을 돌려가며 대가리가 객석을 넘나들었다.

놈이 그럴 때마다 침이 떨어져서 관객들은 슬금슬금 눈치를 보며 피하고 있었지만 뒷전에 있는 관객들은 신이 나서 열광을 해댔다.

가만 보니 스타크래프트에서 염산 침을 뱉으며 공격하는 히드라가 생각났다.

겨드랑이를 털며,

뿍뿍, 뿍뿍.

"야, 재밌다. 더해라, 히드라."

"안 돼. 더 이상은 괴로워. 침도 더럽고."

"재밌으면 됐지, 침 좀 흘리면 어때!"

"야, 이 시발 놈아, 니가 옆에서 침 맞았다면 그런 소리 하겠냐?"

"옷이 누렇게 썩고 있다!"

"아아아악!"

누군가의 비명 소리에 아래쪽 계단 옆에 앉아 있던 관객들은 서둘러서 달아나기 시작했다.

"아, 시발. 오늘 방송 나올지 몰라서 명품 하나 샀는데 돌아버리겠다!"

"중국에서 만든 것도 명품이냐?"

"눈치 챘냐? 아, 쪽팔려."

짝퉁 셔츠를 입은 관객의 옷이 유독 심하게 오그라졌다. 특히 목 주변이 조여들자 캑캑거리며 호흡 곤란을 호소했다.

하지만 뒷전에 있던 사람들은 그게 더욱 재밌는 모양이었다.

"우하하하! 히드라, 멋지다!"

"대박인데."

그 소리를 들은 마인 다섯 놈이 계단을 내려오다 말고 서서 일사불란하게 동시에 대가리를 돌려댔다. 비밀리에 연습을 충분히 했던 모양이었다.

휘리릭, 휘리릭.

제법 단결된 절도있는 모습. 그만큼 침은 강렬하게 사방으로 튀었다.

"아, 더러운 새끼들."

마인의 등장에 이렇게 호응을 하다니.

무혁은 난감한 생각이 들었다.

"관객들의 호응이 이 정도니 마인이 활개 치는 건 시간문제겠네."

"모두들 더욱 큰 자극을 원하다 보니 그런 모양이다."

이제까지 잠자코 아돌프 히드라의 행태를 보고 있던 유중광이 씁쓸한 기분을 묻어냈다.

"마인도 마인이지만 관객들도 큰일이네요."

"특히 UFC는 프라이드보다 더 큰 자극을 원하지. 그래서 심판들이 일부러 선수들을 서로 부추거서 감정 싸움을 만들어내 흥분을 고조시켜 놓기도 해."

"그래서 시합이 끝나고도 화가 안 풀려서 찾아가 보복을 하곤 하는 군요."

"프라이드는 시합이 끝나면 승패에 승복하고 서로를 격려하는 부분을 매너있다고 자랑하지만, 어떤 면에선 가식적이라고 말하는 사람도 있지. 그에 비해 UFC는 좀 더 인간이 가진 동물적인 폭력과 야수성을 원하는 거지."

"한 마리가 죽어야 끝나는 개 싸움 같은 거군요."

무혁은 옥타곤을 이루는 철창을 보니 그 처절함이 더욱 강하게 다가왔다.

"이들은 그것이야말로 인간이 가진 순수함이라고 말해. 인간은 자유롭게 초원을 뛰며 사냥을 하던 동물이었기에, 이런 싸움이야말로 잃어버린 야성과 자유에 대한 기억을 대리 만족시켜 준다 믿는다는 거야."

"끔찍하군. 저런 곳에서 피를 원하는 사람들을 만족시켜야 한다니."

프라이드 시합을 거치며 이런 생각을 단 한 번도 한 적이 없던 무혁이었다. 한데 UFC에 참관을 하자 같은 비슷한 룰을 가진 시합인데도 뭔가 좀 더 살벌한 생각이 들었다.

"좋아, 좋아. 하지만 안 돼!"

아까보다 훨씬 더 커진 목소리. 그 주인공은 안드레이 알몸스키였다.

아돌프 히드라가 맷돌 춤을 추든 닭 춤을 추든지 간에 안드레이 알몸스키는 링 위에서 충동구매 안 돼 체조로 열심히 몸을 풀고 있었다. 그는 히드라를 쳐다보지도 않고 있었다.

하지만 아무도 쳐다보지도 않는 링 위에 서 있는 알몸스키는 적지 않게 당황하고 있었다.

'겨드랑이 털까지 하얗게 염색하고 나왔는데 아무도 안 알아주네. 제길.'

자신이 외면당한 이 기분. 불 난 목욕탕에서 맹렬히 뛰어나와 길가에 자기 혼자만 알몸으로 서 있는 것 같았다.

"아 씨봉, 아직도 안 봐주네."

알몸스키는 관중들의 시선이 자신을 보지 않자 더욱 강렬하게 동작을 취했다. 더욱 크고 더욱 절도 있게.

"이판사판이다. 쪽팔릴수록 더 몰입도 있게 굴자. 그래야 덜 쪽팔리지. 안 그러면 죽고 싶어질 거 같다."

190센티미터, 107키로의 거구에서 나오는 파워 넘치고 절도있는 행각은 처절하면서도 너무 진지했다.

사실 늙어 보이지 않으려고 심하게 오버하고 있었다.

"안드레이 알몸스키, 힘내."

무혁이 알몸스키에게 호응을 보냈다.

처음에 알몸스키는 무혁은 안중에도 없었다. 무혁이가 유명한 프라이드의 떠오르는 제왕이란 사실도 몰랐을뿐더러, 일개 관광객으로 여긴 탓이다.

"저 동양인 놈이 어디서 나한테 아는 척을 해."

처음엔 이랬던 놈이,

"어, 그래. 기특하구나. 고맙다, 꼬마야."

한 사람이라도 아쉬웠던 것이다.

체구 큰 서양 놈이 보기엔 동양인은 다 꼬마로 보이는 모양이었다. 그런데도 반가워하다니.

그만큼 절박한 심정에 빠진 인간계 대표 주자 안드레이 알몸스키.

무혁이 그 말을 듣고 천천히 다가갔다.

"어, 그래. 잘해라. 난 널 믿고 싶어."

라고 말했다. 하지만 속은 부글부글 끓어올랐다. 꼬마란 말 때문이다.

'너랑 나랑 동갑이야, 시봉아. 평소 같으면 넌 몇 대 쥐어터지고 시작했어.'

하지만 충동구매 안 돼 체조에 빠져 그 속을 도저히 읽을 수 없는 안드레이.

"믿어라, 이 형을."

안드레이는 V자를 그리며 호언장담했다.

"1회전이 끝나기 10초를 남겨두고 끝내주마."

"정말이야, 알몸스키?"

"그렇다!"

안드레이는 더는 말할 필요가 없다며 단호하게 말을 끊었다.

실비아와의 시합에서 어이없이 카운터에 걸려 진 후로 와신상담하며 몸을 만들어온 안드레이 알몹스키였다. 한 달 동안 부지런히 훈련하여 최고의 컨디션을 만들어냈다.

"하지만 상대는 마인이라던데, 잘될 수 있겠어?"

"마인이든 마닭이든 상관없어. 그냥 될 때까지 까부시는 거야. 피똥 쌀 때까지 말이야."

"그래, 잘해봐. 혹시 겜 중에 내가 도움이 안 되더라도 잘해."

그 소리를 듣고 알몹스키가 웃음을 터뜨렸다.

"키키키키, 바보 자식. 넌 시합도 안 봤냐? 시합 중에 어케 도와주냐?"

"그래, 그렇긴 하지."

"쿡쿡쿡. 귀여운 꼬마야, 너는 시간이나 재라. 명심해라, 끝나기 10초 전에 승패가 결정 날 테니까."

알몹스키는 어느새 기분이 좋아져 있었다.

그럼 됐지 뭐.

무혁은 되도록 화를 안 내기로 했다.

"그래, 잘 싸워라."

진정으로 마인을 상대로 그가 이겨주길 바랐다.

무혁과 안드레이 알몹스키가 대화를 나누는 동안 아돌프 히드라가 다가와 있었다.

놈들은 링 바로 아래에 와서 횡으로 늘어서더니 다섯 명이 똑같이 고개를 돌려댔다.

빙글빙글.

<u>꼬꼬댁꼭꼬.</u>

무혁의 머릿속으로 닭이 모이 쪼는 소리가 들리는 듯해 몸이 근질거

렸다.

안드레이 알몸스키가 아돌프 히드라를 가운데 손가락으로 꼭 집어 지명했다.

까딱까딱.

중지를 움찔거리며 얼른 기어 올라오란 신호.

"너, 올라와."

그 손짓에 녹동들과 히드라가 얼굴을 번갈아 마주 보며 킥킥 웃었다.

키득키득.

"이 병아리 새끼야, 모가지를 빙빙 말아놓기 전에 얼른 올라와라."

신인인 주제에 너무 시건방지다고 느낀 인간계의 파수꾼 안드레이 알몸스키는 손가락을 번갈아 꺾어가며 으르렁거렸다.

부드드뚝.

뚝뚝.

억센 알몸스키의 손에서 뼈 꺾는 소리가 경쾌하게 울렸다. 마디 꺾는 소리만큼 과연 그의 호언장담은 통쾌하게 이루어질 것인가. 두고 볼 일이다.

핑크 닭볏을 하고 코가 뾰족하고 눈까지 앞으로 약간 몰려 있는 히드라가 한마디 했다.

"시방새야, 나머지 관절은 내가 꺽어주마."

파박.

바닥을 박차고 오른 아돌프 히드라가 링 위의 로프를 향해 몸을 솟구쳤다. 전광석화처럼 빠른 몸짓이었다.

뜻밖의 스피드에 무혁의 눈꼬리가 치떠졌다.

허공의 끝을 향해 오를 것만 같던 히드라가 싸움닭처럼 양팔을 활짝 펼쳤다.

정말 날개라도 달린 것일까? 한참을 허공에 체공하던 히드라가 천장에서 쏟아지는 강렬한 조명을 등에 지고 알몸스키의 머리 위를 덮치며 내려오고 있었다.

순간 위협감을 느낀 알몸스키가 뻗쳐 오르는 화를 못 참고 주먹을 내질렀다.

"이 닭 새끼가!"

쉐에엑, 펑!

바람을 가르는 소리와 함께 강렬한 파공음이 경기장에 퍼졌다.

갑자기 경기장의 불이 깜빡였다.

푸득푸득.

다시 불이 밝아졌을 때 링 위엔 핑크로 염색한 깃털 몇 개만이 날리고 있었다.

"뭐야!"

무혁은 순간 자신의 눈을 의심했다. 흑마술이라도 쓴 것일까?

순식간에 아돌프 히드라는 눈앞에서 사라져 있었다.

"케케케케!"

어느 순간에 히드라는 알몸스키의 등 뒤 코너 기둥에 올라서 괴이한 웃음을 흘렸다.

정말 눈 깜짝할 사이에 일어난 일이라 링 밖에서 구경하던 무혁도 어리둥절할 뿐이었다.

제일 당황한 것은 알몸스키였다. 허공을 내지른 주먹에 싱거움과 허망함이 담겼다. 등골로 오싹한 소름이 쫙 흘렀다.

그대로 있다간 의기소침해질지도 몰랐다.

"털 빠진 닭 새끼, 똥집에 꼬챙이를 꼽아서 바비큐를 만들어 버릴 테다!"

알몸스키가 당황한 기색을 감추려고 큰 소리를 쳤다.

"멍청한 알몸스키, 그전에 이를 몽땅 빼내 다시는 닭고기에 입도 못 대게 해주마. 케케케."

"까불지 마라, 닭대가리. 네놈의 팔다리를 공짜로 교체해 주마."

"주둥아리 나불거리는 지금이 좋은 때다. 앞으로 닭만 봐도 고개 숙이고 도망가게 해주마."

알몸스키에 지지 않고 히드라가 코 주변으로 심하게 몰린 두 눈을 부라리며 말싸움을 벌였다.

"으하하하! 시합도 하기 전에 대단한 신경전이야!"

통쾌한 웃음을 터뜨리며 링 아나운서 부르스 버퍼가 등장했다.

그는 UFC 최고의 아나운서였다. 그가 유명한 이유는 안 싸울 놈도 완전 꼭지를 돌려놔서 죽기 살기로 싸우게 만든다는 것이다.

흥정은 말리고 싸움은 붙여라!

그의 평소 좌우명이었다.

부르스 버퍼는 밥만 먹고 생각했던 게, 어떡하면 선수들을 제대로 약 올려서 독들 바짝 올려놓을까 끙끙 고민했다.

그의 교묘한 심리전에 말린 선수들은 자신의 한계를 뛰어넘어 생사의 혈전을 벌였다.

당연히 그만큼 관중들도 시합에 열광했다.

"키킥, 나보다 쌈 잘 붙이는 놈 있으면 나와보라 그래!"

버퍼는 마이크를 들고 공공연히 떠들었다. 그가 이럴 수 있는 건, 그에게 매료된 많은 관객들을 확보하고 있기에 가능한 일이었다.

"맞아. 부르스 버퍼, 너는 정말 최고의 협잡꾼이야."

"맞아, 정말 대단해. 우린 너의 소식을 들으면 정말 니가 위대하다고 생각이 들어."

"어떡하면 저 자식들을 싸움붙여 둘 다 중환자실에 입원시켜 놓을 수가 있어? 그건 정말 아무나 함부로 못하는 일이다. 정말 대단해."

"반신불수된 아들 녀석한테는 전동 휠체어를 사줬다면서?"

"뭐라고, 그게 정말이야? 정말 대단한 부성애다. 그런 훌륭한 일을 다 하다니."

관객들은 부르스 버퍼를 선수들보다 더 좋아했다.

"야야, 뭐 그 정도 가지고 아는 척들 하냐. 내가 아는 얘기해 줄까?"

"그게 뭔데!"

"목발 짚고 퇴원한 아들 놈하고 마누라랑 싸움 붙여서 프라이팬으로 머리통을 맞은 아들 놈이 정신 병원에서 손발을 벌벌 떨며 외부인과의 접촉을 극도로 피하며 살고 있다더라."

"뭐야? 그게 사실이야? 정말 대단하다. 그런데 마누라는 무사해?"

"아들 놈의 억센 손아귀에 머리가 통째로 뽑히며 가죽이 벗겨져서 조만간에 1차로 이식수술을 받을 거래."

"이식수술만 받으면 된데? 근데 왜 1차야? 또 뭔 수술을 받아야 한데?"

"머리가 잡아 당겨지며 얼굴이 약간 위로 몰려서 안면성형 교정수술도 받아야 한다더라."

관객은 새로운 사실을 말했다는 사실에 으쓱해져 있었다.

"야, 정말 그 싸움 볼 만했겠다."

"그러게 말야. 그런 건 미리 소문내고 관람권 좀 팔았으면 좋겠어."

"부르스 버퍼는 항상 볼거리를 몰고 다닌단 말이야. 언제 어디서 어떤 싸움을 붙여놓을지 전혀 짐작을 못하겠어."

"맞아, 그러니 앞으론 더욱더 부르스 버퍼의 일거수일투족을 놓치지 말아야겠어."

확실히 관객들은 새로운 흥분을 원하고 있었다. 그건 붉은 피에 대한 중독 현상 같은 것이었다. 처음엔 피를 흘리는 상대를 보고 거부 반응을 일으키다가도 차차 익숙해지며 서서히 호전성이 깨어나고 있었던 것이다.

"껄껄껄. 나를 기다려 온 팬들이여, 너무 섭섭해하지 마라. 나는 항상 어떻게 하면 그대들을 만족시킬지 밥 먹고 똥 싸는 시간 빼고 고민하는 사람이다. 오늘은 이제껏 보지 못한 혈전을 보게 될 것이다!"

"우와와와!"

"드디어, 드디어. 오늘 한 놈 오체분시되는 걸 확인하겠구나."

"싸움의 거간꾼 부르스 버퍼 우린 너를 믿는다. 너야말로 진정한 흥행의 마술사란 걸 오늘 보여다오! 그래 줄 거지!!"

관객 팬들의 환호에 부르스 버퍼는 흡족한 미소를 지었다. 그런 그가 갑자기 심각한 얼굴을 했다.

순간 객석을 궁금증과 함께 불안한 침묵 속으로 빠져들었다.

"왜 버퍼의 표정이 안 좋아 보이지?"

"화났나 봐."

영문을 모르는 객석이 술렁거렸다.

부르스 버퍼가 손을 번쩍 들어올렸다.

꿀꺽.

객석이 침을 삼키며 숨을 죽였다.

'불안해.'

하지만 부르스 버퍼의 손짓은 객석을 횡횡하게 떠도는 술렁임을 불식시키려고 했을 뿐이다.

부르스 버퍼가 천천히 입을 열었다.

"두 번 말하게 하면 혀 뽑아버린다."

오늘 한 놈 죽일 것이니까 자꾸 얘기하게 하지 말란 뜻이었다.

히죽.

무겁고 강하게 한마디 한 부르스 버퍼의 귀밑까지 찢어진 입꼬리에 득의만만한 미소가 걸렸다.

"와아아아아!"

비로소 관객들은 부르스 버퍼의 의도를 파악하고 맘껏 환호하고 있었다.

"한 놈만! 죽여라!"

"이기는 편 우리 편!"

"제발 싸우다가 죽어버려라!"

알몸스키와 히드라의 대립 말고도 관객들마저 흥분의 최고조에 다다라가고 있었다.

링 위에 올라온 부르스 버퍼는 지금같이 선수들은 험악해지고 관객들은 흥분되어 있는 사태를 보면 매우 흡족했다.

"알아서 흥분하고 격앙되어 가는 그대들이야말로 진정한 전사다. 자유로운 인간이란, 스스로 흥분돼서 개지랄을 서슴지 않아야 한다."

알몸스키와 히드라가 서로 으르렁거리는 중간으로 걸어 들어오며 주문했다.

부르스 버퍼의 말은 계속됐다.

"싸워라, 패라, 상대가 죽을 때까지 일단 밟아라. 그 다음 일은 심판에게 맡겨라."

둘 사이를 번갈아 보며 손가락질을 해대며 마이크를 통해 거침없는 독설을 퍼부었다.

"니들이 상대의 입장을 스스로 알아서 챙겨준다면 심판은 일자리를 빼앗길 것이다. 그건 심판에 대한 예의가 아니다. 그러니까 일단 부지런히 때려라!!"

정말 대단한 링 아나운서였다. 선수의 안위 따윈 안중에도 없었다. 오로지 승패에 대한 열망을 가진 관객을 만족시켜 흥행의 성공을 이어가고자 할 뿐이었다.

'크크, 이래야 다음 시합도 매진되지. 당연히 내 보너스도 올라가지. 열심히 흥분해라 관객들이여, 내 돈 줄이여! 크크크.'

마지막으로 알몸스키와 히드라에게 주문을 했다. 그건 일종의 엄포로 보였다.

"니들 똑바로 안 하면 내 명예를 걸고 다시는 링에 서지 못하게 할 테다. 그건 바로 관객들의 요구고, 그들의 요구야말로 이곳의 법이다. 대충 그까이꺼로 하려면 내가 용서하지 않을 것이다! 이 부르스 버퍼가!! 무섭지이!!"

움찔.

그 말에 알몸스키가 움찔거렸다.

'아, 시발. 나 카드 빚 갚으려면 몇 겜 더 해야 하는데. 부르스 버퍼가 눈치 챘나? 아 무서운 놈. 분명 뒷조사 했을 거야.'

알몸스키는 속사정을 들킨 붉어진 얼굴을 했다. 약간은 침통해 보였다.

'넌 할 수 있어 알몸스키. 이기자 아자아자!'

치부를 들킨 기분을 털어내려 알몸스키는 자리에서 통통 튀며 몸을 풀었다.

반면에 히드라는 그러든지 말든지 지붕에 앉은 닭, 개 쳐다보듯 멀뚱거렸다. 아직도 기둥 위에 다리 모아 앉은 채로였다.

반응이 형편없자 무안해진 부르스 버퍼가 마이크를 끄고 아돌프 히드라에게 다가갔다.

"시방새, 너 사람 쪽팔리게 그렇게 쳐다볼래? 대충 고개 끄덕여 주면 어디 덧나냐? 나의 팬 애들도 보고 있는데. 확, 눈알을!"

그때 히드라가 조악한 웃음소리를 흘렸다.

"케케케, 비켜라, 부르스 버퍼. 윗입술을 잡아 늘려 뒷모가지에 걸어 놓기 전에……."

"커헙!"

당황한 부르스 버퍼가 입을 다물었다. 입으로 먹고사는 사람한테 그런 흉측한 말을.

"너, 너!"

부르스 버퍼가 화가 나서 뭐라고 하려다가 다시 입을 다물었다.

아돌프 히드라의 눈이 붉게 변해 가고 있었기 때문이다.

"커헉, 사람이 아니군. 덜덜덜."

점점 붉게 타오르는 히드라의 눈을 보며 공포에 젖은 부르스 버퍼가 얼어붙었다.

"알아들었으면 비켜라. 심장을 쪼아버리기 전에. 나는 지금 피가 고프단 말이야."

여차하면 자신을 먼저 때려눕힐 듯한 히드라의 기세.

부르스 버퍼는 난감했다. 그래도 관객이 보고 있는데 거기서 그냥 물러설 수 없었다.

"우하하하! 맘에 든다, 히드라. 전 챔피언을 상대로 그런 호전성을 가진 선수가 나도 그리웠다. 부디 최선을 다해 혜성 같은 신인이 등장했음을 만천하에 알려다오! 기특한 녀석."

"비키라니까."

전설적인 링 아나운서를 두고 귀찮다는 듯이 말하고 있는 히드라였다. 과연 그 배짱은 어디서 나온 것일까.

무혁은 놈의 행동을 유심히 보며 호기심이 일었다.

"대체 어떤 놈이길래. 안하무인일꼬."

놈의 실력이 궁금해졌다.

따라서 시합이 속히 진행되기를 바라고 있었다.

부르스 버퍼 뒤에서 묵묵히 걸어나오고 있는 심판이 보였다. 그가 바로 존 매카시였다. 독특한 자신만의 시합용 멘트를 특허신청까지 한 부르스 버퍼 못지않은 인기인이었다.

"수고했어, 버퍼."

부르스 버퍼가 히드라에 의해 난감해하자 매카시가 때맞춰 나온 것.

버퍼는 그의 등장으로 자리를 피할 명분이 생겼다.

"그래. 매카시, 저놈 저거 영 기분이 나쁘다. 저놈, 골탕 좀 먹여줘."

부르스 버퍼가 히드라를 두고 말했다.

"그래, 참고할게. 일단 내려가."

"마지막 멘트는 해야지."

매카시가 등을 떠미는 듯하자 조금이라도 궁색해 보이지 않으려고 애쓰는 버퍼였다.

"그래, 얼른 해."

부르스 버퍼는 마이크를 다시 켰다. 일단 한 번 관중을 둘러보고 약간 뜸을 들인 후,

"이제 두 선수의 대립은 갈 때까지 갔다. 오늘 하나가 죽어야 시합이 끝날 듯하다. 관객들은 각본 없는 드라마에 집중해라. 곧 당신들의 기다림에 커다란 화답이 돌아갈 것이다. 기꺼이 즐겨라, 오늘 야수들의 축제를!"

제4장
마인 전성시대

마인 전성시대

"와아아아!"

로스앤젤레스 스테이플스 센터 실내 경기장이 기대감에 젖어 웅성거렸다.

"나는 할 만큼 했다. 이제 그 몫은 안드레이 알몸스키와 아돌프 히드라, 그리고 여러분의 몫이다. 졸지도 마라. 눈 깜짝할 사이에 끝날 수도 있음을 명심해라."

부르스 버퍼가 마지막으로 남긴 말. 그 끝에 포악하고 기괴한 웃음소리를 흘렸다.

"우하하하하하하! 꺼하하하하하하!"

게임의 몰입을 위한 효과음 같은 것이었다. 웃음소리에 맞춰 천장의 조명들이 일제히 껌벅거렸다.

번쩍, 버번쩍!

조명의 눈 시린 점멸은 존 매카시의 말없이 들어올린 손짓으로 멈췄다.

한 손을 머리 위로 올린 매카시가 다른 손으로 두 선수를 중앙으로 불렀다.

"다들 시합의 규칙은 알 것이다. 깨물지 말아라. 다만, 축구공 차듯 때리는 사커 킥이나 얼굴을 쥐포 만드는 스템핑 킥은 안 된다. 대신 팔꿈치로 안면 공격은 해도 좋다."

깨물지 말라는 것만 빼면 나머진 프라이드와 엇갈리게 바뀐 게임 룰이었다.

팔꿈치 공격을 허용한다는 것은 자칫 몸싸움으로 지루해질 것을 염려한 방안이었다. 즉, 접근전 때 공격성을 높이기 위한 것이었다. 그리고 팔꿈치 공격은 뽀족한 관절의 특성상 얼굴을 찢어 선혈이 낭자하게 만들어놓곤 했다. 하지만 UFC 관객은 그걸 보면 더욱 열광했다.

"프라이드 관객은 우리가 경기하는 것을 보고 싶어하지만, UFC의 관중들은 우리들이 피 흘리는 걸 보고 싶어 한다."

게리 굿리지가 두 시합의 특성을 비교해서 했던 말이다. 그만큼 UFC의 관객들은 피를 원했고, 경기가 아닌 싸움을 원하고 있었던 것이다. 주변 환경이 그랬기에 UFC 시합 중엔 큰 사고가 자주 났다.

"케케케케."

괴이한 웃음소리가 심판 존 매카시의 귀에도 거슬렸다.

"너, 원래 웃음소리가 그따위냐?"

"크크크크."

"웃음소리가 조잡한 걸 보니 크게 될 놈은 아니군."

"심판 나으리, 남의 웃음 탓하지 말고 시합이나 얼렁 붙여주쇼."

히드라가 비아냥거리는 매카시를 묵살하며 살의를 번뜩였다.

머리를 양옆을 빡빡 깎고 가운데 세운 머리를 핑크로 염색한 아돌프 히드라.

얼굴은 닭대가리처럼 길고 가는 게 상체는 역삼각형으로 떡 벌어져 있었다. 더군다나 소용돌이 문신을 한 양쪽 어깨는 실제보다 더욱 우람해 보이는 착시현상을 일으켰다.

"히드라, 오래 끌면 우리 잔다. 대충 눈알 터지면 들어오라고."

"그래도 최소 전치 20주 정도는 만들어놔야지."

"그러다 애 죽으면 어쩌려고."

"그건 쟤의 인생이지."

"그렇긴 하지, 암튼 난 기다리는 건 딱 질색이니까 얼렁 끝내고 들어와라."

히드라의 세컨 보는 놈들이 주둥이를 마구 놀려댔다. 이미 놈들에게 안드레이 알몹스키는 안중에도 없었다.

머리를 초록색으로 물들인 세컨 보는 놈들을 볼 때마다 무혁은 녹동들이 연상되고 있었다.

'흠, 꽤나 시끄러운 녀석들이군.'

녀석들의 팀 이름은 핑크 치킨탑이었다.

무혁은 그런 놈들을 무시하고 다시 아돌프 히드라를 유심히 바라봤다.

무혁이 한눈에 보기에도 우람한 상체만큼 놈의 펀치는 막강해 보였다.

'대신 하체는 약하겠군.'

상체에 비해 하체는 비정상적으로 왜소해 보였다.

'불완전한 약물 때문일까? 아니면 의도해서 상체만 키운 것일까?'

무혁은 그 판단은 일단 보류하기로 했다. 그것은 시합을 보면 알게 될 것이다.

'불안전한 약물 탓이라면 어딘지 결점이 발견되겠지.'

"자자, 집중 좀 하자!"

그러고 보니 여태껏 한 손을 들고 있었다. 일반 사람이라면 팔 저리다고 벌써 내렸을 것이다. 그건 바로 존 매카시의 직업 병이었다. 차라리 팔을 올리고 있는 게 소화도 잘됐다.

"렛츠 겟 잇 온(Let's Get It On)!!"

존 매카시의 전매특허인 시합을 알리는 멘트가 벼락같이 쏟아져 나왔다.

땡!

시합을 알리는 종이 뒤를 이었다.

비로소 팔각의 철창 속, 둘의 형형한 눈빛이 옥타곤 중앙에서 마주치며 전의가 활활 불타올랐다.

찌리리릭. 활활.

쿠오오오!

공이 울리자마자 안드레이 알몸스키가 강력하게 대쉬를 했다.

다다다닥, 파팍!

부우우웅.

링 바닥을 차 오른 알몸스키가 히드라를 향해 저돌적으로 날아가고 있었다.

전 게임에 KO패를 당한 터라 초반부터 강한 모습을 보여줄 필요가 있었던 것.

"연속 발차기를 보여주마!"

허공을 걸어가듯 발을 휘저은 알몸스키가 히드라를 앞에 두고 허공의 정점에 위치했다.

연속 발차기를 시도하려 막 발을 들어올리려 할 때였다.

그때까지 알몸스키가 날아오는 모습을 보고만 있던 히드라가 갑자기 고개를 아래로 처박으며 두 손으로 링 바닥을 짚었다.

"뭐야, 이건!"

히드라의 돌발적인 행동에 타점이 흔들린 알몸스키가 잠시 머뭇거렸다.

벌렁.

그대로 물구나무서기를 시도하는 히드라였다.

츠츠츳!

아돌프 히드라의 두 발이 허공을 향해 솟아올랐다.

"이놈이 어디서 변칙 공격을 하려고 해!"

그때까지 격투 경력이 월등하다고 자신했던 알몸스키가 히드라를 향해 강력한 플리잉킥을 연속으로 퍼부었다.

파파파팟!

퍽, 퍽, 퍽, 퍽!

솟구쳐 오르는 히드라의 두 발과 알몸스키의 발이 허공에서 격돌하며 터질 듯한 타격음을 울렸다.

"흡!"

알몸스키는 첫 번째 공격이 무위로 돌아가자 얼른 허공으로 회전을 하며 바닥에 내려섰다.

얼얼.

히드라의 족격과 맞부딪친 발바닥이 화끈거렸다. 재빠르게 알몸스키가 스텝을 밟으며 전의를 재정비했다.

타타타타탓!

"하쭈, 병아리 주제에 제법이구나. 그런데 으잉?"

알몸스키는 히드라가 취한 자세를 보고 약간 황당한 표정을 지었다.

아돌프 히드라는 물구나무서기 한 자세를 그대로 고수하고 있었던 것이다.

일반적이지 않은 모습. 두 손으로 바닥을 짚고 있다는 건 남들이 보기에도 불리한 자세였다. 그런데 오히려 히드라에겐 묘한 균형감이 느껴졌다.

상체가 하체보다 더 두꺼워 보였던 히드라의 몸이 물구나무를 서자 중심이 안정돼 보였던 것이다.

"별난 놈이군."

옆에 있던 유중광이 녀석의 격투 자세를 보고 의외란 표정을 지었다.

결과가 나와봐야겠지만, 중광이 보기에도 녀석의 자세는 순발력과 타격력이 떨어질 듯 보였다.

저런 자세로 대체 공격은 어떻게 하려는 걸까? 중광은 몹시 궁금해졌다.

곁에 앉은 무혁도 궁금하기는 마찬가지였다. 수상하긴 했지만 좀 더 녀석의 행동을 지켜보기로 했다.

"아무튼 마인 놈들은 참 별나. 홀라당 뒤집어져서 뭐 하자는 건지 궁금해지네."

알몸스키가 물었다.

"지금 리듬체조 하나?"

과연 싸울 의사가 있는 것인지 묻고 있었다.

알몸스키의 말투에 불쾌한 기분이 역력했다. 우스갯짓으로 자신을 놀리고 있다는 생각한 것이다.

'설마 이놈이 내 머리에 새치가 난 걸 눈치 챘나? 아, 이러다간 퇴출

되겠는걸. 그냥 두면 안 되겠어! 눈땡이를 발로 차서 못 보게 하자!'

"흐압!"

일기가성을 내지르며 알몸스키가 달려들었다.

타타타탓!

이번엔 연타를 내질렀다. 알몸스키의 연타는 정교하기로 정평이 나 있었다. 주먹은 정확하게 뒤집어 서 있는 히드라의 복부를 노렸다.

슈슈슈숙, 퍼벅!

하지만 시합 전에 벌어졌던 히드라의 눈속임 같은 일이 순식간에 재현됐다.

펑!

다시 알몸스키의 눈앞에서 사라져 버린 것이다.

"으학! 이놈이 대체 어디 간 거야?"

정면에 있던 알몸스키한테만 그렇게 보였던 것이다.

팔각의 옥타곤 전체를 내려다보던 무혁을 비롯한 관객의 눈에는 히드라의 움직임이 보였다. 무척 기민하긴 했다.

핑그르르.

물구나무를 선 채로 팔을 이용해서 마치 배틀을 뛰는 비보이 전사처럼 자유자재로 돌아가고 있었던 것.

어느새 히드라는 알몸스키의 뒤에 가 있었다.

"우와와! 히드라, 무척 빠르다."

"팔 힘이 장난이 아니게 강하고 빠르다!"

무혁은 히드라의 동작을 유심히 봤다.

'변칙이군.'

기존의 격투가가 쓰지 않는 방법이었기에 가능한 일이었다.

격투가 발로 움직이며 공격과 수비를 하는 것이란 고정관념이 깨지고 있었다.

"나 뒤에 있어."

감정이 철저히 배제된 아주 침착하고 냉랭한 목소리였다.

"뭐야, 이거?"

눈앞에서 사라진 히드라를 찾던 알몸스키는 소리 나는 곳을 힐끔 돌아보다 경악을 했다.

"으허헉!"

믿을 수가 없었다. 어떻게 정면에 있는 자신의 눈을 속이고 뒤로 가 있단 말인가.

'끄응, 이놈 봐라. 제법인걸. 안 되겠어, 서둘러야지.'

히드라의 움직임을 놓쳐 잠시 당황해하던 알몸스키가 당혹한 낌새를 감추고 다시 스텝을 밟았다.

"이봐, 히드라. 언제까지 그렇게 물구나무서기를 하고 있을 거냐! 그래 가지고 한 대라도 쳐보겠냐? 이 개눔 시끼야."

노련한 알몸스키가 거칠게 욕을 했다. 히드라의 심기를 건드릴 요령으로 심리전을 건 것이었다.

"바베큐 치킨, 고추장 치킨, 전기구이 통닭, 버팔로 윙 같은 자식아. 에라이, 닭찜 같은 자식아."

일단 온갖 치킨에 관한 건 다 들이댔다. 그게 놈을 닭이라고 약 올릴 수 있는 최대의 욕이라고 생각한 것이다. 하지만 히드라는 별다른 동요를 일으키지 않았다. 초지일관 같은 자세, 같은 표정.

'어, 이눔 봐라? 제법인데. 내 강력한 심리전이 전혀 먹혀들지 않잖아.'

그때서야 평온하게 거꾸로 서 있는 히드라가 무서운 놈이란 예감이 들기 시작했다.

‘혹시 저놈이 귀머거리일지도 몰라. 그렇다면 수화로 약 올려보자.’

방법을 바꾼 알몸스키. 손가락을 폈다 오므렸다를 반복하며 수화를 시작했다.

츠츠. 스슥.

음주운전 사고로 사회봉사 활동할 때 배운 수화는 서툴기만 했다. 결국 제 입을 오물거리며 수화를 병행하고 있었다.

“너, 응가할 때도 그 자세로 하지?”

츠츠. 스슥. 꼬물딱, 쪼물딱.

“물구나무서서 응가하면 대체 어떻게 되는 거야?”

무혁은 갑자기 시합을 보다 말고 그게 궁금해졌다.

무혁의 혼잣말에 오랜만에 남덕이 입을 열었다.

“똥사발 뒤집어쓰는 거지, 바부야. 나도 예전에 중학교 담을 기어 넘어 땡땡이치다가 배탈난 게 터져 버려서 뒤집어쓴 적이 있거들랑.”

“그런 일이 있었어? 그래서 어떻게 됐어?”

“사람들이 반경 수십 미터 안에 근접을 못하더라고. 선생들도 날 잡으러 왔다가 다 도망갔어. 그때부터 내가 학교에서 짱먹게 된 거야.”

“짱먹는 방법도 여러 가지네.”

“그날 이후, 결국 내가 아무도 감히 흉내 내지 못할 우리 학교의 전설로 남았어.”

이걸 정말 믿어야 해?

믿든지 말든지 삽자루를 질끈 붙잡고 너스레를 떨고 있는 남덕을 보다가 무혁은 괜히 물어봤단 생각을 했다.

“형, 닥치고 그만 시합이나 보자.”

하지만 남덕은 멈출 생각이 없었다.

“나는 지금도 그날만 생각하면 젊은 피가 들끓어 오른다. 생각을 해봐라. 그게 나 아니면 누가 할 수 있었겠냐…… 주저리주저리.”

삽자루를 육중한 두 손으로 보검처럼 앞에 세워 잡고 있는 비장한 표정의 남덕은 정말 무사 같았지만, 무혁은 외면했다.

“중광 형님, 자리 좀 바꿔줘요.”

“나도 똥 냄새는 싫다.”

중광은 완강히 거부했다.

“중광 형님은 축농증이 있어서 냄새를 잘 못 맡잖아요.”

“수술받았다.”

“아이씨.”

무혁은 결국 자리를 박차고 일어나 링 사이드 주변으로 도망쳤다.

한편 링 위에선 히드라의 움직임이 부산해지고 있었다.

츠츠츠츠.

그 움직임을 보고 안드레이 알몸스키는 히드라가 동요를 일으켰다고 느꼈다.

‘드디어 놈이 흥분했군, 흐흐.’

알몸스키는 그때부터 판단에 커다란 오류를 일으키고 있었다. 히드라를 너무 쉽게 생각한 탓이었다.

“UFC는 포인트제란 걸 모르나 보지? 흐흐.”

그랬다. 프라이드가 판정할 때 서브미션을 이용해 많이 꺾은 사람이 유리하다면, UFC는 많이 때리고 많이 넘어뜨린 사람에게 좋은 평가가 내려졌다.

그런 면에서 시합 경력이 많은 알몸스키는 노련했다.

“타핫!”

다시 한 번 알몸스키가 히드라를 노리고 빠른 속도로 접근했다.

파파파파팍!

이번엔 복부에 한정되지 않았다. 알몸스키가 노리는 건 히드라의 전신이었다. 보이는 대로, 틈이 생기는 대로 무차별 가격을 퍼부을 참이었다.

알몸스키가 원하는 대로 주먹이 히드라의 복부와 옆구리에 작렬했다.

"이번엔 킥이다!!"

부우웅!

알몸스키의 강렬한 킥이 거꾸로 선 히드라의 면상을 향해 뻗어 나갔다.

그대로 맞으면 목뼈가 등 뒤로 꺾여 버릴 정도의 위력이었다.

패에에에액!

'걸려들었다. 가거랏, 병아리!'

하나 그건 순전히 알몸스키만의 생각이었다.

주먹이 온몸에 작렬했는데, 히드라는 그때까지 요지부동으로 자세를 유지하고 있었다. 온몸이 철갑을 두른 듯 단단했다.

"그럼 어때! 일단 패고 보는 거지! 닭 새끼야."

알몸스키도 그걸 느꼈지만, 포인트 위주로 몰고 가기 위해 일단 무시하고 주먹을 내뻗었던 것이다. 이제 마지막 정리를 위한 킥만 들어가면 모든 게 끝날 것이었다.

하지만 어쨌든 그건 알몸스키의 생각일 뿐이었다. 이제껏 가만히 있던 히드라가 등을 지고 돌아서더니,

빙글.

물구나무선 양팔이 약간 안쪽으로 접혔다가 곧바로 펴졌다 느끼는 순간,

가각!

양팔이 튕겨지며 허공으로 날아오르는 히드라.

알몸스키의 발이 히드라의 뒤통수에 닿기 직전에 일어난 일이었다.

그와 동시에 휘청하고 젖혀졌던 히드라의 양 발이 알몸스키의 목을 향해 뻗어 나갔다.

쉐에에액—

츠츠츳!

서로의 발이 두상을 향하고 있었다.

상황이 절묘해지고 있었다. 그건 마치 태극이 뒤엉킨 문양 같았다.

"어어어!"

알몸스키가 자신을 조여오는 발에 경악했지만, 그 순간 히드라의 두 발은 이미 자신의 목을 감고 있었다.

어느새 상황은 도약해서 깊게 다가가고 있는 히드라에게 유리해져 있었다. 급격한 반전이다.

"우와와왓!"

구경하던 모두가 예기치 못한 반전에 경악을 내질렀다.

무혁도 놀랍기는 마찬가지였다. 전혀 예상치 못했던 공격이다.

"트라이앵글 초크인가?"

아돌프 히드라의 발이 완벽하게 알몸스키의 목에 족쇄처럼 감겨 버렸다.

"케케케켁! 걸렸군."

휘익.

히드라가 목에 건 두 발을 축으로 몸을 일으켰다. 그러자 목에 올라탄 자세가 나왔다. 그 상태에서 히드라가 두 손을 들어올려 내려쳤다.

퍽퍽, 퍼억, 퍽!

"으아악! 아프다."

아령으로 맞은 듯한 충격에 알몸스키의 머리통이 깨지며 핏물이 튀어올랐다.

퍼억, 퍼억!

이번에 더 깊게 내리꽂혔다. 정말 짧은 순간이었는데도 초점을 잃은 알몸스키의 눈에 백태가 드러났다.

떠엉, 윙윙.

머릿속으로 매미 우는 소리가 가득 찼다.

"아아, 이게 어떻게 된 일이지? 어떤 새끼가 내 머릿속에 매미를…… 쿨럭."

"크크크크. 바보 같은 자식! 그 바보 같은 생각을 끝나게 해주마."

기선을 잡은 히드라가 몸을 아래로 떨어뜨렸다. 마치 각지를 건 지렛대와 같은 모습이 연출됐다.

패앵—

목이 졸려 사색이 되어가는 알몸스키.

단지 승리를 위한 것이었다면 지금 히드라의 행위는 절대 불필요한 행동이었다.

알몸스키가 항복을 표시하기도 전에, 심판이 달려들기도 전에 아돌프 히드라는 필살기에 들어가 버렸다.

"으랏차, 가거라!"

몸이 아래로 떨어지는 탄력을 실어 발을 휘돌리고 있었다.

부웅!

목이 졸린 알몸스키의 몸뚱이가 허공 위로 떠올라 서서히 뒤집어졌다.

졸린 목 감아 던지기, 헤드 시저스.

전날 무혁이 중원 동혈에서 모월괴인과 싸울 때 써먹었던 기술과 비슷한 것이었다.

콰앙!!

심한 타공음과 함께 옥타곤이 세차게 출렁거렸다.

무려 107킬로그램이나 되는 덩치가 그대로 철창 아래까지 날아가 링 바닥에 처박힌 것이다. 덩달아서 철창이 파르르 떨렸다.

히드라는 그대로 목에 낀 발 각지를 풀지 않고 마운트를 점령했다.

두 발에 목이 꼬인 채로 잡힌 알롬스키는 컥컥거렸다. 비록 의식은 없지만 호흡 곤란이 그대로 드러난 것이다.

철창 구석에 낀 안드레이 알롬스키의 몸이 옹색해 보였다. 간헐적으로 반발의 움직임이 있었지만, 그건 어디까지나 의식이 없는 상태서 나오는 반응일 뿐.

남들 보기엔 알롬스키가 주먹을 내뻗어 응수하고 있는 듯 보였다.

"우와와아! 힘내라, 알롬스키!"

"한때는 너도 영웅이었다. 일어나라, 알롬스키!"

강자를 환호하는 사람이 있으면, 약자 편을 드는 것도 인간의 한 속성.

관객 중의 일부가 알롬스키를 연호했다.

하지만 사태는 알롬스키에게 턱없이 불리하게 돌아갔다.

퍼억, 퍽. 퍽퍽!

마운트를 점령한 히드라가 팔꿈치가 알롬스키의 머리에 다시 작렬하기 시작했다.

퍽!

타공음이 들리며 또다시 핏물이 사방으로 튀며 링 사이드에 있던 스텝의 얼굴에까지 튀었다.

피는 나오미의 얼굴과 카메라 렌즈에도 튀었다.

"까아악!"

여자는 여자였다.

"이게 뭐야, 무혁 오빠의 저주가 그대로 실현됐네. 으아악! 이 인간 시합 끝나면 가만두나 보자. 씩씩."

이내 정신을 다시 차린 나오미는 다시 렌즈를 들이댔다.

찰칵, 찰칵.

핏물이 튀긴 렌즈는 더욱더 리얼한 장면을 담기 시작했다.

그 후에도 계속되는 아돌프 히드라의 맹공.

이제 시합이 아니라 일방적인 도륙의 현장으로 돌변해 있었다.

"팔꿈치로 때리는 거 반칙 아냐?"

프라이드 규칙에 의하면 엄연히 반칙이었다. 하지만 UFC는 달랐다.

"UFC는 저게 허용된다."

피가 난무하는 시합을 보면서도 냉정을 잃지 않고 유중광이 귀띔했다.

주먹과 피가 난무하는 싸움에서 산전수전 다 겪은 중광이다. 물론 피를 보고 흥분하던 때도 있었다. 하지만 그건 경험이 적었던 때의 일이고, 싸움 횟수가 늘어날수록 피는 그로 하여금 더 냉정하게 만들었다. 어쩌면 잔혹해져 가는 걸지도 몰랐다.

그건 중광이 조직 생활에 대한 회의가 들게 된 이유이기도 했다. 차차 살인귀처럼 변해가는 자신이 싫었다. 하지만 지금의 관중들은 피를 보고 끓어오르고 있었다. 점점 광분의 도가니로 몰려가고 있었다.

"저러다 죽는다. 심판, 뭐 해!"

보다 못한 무혁이 링 사이드에서 고함 쳤다.

심판이 그 소리를 듣고서야 철창 구석을 향해 신속히 뛰어들었다. 하지만 때늦은 감이 있었다.

이미 눈이 돌아가 있는 안드레이 알롬스키였다.

더는 주먹 한 번 못 내지르고 기절한 알롬스키.

정확히 10초를 남겨놓은 알롬스키.

정말로 알롬스키는 자신이 말한 시간에 끝내주겠다는 약속을 지키고 있었다.

"1라운드 끝나기 10초 전에 게임을 끝내주마!"

땡, 땡, 땡, 땡!

"빙신스키."

무혁이 투덜거렸다.

심판 존 매카시가 양손을 수평으로 마구 젖고 있었다. 게임 끝이다.

허무한 생각이 들었다.

하지만 어쩌면 결과는 이미 예견되어 있었다. 인간이 마인을 상대로 이기기는 쉽지 않은 일이었다. 그러면서도 시합을 말릴 수 없었다. 인간이란 항상 불가능에 도전하는 것 자체가 의미있는 일이니까.

그런데 이상한 일이 벌어지고 있었다.

퍼억퍼억!

타격음이 계속되고 있었던 것.

"뭐야, 저 새끼! 심판, 뭐 하는 거야! 어서 뜯어 말려!"

의식을 없는 고깃덩어리로 변한 피투성이의 알롬스키를 계속 패고 있는 히드라를 보곤 무혁이 기겁해서 외쳤다.

하지만 무혁의 주문은 공염불에 불과했다.

이미 존 매카시도 죽어라고 힘을 써서 말리고 있었던 것이다.

"이이익! 떨어져, 이 자식아! 너 이럼 반칙패야!"

매카시가 히드라를 향해 강력하게 경고했다. 하지만 히드라는 조금의 동요도 없었다.

녀석은 UFC 규칙 따윈 안중에도 없었다. 오로지 피의 제물에만 관심이 있을 뿐이었다.

알몸스키는 온몸이 피 칠갑이 되어 있었다.

히드라는 피를 보고는 완전히 돌아 있었다. 더 이상은 정상적인 규칙을 운운할 단계가 아니었다. 심판 존 매카시는 떠밀려서 링 밖으로 굴러 떨어진 지 오래.

"크크크, 다시는 인간 따위가 마인에게 맞서지 못하게 혼쭐을 내주마. 알몸스키, 안됐지만 오늘 니가 그 희생양이다."

마인 놈들은 이번 기회에 자신들의 잔혹함을 단단히 각인시켜 놓을 작정이었다.

좀 더 강인하게, 좀 더 잔혹하게.

주먹을 내려칠 때마다 의식이 없는 알몸스키의 두 손과 두 발이 꿈틀거리며 경련을 일으키고 있었다. 그런데도 아돌프 히드라는 멈추지 않고 발길질까지 해댔다.

눈알과 고막에서 흐르던 피가 다시 사방으로 튀었다. 어느새 경기장은 피범벅이 되며 일종의 살인극이 벌어지는 장소로 돌변했다.

"이 개새꺄! 알몸스키한테 떨어져라!!"

보다 못한 안드레이 알몸스키의 매니저 마이클 잭슨이 옥타곤 위로 뛰어올랐다.

타타타닥!

맹렬히 달려나간 마이클 잭슨이 히드라의 등 뒤로 접근해서 주먹을 날렸다.

쉬익.

퍼억!

주먹은 정확히 히드라의 뒤통수에 꽂혔다.

"으잉? 이건 또 뭐다냐."

히드라가 대수롭지 않게 고개를 돌려 마이클 잭슨을 노려봤다.

"허헉!"

붉게 충혈돼서 피를 한 바가지나 쏟을 듯한 히드라의 눈동자에 놀라 잭슨의 온몸이 순식간에 굳어버렸다.

"클클클, 가소로운 녀석!"

쉐애액— 터억!

히드라의 독수리의 부리같이 억센 손이 잭슨의 목을 움켜줬다.

"꺼흑!"

마이클 잭슨의 입에서 단말마의 비명 소리가 터져 나왔다.

점점 버둥거리던 잭슨의 얼굴이 기도가 막히며 백지장처럼 하얘졌다.

"경비 요원들, 뭐 해! 어서 저놈을 끌어내!"

링 밖으로 굴러 떨어진 존 매카시가 고함을 질러댔다. 하지만 경비 요원들보다도 먼저 안드레이 알롬스키의 세컨맨들이 링 위로 난입하기 시작했다.

안드레이의 세컨맨들은 대부분 현역 UFC 선수들이다. 기세도 좋고, 덩치도 좋고, 무술도 제법 하는 선수들이었다. 더구나 분기탱천해 있는 상태였다.

"이 살인귀 새끼가 어디서!"

"저 십장생, 잡아 죽여!"

"먼저 안드레이를 구해!"

쿵쾅! 쿵쾅!

모두 달려가 한순간에 히드라를 밟아 죽일 태세였다.

한데 그들이 미처 히드라에게 닿기도 전에 아연실색한 일이 벌어졌다.

녹동 마인 4명이 옥타곤 철창 위를 날아들고 있었던 것이다.

휘이이익—

놈들은 그 여세를 몰아 세컨맨들 위를 덮쳐 버렸다.

퍼벅벅벅벅!

예기치 못한 기습에 알롬스키의 세컨맨들이 링 바닥에 나가떨어졌다.

"이익, 이 자식들이!"

바닥에 뒹굴면서도 몇몇 세컨맨들은 전의를 상실하지 않고 녹동들의 발을 꺾으며 맹렬히 반발했다.

콰당탕!

연이어 녹동을 뉘이고 마운트를 점령하곤 주먹을 내질렀다.

퍽퍽!

하지만 녹동들은 주먹을 맞으면서도 가소롭다는 비웃음을 흘렸다.

"다 때렸냐? 역시 인간들은 어쩔 수 없어. 케케켁, 더는 못 봐주겠군."

패애애액!

가공한 속도와 파괴력을 실은 주먹이 누워 있는 놈들의 몸에서 뻗쳐 나왔다.

쾅!

마인들의 한 주먹에 UFC 현역 선수들의 몸이 마운트를 점령하고 있던 자세 그대로 허공을 날아 뒤로 나가떨어졌다.

쿠다탕!

"으흑."

선수들의 입에서 핏물이 쏟아졌다.

"너희들의 룰대로 링에 올라왔으니 끝장을 내주마."

이번엔 발길질로 무참히 세컨맨들을 짓밟아대기 시작했다.

우지끈.

링 여기저기서 뼈가 부러지는 소리와 함께 처절한 비명 소리가 울려 퍼졌다.

"크아아악!"

링은 이제 더 이상 시합이 벌어지는 곳이 아니었다. 말 그대로 피의 아수라장으로 돌변해 버렸다. 온통 마인들의 잔혹한 폭력만이 난무하고 있었다.

"우아아아! 멋진 놈들이군."

"이거야말로 각본 없는 드라마다!"

갑자기 관중들이 초유의 사태에 광분하기 시작했다. 모두 자극적인 걸 좇아 이성을 잃어가고 있었다.

눈앞에서 버젓이 살인이 일어나고 있는데도 오로지 환희만을 좇는 사람들. 그건 일종의 집단 최면 상태처럼 소름 끼치는 일이었다.

"이 시방새들!! 니들, 다 죽었어!"

극도로 흥분한 무혁이 윗도리를 찢어발기며 앞으로 나섰다.

부욱, 북북!

마인들의 극악무도하고 안하무인 상태가 이 정도일 줄은 모르고 있었다. 자신이 아니라면 도저히 이 사태를 해결할 자가 없어 보였다.

콧구멍 평수가 평소보다 세 배는 커져 있었다.

"니들, 오늘 둘둘 말아서 맨홀 속에다 젓갈을 담가 버릴 테다."

펄펄 뻗치는 기운을 감당하지 못한 무혁이 좌석을 훌쩍 뛰어넘었다.

"건방진 새끼들, 어딜 마인 주제에!"

가뜩이나 마교 동혈에서 녹동들에게 당한 치욕에 불쾌해져 있던 무혁. 이번 기회에 톡톡히 분풀이를 할 참이었다.

한데 그런 무혁을 말리는 손길이 있었으니, 바로 유중광이었다.

“아서라, 나서지 마라. 지금 나서면 너한테 불리하다.”

“뭐 불리요? 제가 뭐 잃을 게 있나요? 형님, 더는 못 참겠어요. 이번 기회에 저놈들에게 본때를 보여주렵니다. 비켜주세요.”

“마인 놈들 뒤에는 이에나스가 있단 말야. 그놈은 지금 미국 내에서도 음흉한 짓을 꾸미고 있다. 지금 네가 여기서 경거망동하면 너는 곧바로 구속이야.”

중광은 한인 갱단들이 당한 사태를 잘 알고 있었다. 자신도 이에나스에 의해 납치를 당했지만 녀석은 구속되지 않았다. 도리어 자신을 구출한 한인 갱단만 봉변을 당하지 않았던가.

“그랬든, 어쨌든 더는 못 참겠어요. 형님, 제가 어떻게 저런 꼴을 보고 참습니까! 여기서 참으면 백무혁이가 아니죠.”

“바보 녀석아, 왜 저놈이 잔혹한 짓을 꾸몄는지 모르겠냐? 그건 바로 너 때문이야. 너를 폭력 사태에 옭아매려고 했다는 걸 못 느끼겠냐고!”

중광이 무혁을 엄하게 꾸짖었다.

“이익, 그럼 더 못 참죠.”

흥분한 무혁은 막무가내였다.

“놈들을 처단할 기회는 또 있어. 그리고 너는 인간이야. 지금의 마인 놈들과 똑같이 놀면 안 돼! 제발 진정 좀 해라.”

“이익, 답답해 죽겠네. 이에는 이라고 하던데, 형님은 자꾸 참으라고만 하시니.”

“지금 저놈들 몇 명 두들겨 패준다고 마인 놈들이 아주 없어지지도 않아! 너마저 구속되면 그땐 나머지 마인 놈들은 어쩔 거냐? 모든 경기는 이에나스가 원하는 대로 마인의 손에 넘어가 버리게 되는 거야. 그것이야말로 끝장이야!”

"시발! 돌아버리겠네. 으드득!"

중광의 말을 듣고 보니 그 말이 옳았다. 하지만 분을 못 삼킨 무혁은 억울해서 울고 싶은 지경이었다.

눈앞에서 사람이 고깃덩어리로 변해 버리는 광경을 보고도 결국 참아야 한단 말인가.

아, 통탄스러울 뿐이었다.

가까스로 참아내는 무혁의 몸이 세차게 떨렸다. 아직도 흥분이 가라앉지 않은 탓이다.

그때였다.

"우아아아아아악! 이 개새끼들, 더는 못 참아!"

뜻하지 않은 일기가성이 들려왔다.

깡! 깡! 깡! 깡! 깡!

뭐냐, 이 경쾌한 소리는…… 혹시 남덕?

어느새 옥타곤 위로 기어 올라간 남덕이 무소불위의 삽자루를 휘날리고 있었던 것.

"헉, 남덕 형!"

무혁은 그렇다 치고 유중광의 얼굴에도 황당한 표정이 떠올랐다.

하지만 남덕의 삽자루 기습은 적절하게 놈들에게 치명타를 입히고 있었다.

"으아악! 웬, 웬 놈이…… *끄흑.*"

순식간에 마인들이 머리통을 얼싸 안고 바닥을 뒹굴었다.

핑크 닭볏을 단 히드라는 머리통이 깨져 검붉은 피가 방울방울 떨어지고 있었다.

뚝뚝.

"으하하하! 이놈들아, 내가 바로 중학교 때 학교 짱 남덕님이시다!!"

흥분만땅 상태로 링으로 달려가 놈들을 바닥에 눕힌 남덕은 금세 의기양양해 있었다.

"아직 눈 깔지 않는 걸 보니 매질을 더 당해봐야겠구나, 이놈들아!"

남덕이 야구방망이를 들고 타석에 선 타자처럼 삽자루 끝을 움켜쥐었다.

"와라, 이놈들아."

뜻하지 않은 기습에 당황하던 놈들이 서서히 일어나고 있었다.

"이… 돼지 같은 빡빡머리 인간 놈이!"

"뭐, 뭣 돼지? 이 자식이! 그 주둥이부터 문질러 주마."

횡횡횡—

남덕이 삽자루를 자유자재로 돌리며 왼쪽, 오른쪽을 오가자 초강력 선풍기 같은 험한 바람소리가 들렸다. 제법 현란한 솜씨였다.

하긴 삽질 생활 25년이라고 했다. 그 정도는 식은 죽 먹기였던 것.

붕붕…

남덕이 다리를 벌리고 허리를 약간 굽힌 상태에서 황비홍처럼 나머지 왼손을 세워 내밀고 손끝을 까딱까딱했다.

"오거라!"

히드라가 천천히 일어나 그 모습을 지켜보다가 녹동들을 밀치고 앞으로 나왔다.

"그래, 가마."

다시 붉게 물든 험악한 눈동자에서 살기가 어른거렸다. 인정사정 보지 않을 듯했다.

소름이 끼치는 눈이었다. 남덕도 그 모습에 질리지 않을 수가 없었다.

'시발, 뒤돌아 있었을 땐 몰랐는데, 이거 잘못 나왔네. 덜덜.'

"정말 올 거냐?"

"그래."

남덕은 피 한 방울 나오지 않을 듯한 히드라의 목소리에 소름이 돋았다.

'시발, 지금이라도 없던 일로 하자고 해볼까.'

남덕이 친근한 얼굴로 히죽 웃으며 눈꼬리를 내렸다. 협상해 보잔 의미였다. 잘될진 모르지만.

"저기 말이지, 우리 싸우지 말고 말로……."

그때였다. 주책도 없이 히드라의 깨진 머리에서 핏물이 뚝뚝 떨어져 바닥에 물방울 무늬를 찍고 있었다.

"돼지빡빡, 설마 말로 하잔 소리는 아니겠지. 내가 지금 이 지경인데. 피 보이지?"

히드라가 남덕의 말을 싹둑 잘라먹었다.

"너 아픈 건 내가 약국에 가서……."

"붕대로 감아주겠다고? 설마, 이제 와서?"

"그, 그래, 좀 늦은 감은 있지? 그래도 늦었을 때가 가장 빠를 때라는 말도 있어."

"나도 빠른 건 좋은데, 그럼 지금 이 흘린 피 값은 어떡하니?"

웃는 놈 앞에서 장사 없다더니, 남덕의 말에 친근함이 느껴진 것일까? 히드라가 자상하게 물어왔다.

잘만 하면 협상이 잘될 듯싶었다.

하지만 남덕이 누구던가, 말 한마디로 쪽박을 차는 놈이 아니던가.

"사실 그건 니 피지, 내 피가 아니잖혀. 그러니까 니 사정… 아닐까?"

역시 남덕이다.

‘결정타겠군. 큭큭.’

스스로도 대견한 응대를 했다고 자평을 하고 어깨를 으쓱였다.

히드라의 얼굴이 경직됐다.

“빡빡님, 지금 장난하십니까? 너, 내 피가 헌혈증 갖다주면 거저 주는 피인 줄 알아? 이 피를 배양하기 위해 얼마나 많은 약물을 먹어댔는지 알아?”

약간 어처구니없어하는 표정이었다.

“나 헌혈증 많이 모았어. 그거 다 줄게, 히히.”

쑥스럽게 웃고 있는 우리의 귀염둥이 남덕.

갈수록 태산이다. 어안이 벙벙한 히드라가 마지막 말을 날렸다.

“너 바보냐?”

“바, 바보! 이런 시부랄 놈들은 찢어지면 다 입이라고 생각하나! 돼지란 말도, 빡빡이란 말도 다 참겠지만, 바보란 말은 도저히 못 참겠다.”

“왜?”

히드라가 깐죽깐죽 물었다.

“실은 내가 약간 바보거든, 으흑!”

‘내가 왜 이런 말을.’

너무 긴장했던 모양이다. 화해를 하기 위해 너무 진지했던 것이 화근이었다.

순간 허탈의 끝을 맛본 기분이 들었다. 자존심이고 뭐고 끝장난 것이다.

“이익, 그렇다면 나도 갈 때까지 간 거네? 더는 못 참겠다. 어서 와라, 닭 새끼야.”

“뭐, 뭐? 다른 놈은 몰라도 너한테 그런 소릴 들으니 도저히 참을 수가 없다!"

히드라가 흉포한 살기를 드러냈다.

"너는 왜?"

"너는 바보니까."

"윽! 개새끼."

결국 둘은 입씨름으로 승부를 못 보고 결투에 들어갔다.

붕붕붕.

다시 남덕의 삽자루가 선형을 그리며 맹렬한 울음을 토해냈다.

"호, 제법이구나."

히드라는 삽자루가 그리는 선의 현란함에 빠진 듯 천천히 다가오고 있었다.

"각오하고 다가오거라. 내 삽은 제법 매섭다."

"그럼 어디 맛 좀 보자. 다시 때려봐. 흐하합!"

히드라가 공력을 불어넣자 놈의 닭벗이 삐죽 솟아오르며 여태껏 본 적이 없던 길이로 늘어났다.

"내 삽은 손속에 사정을 두지 않는다. 훗날 그 연유를 묻지 마라. 죽이고 사는 것이 강호이거늘, 바람과 같이 왔다가 사라지는 것 또한 강호 사내의 운명인 것을."

남덕의 입에서 나온 말이라곤 도저히 믿기지 않았다. 가끔 무혁이 빌려온 무협지를 훔쳐본 게 효험이 있었다.

더는 말싸움에 지쳤다는 듯이 히드라가 전열을 가다듬자, 녀석의 온몸에 핏줄이 불거져 올랐다.

꿈틀꿈틀, 투드득.

히드라의 온몸 근육이 불룩불룩 알을 까고 있었다.

남덕이 기겁했다.

'아악, 더 보고 있다간 오줌 쌀 거 같아. 놈이 무서워지기 전에 먼저 치자!'

다다다닥!

남덕이 단순해지기로 마음먹고 히드라를 향해 육중한 몸을 달렸다.

야수들이 다투는 옥타곤 안에서 기어이 닭과 돼지가 맞붙고 있었다.

"이야합!"

"끼야합!"

히드라도 지지 않고 남덕을 향해 옥타곤 중앙을 향해 달리기 시작했다.

"이놈! 삽자루를 받아라!"

패애애액―

"그래, 때려라!!"

히드라가 삽자루를 향해 머리를 내밀었다.

쿠콰콰광!

삽과 대가리가 만나자 웅장한 파공음이 쏟아졌다.

"더 때려봐라."

기운을 한껏 끌어올린 히드라가 붉어진 얼굴을 하고 외쳤다.

"때리라면 못 때릴 줄 알고! 내 오늘 너를 잡아 인간계를 권토중래 시킬 것이야!"

카깡, 깡깡깡!!

"어쨌든 많이 때려놓고 보자."

놈이 대놓고 머리를 내밀자 남덕이 신나게 팼다.

하지만 그도 오래가지 못했다. 남덕의 삽 머리 주변에서 예기치 못한 소리가 들렸던 것.

우지지찍.

계속된 삽 공격에 히드라의 얼굴엔 붉게 삽 문양이 새겨져 있었다. 하지만 끄떡없어 보였다.

"크크크크. 더 때려볼 테냐?"

"그래! 평생 삽자루를 머리에 꽂고 살게 해주마!"

남덕이 우렁차게 대답을 하고 마지막 힘을 모아 내려쳤다.

"끄아아핫! 가거라, 닭대가리!"

콰앙!!

정말 이제껏 듣지도 보지도 못한 굉음이었다.

우직끈.

한데 굉음의 뒤끝이 좋지가 않았다. 뭔가 심한 균열이 나더니 급기야,

투득. 댕가당—

자루에서 부러진 삽날이 링 바닥에 떨어졌다.

"으앗, 내 삽! 에고, 내 삽!"

절단 난 삽자루를 발견한 남덕의 얼굴이 울음을 터뜨리기 일보직전으로 변했다.

실룩실룩.

조금 있으면 자신이 죽을지도 모르는데도 삽을 먼저 걱정했다.

"이게 어떤 삽인데……."

삽자루의 참변으로 인한 충격으로 맥이 풀려 버린 남덕이 무릎을 꿇고 주저앉았다. 그렇잖아도 더는 살고 싶지가 않았다.

"나의 분신 삽자루가 갔으니, 이젠 나도 갈 차례구나. 죽여라, 더는 살고 싶지가 않다. 중학교 짱의 전설은 끝까지 장엄하고 싶다."

의연한 생각에 빠진 남덕이 목을 내밀었다. 고대 일본에선 이런 경우 목을 치고 할복을 시켰다. 가끔 야쿠자들도 그런다고 들었다.

"우리가 맞은 게 얼만데 곱게 죽일 거 같냐. 얘들아, 이놈들을 마구 패라!"

아돌프 히드라는 역시 무서운 놈이었다. 우선 맞은 만큼 패고 나서 생사를 결정하겠단 뜻이었다.

말이 떨어지기가 무섭게 녹동들이 일시에 달려들었다.

퍽퍽퍽퍽!

분간 없이 무수히 쏟아지는 발길에 남덕의 코에서 쌍코피가 흘렀다.

"으아악, 남덕이 죽네. 무혁아, 살려줘!"

다구리를 당하는 와중에도 무혁을 찾을 정신은 남아 있나 보다. 어쨌든 잘한 짓이었다.

두둥.

무혁이 결국 링을 밟고 올라서고 있었다.

"형님, 더는 가만있을 수 없겠네요."

"무혁아……."

하지만 중광도 더는 말을 잇지 못했다.

그대로 두면 남덕이 온몸이 까맣게 멍들어서 죽을지도 몰랐다. 골병이 든 채 운이 좋아 살아나더라도 겨울만 되면 관절에 바람이 들어 삭신이 쑤셔서 죽고 싶다고 울부짖을 것이다. 가뜩이나 엄살이 심한 남덕임을 감안하면 더 이상 말해 무엇 하랴.

"남덕 형!"

파곽! 펑!

분기가 충천한 무혁이 바닥을 차고 올랐다.

휘리릭.

"어어."

무혁의 몸이 두 발의 탄성을 이기지 못하고 발라당 뒤집어졌다. 이미 수차례 같은 현상을 경험했던 무혁은 유연하게 회전 동작으로 들어갔다. 그것도 3회 연속으로.

휙휙휙.

중광은 무혁의 모습에 깜짝 놀라고 있었다. 한 번의 도약으로 자신을 훌쩍 뛰어 천장 끝까지 뛰어올라 있는 모습을 믿을 수가 없었다. 아무리 흥분한 상태라고 하지만 도저히 이해가 되지 않는 놈이었다.

"무혁이 놈, 대체 중원에서 무슨 일이 있었던 거지?"

팔공 대사의 무공 실력이야 짐작하고 있었지만, 아무리 그래도 두 달도 안 되는 기간에 실력이 일취월장할 수 있다는 게 믿기지 않았다.

척척척척.

무혁은 허공답보(虛空踏步)처럼 남아도는 힘을 바탕으로 다리를 움직여 공간을 걸어가고 있었다. 중심을 잃지 않고 균형이 안정됐다는 건 그만큼 남모르게 훈련을 했다는 얘기였다.

옥타곤 철창을 넘어 중앙을 향해 반쯤 나아갔을 때였다.

찌릿!

짧은 순간, 지팡이를 잡고 있는 손이 감전이라도 된 듯 저리더니 손목을 타고 빠르게 위로 전이됐다.

찌르르르르.

"뭐야, 이건! 철창이 전기 철조망이라도 됐단 말인가."

그럴 리가 없다. 분명 그 현상은 손에 쥐고 있는 지팡이에서 시작됐다.

지팡이에서 나온 전류가 온몸에 소름이 돋을 정도로 발광하고 있었다. 손에서부터 빠르게 시작된 그 느낌은 허리 아래에서 뭉치더니 형용할 수 없는 힘으로 변해 다시 척추를 타고 어깨와 머리에 급속도로 뻗쳐 올랐다.

덩달아 무혁의 머리카락도 정전기를 일으키며 삐죽 솟아올랐다.

쿠와아아아! 훨훨.

잡고 있던 지팡이에서부터 터져 나온 기운. 그건 바로 용력(龍力)이었다. 용력은 허리에 있다는 쿤달리니가 잠든 혈점을 건드리며 터져 올랐던 것.

콰아앙!

한순간에 10성의 공력을 깨우친 듯 갑자기 알 수 없는 힘이 뻗치고 있었다.

무혁에겐 낯설고 의아했지만 온몸이 뿌듯해지는 기분이 그다지 나쁘진 않았다.

"에라, 모르겠다. 뭔지 모르지만 일단 고!!"

하지만 용광검의 포효는 분명 무혁의 의기(義氣)와 관련이 있었다. 기운이 용광검에 전해지며 동조 현상처럼 일어나게 됐던 것.

빙글.

또 한 번 회전하며 중심을 잡자 이번엔 부공삼매를 펼친 것처럼 정지되어 보였다.

부공삼매(浮空三昧)란, 어떤 깨달음으로 인해 순간적으로 하나의 단계를 넘어설 때 일어나는 현상. 평소 때의 내공보다 급진전하기 때문에 자신도 모르게 공중에 떠 있게 된다.

두 손으로 잡은 용광검을 머리 위로 올리고 허공에 머물러 있는 시간이 스스로 느끼기에도 약간은 지나치게 길었다.

'무슨 영문인지는 모르겠지만, 이렇게 허공에 떠 있을 땐 무영각이 최고지.'

무혁의 입에서 오랜만에 구결이 터져 나왔다.

"천공무영각(天空無影脚)!!"

해남도에서 남룡방주 전혁과 그의 호위무사 삼룡이를 패면서 무혁
이 대충 붙였던 이름. 그림자가 지지 않을 정도로 빠르다고 해서 붙여
졌던 소림의 각법.

숙─ 숙─ 숙!

현란함이 눈으로 확인되지 않고 소리로만 분간되고 있었다.

연속된 무영각의 각풍이 순식간에 링 아래를 향해 폭사되었다.

콰콰콰콰콰!

폭포수가 떨어지는 소리가 옥타곤을 때렸다.

"위험해!! 호신갑(護身甲)!!"

히드라가 외쳤다. 조류의 형질을 주입한 아돌프 히드라는 반응도 재
빨랐다. 놈이 급박하게 철창 위로 날아올랐다. 과연 마인다운 신경이
었다.

남덕과 세컨을 번갈아 짓밟기에 여념이 없어 네 놈의 녹동이 피하지
못하자 등을 곧추 세워 호신갑을 펼쳤다.

피하기엔 불리하자 천공무영각에 맞서고자 했던 것이다. 하지만 그
게 무모한 짓이었다는 것은 곧바로 드러났다.

콰앙!

엄청난 기운이 폭사되며 놈들이 일제히 옥타곤 철창으로 곤두박질
쳤다.

"으헉! 대체 시발… 인간이, 크흑."

놈들의 입에서 녹색의 피가 쏟아져 나왔다.

"으악, 피가 녹색이다!"

"괴, 괴물인가 봐."

녹동들의 입에서 흐르는 피를 보고 관객들이 경악을 내질렀다.

"미친 소리 하지 마라. 눈길을 끌려고 녹색의 식용 물감을 물고 있

었을 거야."

　관객 중의 누군가가 녹동들의 피가 연출된 것이라고 우겨댔다. 관객들의 상식으론 녹색 피를 가진 사람은 있을 수가 없었다. 관객들은 곧 그 말에 수긍하기 시작했다.

　"그놈들, 준비한 거 무척 많네. 앞으론 쟤네들 팬해야겠어. 정말 즐거움을 끊임없이 제공하는구나. 하하하! 맘에 든다."

　"이번 기회에 팬클럽 창단하자."

　여기저기서 얼빠진 소리들이 터져 나왔다.

　"끄흑, 대체 네놈은 누구냐?"

　말을 다 마치기도 전에 녹동의 입에서 피가 쏟아져 내렸다. 내상이 심각했던 것이다.

　"까불고 있네!"

　다다다닥.

　무혁이 대꾸조차 하지 않고 맹렬하게 달려갔다. 일일이 대꾸할 가치도 없는 놈들이었다.

　"으학! 놈이 또 온다. 일단 피하자!"

　후다다닥.

　녹동들은 혼비백산해서 폴짝 뛰어 철창 밖으로 숨어버렸다.

　놈들에게 무혁의 등장은 어리둥절할 뿐이었다.

　설마 자신들의 호신갑을 뚫고 치명적인 내상을 입게 할 인간이 있다고는 생각조차 하지 못한 마인들이었다.

　"이 자식들, 니들이 내 손을 벗어날 수 있을 거 같아!"

　이제껏 참아왔던 분기를 다 터뜨릴 생각으로 무혁이 철창 위로 도약했다.

　"또 온다."

"뭉치면 죽는다, 흩어지면 산다!"

호들갑스런 걸로 봐선 마인 중에서도 질이 떨어지는 놈들인 모양이었다. 하긴, 포획된 그물이나 나르며 단순 작업이나 하던 놈들이었으니 그 행실이 고상할 리가 없었다.

푸다닥!

녹동들이 사방으로 퍼져 달아났다.

그나마 아돌프 히드라는 녹동들하곤 약간 달랐다.

놈은 어느새 반대편 철창 위에 옮겨 서서 무혁을 내려다보고 있었다.

무혁이 놈에게 내려오라고 손가락을 까닥거렸다.

"존말 할 때 내려와라, 히드라."

"오늘은 내가 피곤해서 말이지, 케케케케."

히드라가 괴악한 웃음소리를 냈다.

그 소리를 가까이에서 듣고 있자니 기분이 불쾌해지고 심사가 더욱 뒤틀렸다. 더구나 사방으로 도망친 놈들이 번갈아가면 가운뎃손가락을 세우고 욕을 해댔다.

그중에 혼자만 남다르게 새끼손가락을 세운 놈이 무혁을 보며 낄낄거리며 외쳤다.

"니 꼬추 요만 하지?"

"고만 한 고추에 한번 당해볼래? 이 쓰레기 쉐리야."

"해봐, 해봐? 키키키킥."

놈이 뒤돌아서서 트렁크를 내려 알궁둥이를 까더니 실룩거렸다.

"해봐, 해봐."

채신머리 없는 놈들.

"이 쉐리, 마이크를 넣어버릴 테다!"

무혁이 놈을 완전 잡아먹어 버릴 태세로 철창을 뛰어넘으려 했다.

"무혁아, 그만 해라. 여기서 저놈들을 죽일 수는 없어."

그때 중광의 목소리가 들려왔다.

2만 명의 관중이 보고 있었다.

"억울하지만 그만둬라. 기회는 또 있을 테니까."

중광이 다가와 무혁의 어깨를 다독거렸다.

"끄응. 십장생들, 내가 살려준 줄은 알까요?"

"글쎄다. 저놈이 닭대가리라 나도 잘 모르겠다."

아직도 히드라는 무혁을 내려다보고 있었다.

놈의 앞으로 쏠린 눈이 묘하게 흔들렸다. 그건 호기심과 궁금증이 한데 어울려져 혼란스러운 것 같았다.

'대체 어떤 놈이길래 보호갑을 한 녹동들을 단 일격에 몽땅 날려 버릴 수가 있단 말이냐? 재밌는 녀석이야. 펀복님이 허락하신다면, 한번 겨뤄보고 싶어지는군.'

놈은 상관의 명을 받고 있는 게 분명했다. 하지만 무혁에 대한 전의를 불사르고 있었다.

무혁과 히드라가 한 치의 물러섬없이 전의를 이글이글 불태우고 있다는 걸 간파한 자가 있었다. 바로 베테랑 링 아나운서 부르스 버퍼. 홍행을 위해서라면 에이즈 환자한테 바지라도 내릴 그였다.

"우하하하! 정말 둘이 잘 어울리는군. 미스테리를 몰고 다니는 마인과 동양에서 온 신비 청년, 정말 멋지구나!"

버퍼는 재빠르게 둘 사이에 끼어들었다. 물론 마이크도 최대 볼륨으로 올린 상태다.

관객들은 부르스 버퍼의 등장으로 소란을 멈추고 초롱초롱한 눈빛으로 집중했다. 버퍼가 뭔가 어마어마한 홍행 요소를 제시할 것 같은 느낌이 강하게 들었다.

"여러분은 이 청년이 누구인지 아는가?"

"중국집 배달원 아냐?"

"이소룡인가?"

누군가 줄무늬 추리닝을 보고 말했다.

"이자가 바로 프라이드의 떠오르는 신성, 백무혁이다."

부르스 버퍼는 갑자기 등장해서 활약한 무혁의 행동을 인상 깊게 보고 신속히 뒷조사를 마친 상태였다.

"남제 2006을 제패한 백무혁이라고? 아아, 역시 그랬군."

"어쩐지 한 발차기 한다고 했더니, 역시 그랬군."

"아마 이것도 극적인 효과를 위해 연출해 놨던 걸 거야."

아까 식용 물감을 먹었다고 말한 관객이 또 헛소리를 했다.

객석 여기저기서 그 말에 동조를 하기 시작했다.

"히드라의 실력은 이미 봤고, 어쨌든 우리는 저 청년의 실력이 궁금해졌어."

"버퍼, 한판 신나게 붙여봐라. 입장료는 아끼지 않을게."

버퍼는 점점 호응이 강해지고 있는 관객들의 반응을 즐겁게 생각했다. 그리곤 곧바로 차기 시합 일정을 잡는 수순을 밟아갔다.

갑자기 버퍼가 무혁의 이름을 연호하기 시작했다.

"백무혁! 백무혁!"

주먹까지 흔들며 관객들을 유도하고 있었다.

어느새 스테이플스 경기장은 백무혁의 이름으로 넘쳐 나고 있었다.

이게 모두 부르스 버퍼의 머리에서 나온 발상이었다. 이렇게 이름을 알려놓으면 프라이드의 명예를 위해서라도 거절하지 못할 것이란 계산을 한 것이다.

버퍼는 무혁 알리기 작업을 마치고 이번엔 마인들을 약 올리기 시작
했다.

"그대들은 자신들을 최강이라 믿는가?"

히드라가 버퍼의 말을 듣고 대답 대신 히죽 웃었다. 비웃음에 가까
웠다.

"대답이 없는 걸 보니 겁먹은 모양이군, 히드라."

히드라의 몰린 눈이 그 말에 형형하게 빛났다. 기분 나빠 꼭지가 돌
고 있다는 의미였다.

"오오, 그렇다면 대체 누가 동양에서 온 이 청년을 상대하겠는가?
히드라도 겁먹고, 녹동들은 허접 나부랭이니 시합을 하든 안 하든 결과
는 이미 나왔군. 나는 보나마나 이 청년의 승리에 올인하겠어."

이번엔 주먹까지 쳐든 버퍼가 절도있게 흔들며 다시 무혁의 이름을
외쳐 댔다.

오늘의 승리는 분명 자신의 것인데, 영웅은 무혁이가 되어가고 있는
꼴에 서서히 열 받고 있었다.

"겁먹었으면 하지 않아도 돼, 히드라."

히드라의 불쾌한 속을 이미 꿰뚫고 있는 부르스 버퍼. 역시 베테랑
링 아나운서다웠다.

그 말은 거세게 타오르는 장작불에 기름을 부운 격이었다.

"이익!! 부르스 버퍼, 죽고 싶어! 카악!"

히드라가 괴악한 포효를 터뜨리며 버퍼를 향해 뛰어내렸다.

하지만 이미 거기까지 생각을 마친 버퍼였다. 미리 대기시켜 놓은
경기 진행 요원들이 우르르 밀려 나와 그 앞을 막아섰다.

"오호~ 히드라, 자네가 싸울 상대는 내가 아니야. 오늘 자네의 기
쁨을 가져간 건 내가 아니라 저 백무혁이라는 동양 청년이라네. 하하!"

버퍼가 느물거리며 입놀림을 멈추지 않았다.

씩씩.

흥분한 히드라의 숨소리가 크게 들리고 있었다.

"하하! 히드라, 2만 명의 UFC 열성 팬들이 보고 있어. 여기서 백무혁과의 시합을 포기하진 말라고, 그건 자네한테 안 어울릴 것 같아."

부들부들.

계속 약을 올리고 있는 버퍼의 목젖을 따버리고 싶은 히드라였다. 아니, 이미 살기가 가득 차올라 창날 같은 손톱이 길게 늘어져 있었다.

"버퍼, 잘 들어. 백무혁을 죽이고 나면 네놈도 그 자리에서 죽여 버리겠어."

"하하하! 멋지군, 히드라. 역시 자네는 앞으로 크게 될 선수야. 자네가 이긴다면 오늘 일을 무릎 꿇고 사과하겠어. 여기 있는 모든 관중이 보는 앞에서 말야. 여기 있는 사람 모두가 증인이 돼줄 것이야!!"

손을 크게 흔들며 버퍼는 관중들의 호응을 이끌어냈다.

"우와와! 우리가 증인이다!"

순진한 관객들은 버퍼의 말에 우레와 같은 박수와 환호를 보냈다. 그들에게 있어서 버퍼는 역시 최고의 싸움 거간꾼이었다.

그리고 또 한 가지, 영악한 버퍼는 무릎을 꿇는다는 소리로 자신을 살해하겠다는 위협을 교묘히 빠져나갈 생각이었다.

하지만 아돌프 히드라의 생각은 달랐다.

"시합이 끝나면 갈기갈기 찢어 이 치욕을 갚아주마, 버퍼. 클클클."

마인이 되면서 성격까지 괴물로 변해 있는 히드라였던 것이다.

그걸 모르고 있는 부르스 버퍼는 시합의 성사를 목소리 높여 외쳤다.

“그럼 프라이드와 UFC의 신성끼리의 시합은 UFC61에서 이뤄질 것이다!”

프라이드와 UFC의 신성이란 말은 관객들의 입맛을 다시게 만들었다.

곧이어 열화와 같은 박수가 터져 나왔다.

졸지에 시합을 갖게 된 것은 히드라뿐만이 아니었다.

무혁도 난감해지긴 마찬가지였다.

“제길, 팔자에도 없는 시합을 또 하게 생겼네.”

이미 자신이 프라이드 현역 선수인 게 밝혀진 이상, 피했다간 프라이드가 UFC를 두려워한다고 개망신당할 위기에 몰린 것이다.

아무리 프라이드와 UFC가 마인들을 상대로 공동 대처안을 모색 중이긴 하지만, 엄연히 두 협회 간에는 자존심 대립이 심한 상태였다.

결국 무혁과 히드라의 시합이란, 상황을 넘어 두 단체의 이름이 걸린 시합이 되어버린 것이다.

무혁은 미국 라스베가스 만델라이 베이에서 UFC61 출전하게 되었다. 특히 그 장소가 라스베이거스라는 말에 전 세계의 도박사들이 들끓기 시작했다.

“으흑흑. 무혁아, 나 너무 아포.”

남덕이 시퍼렇게 멍든 얼굴을 하고 울먹이고 있었다.

“무자비한 자식들, 사람을 어쩜 이렇게 될 때까지 때리누.”

들것에 실려 나가고 있는 알롬스키와 그의 세컨들의 처절한 모습을 보며 아직까지도 통탄을 삭히지 못하는 무혁이었다.

“흑흑. 그렇지, 무혁아? 저놈들 좀 때려줘. 그리고 내 삽 부러졌어, 엉엉. 그게 어떤 삽인데…….”

설마 아직도 자신의 삽이 영물이라고 믿고 있는 걸까?

하지만 무혁은 남덕의 몰골을 보고 나자 측은했다. 터지고 깨지고 짓밟히고. 온몸의 멍은 점점 짙어지더니 검게 변해 있었다.

눈살이 찌푸려질 정도로 장난이 아닌 상태였다.

"사람을 피멍 든 돼지로 만들어놨네. 개자식들."

히드라와 녹동들이 빠져나가고 있는 출입문 쪽을 노려보았다.

"가만두지 않겠어."

그러다 무혁은 예기치 못했던 사태를 보고 말았다.

"뭐니, 저건!"

누군가 퇴장하는 히드라의 다리를 발로 차고 있었던 것이다.

상대는 아주 작은 체구이었음에도 히드라는 고개를 깊이 처박고 반항조차 못하고 있었다.

목깃을 가리는 검은 망토를 온몸에 두른 자였다.

사내는 일방적으로 무혁과의 시합을 결정한 히드라를 나무라고 있었다.

그는 링 위에 남아 있는 무혁을 손가락으로까지 가리키며 화가 나 있었다.

그자와 눈이 마주쳤다.

'아니, 저놈은?'

무혁은 언뜻 마주친 그자의 얼굴을 보고 화들짝 놀라고 있었다.

설마하는 생각이 먼저 들었다.

만약 자신의 기억이 맞다면, 이건 정말로 있을 수가 없는 일이었다. 아니, 일어나서는 안 되는 일이었다.

작은 키의 꼽추, 찢어진 눈.

그 눈빛을 무혁이 잊을 리가 없었다.

"설마… 닮아도 저렇게 닮을 수가!"

마침 그때 나오미가 마지막까지 놓치지 않고 퇴장하는 히드라를 촬영하고 있었다. 기사를 쓰려면 모든 사진을 찍어놔야 했다.

"오미야, 저놈 사진 좀 찍어."

"누구? 히드라?"

"아니, 그 앞에 서 있는 키 작은 망토."

"이미 찍어놨어, 오빠."

나오미가 엄지와 검지로 Ok 사인을 보냈다.

집에 와서 인화를 끝낸 사진을 보곤 무혁은 다시 한 번 경악했다.

그놈은 역시 흡혈편복이었다.

이게 어떻게 된 것이란 말인가. 700년 전 중원에서 만난 흡혈편복이 아니던가. 대학사 장동건을 단검으로 죽이고 도망쳤다고는 해도, 극강 고수 담화운의 검을 맞은 상태에선 그리 오래 버티지 못했을 것이다. 설령 그때 운 좋게 살아났다고 해도 어떻게 이렇게 오래 살아 있을 수가 있단 말인가.

금강은 고개를 절레절레 흔들었다.

다시 생각해 봐도 이해할 수가 없었다.

'그렇다면 놈도 미래로 공간 이동했단 말인가.'

자신도 그랬으니 녀석도 그러지 말란 법은 없었다.

한데 흡혈편복은 자신을 모르는 듯했다. 알면서도 모르는 척하는 것 같진 않았다. 무혁을 대하던 녀석의 태연하고도 호기심 어린 눈빛이 그걸 말해주고 있었다.

동혈에서 마주친 지 불과 몇 개월이 지났다고 기억을 못하겠는가. 더구나 자신이 직접 납치하고 손수 약물을 먹였던 무혁을……

흡혈편복(吸血蝙蝠). 짐승의 피를 빨아 먹고 사는 박쥐의 형질을 가

지고 있었다. 주로 사람의 생혈을 애복하는 흡혈편복은 무려 700년간
이나 죽지 않고 흡혈귀로 살아 있었던 것이다.

하지만 녀석의 머릿속엔 무혁이란 존재에 관한 기억 자체가 없었다.
현생의 흡혈편복도 인지 못하는 과거의 흐름 속으로 무혁이 끼어들었
기 때문.

따라서 마교 동혈에서의 사건은 무혁의 기억 속에만 존재했던 것이
다.

무혁은 대학사 장동건이 예언한 일이 서서히 진행되고 있다는 것을
느끼게 되는 순간부터 골치가 아팠다.

"어떡하면 이놈들을 몽땅 패버리지?!"

제5장
무혁, 하인즈 워드를 만나다!

허기가 느껴졌다.

하인즈 워드는 불이 들어오지 않는 체육관 마룻바닥을 기어 더듬거리기 시작했다.

바다엔 깨어진 유리창 사이로 저물어 가는 붉은 햇살 한자락이 길게 드리워져 있었다.

요금을 못 냈더니 전기가 끊겼다.

날이 저물어 컴컴해지기 전에 검게 그을린 코펠 냄비 속의 식은 밥알을 헤아려 보았다. 한주먹에 움켜쥐어질 정도로 남은 식량. 적기는 했지만 감사할 뿐이다. 내일은 그마저도 없었다.

냉장고 문을 열자 쾌쾌하게 묵은 냄새가 코를 찔렀다. 냉장고 속엔 썩어 문드러진 양파 하나와 누렇게 말라 비틀어져 부서지는 파 한 묶음뿐.

"제길."

하지만 더 이상의 투정은 스스로 생각해도 의미가 없었다.

욕한다고 달라지는 것도 아니었다.

워드는 삐걱거리는 의자에 앉아 씻지 않아 더러운 수저를 손가락으로 대충 닦어 옷깃에 문지르곤 맨밥을 퍼넣기 시작했다.

퍽퍽퍽. 꾸역.

무의식적인 상하수직 운동이 몇 번 되풀이되자 입 안에는 뻑뻑한 밥알이 넘치기 시작했다. 맨밥을 먹으니 맛도 느껴질 리가 없었다. 하지만 워드는 수저질을 멈추지 않았다.

맹목적인 그 행동은 자신이 무얼 하는지도 모르는 듯 계속되는 숟갈질에 찬 밥알이 목을 메워 숨통을 막았다.

얼굴이 붉어질수록 그의 눈빛은 빛이 돌기 시작했다. 그건 일종의 광기 같은 것이었다.

어떻게든 살아남아야 했다. 그래서 사부님의 복수를 해야 한다…….

마지막까지 코펠 바닥을 박박 닦어 입 안에 밀어넣은 하인즈 워드는 숟가락을 집어 던지고 흐느끼기 시작했다.

'개새끼들, 가만두지 않겠어!'

눈물을 참으려 할수록 새어 나오는 숨소리에 묻어 오열이 나오려 했다.

워드는 눈물이 의지를 약해지게 할까 봐 자리를 박차고 일어났다.

"우욱."

급하게 놀란 위장에서 경련이 세차게 일었다.

떨쳐 버리려 자리에서 일어나 서너 걸음을 걸었을 때 갑자기 뱃속에서 몰아쳐 올리는 통증에 순식간에 앞으로 고꾸라져 버리고 말았다.

분노의 분출구를 찾아 독을 모아도 시원찮을 판에 어이없는 통증 따위에 주저앉아 버리다니.

이런 자신이 싫었다.

하지만 의지와 상관없이 온몸에 경련이 일고, 활시위처럼 휘어진 몸뚱아리가 부러지려는 듯이 부들거리기 시작했다.

"끄흑."

부르르르.

워드는 이를 악물고 넘어오는 신물을 되삼켰다. 몸에 들어온 쌀을 내놓을 정도로 자신의 상태가 넉넉하지 않은 탓이다.

하지만 놀란 속을 잡고 얼마나 떨었을까. 기어이 워드는 몸 안의 모든 것을 꺼내놓으며 거푸 헛구역질을 해대기 시작했다.

양달수의 체육관을 홀로 지키던 하인즈 워드. 그에게 지난 시절도 이젠 사치로만 여겨질 뿐이었다.

짙은 어둠은 이미 와 있었다.

워드는 어둠을 피해 마지막까지 숨으려 몸부림친 모습으로 바닥에 길게 드러누워 있었다.

약간은 외로웠다. 사실 이제 그는 어둠이 무서웠다. 아니, 너무 지긋지긋했다.

워드는 마룻바닥에 볼을 틀어박은 채로 꿈틀거렸다. 간혹 혼잣말이 들렸다.

"아직도 이렇게 버릴 게 있잖니. 흐흐, 이제 내일은 뭘 하지……. 내일은 밥알을 치우면 되겠군. 흐흐, 근데 그 다음엔 또 뭘 하지……."

웃음소리는 실성한 듯 들렸다. 그 소리는 워드 자신에게 하고 있었다. 이렇게라도 자신이 살아 있음을 확인해 보고 싶었던 것이다.

차츰 어둠은 그의 의식을 삼켜 버리고 있었다.

째애액, 째애액.

단조로운 새소리가 깨진 유리창 사이로 들려왔다.

아침 햇살이 부서져 너덜거리는 현관문을 넘어 밀려들어 와 있었다.

꿈틀.

햇살에 찡그린 워드가 아직도 통증이 이는 배를 부여잡고 일어섰다. 시간이 지나도 아픔이 남아 있을 정도로 대단한 경련이었다.

수도꼭지로 다가가 입을 들이대곤 벌컥벌컥 물을 입 안에 부어 넣기 시작했다.

찬물이 들어가자 속이 좀 진정됐다.

"끄어억."

트림을 거푸 해대고 창가에 휘청대며 걸어가 창틀에 몸을 기댔다. 모든 게 귀찮은 워드는 공허한 눈길을 바닥에 떨어뜨리고 있었다.

삐이걱.

영문도 모르게 현관문이 흔들렸다.

'바람이 부나?'

신경이 거슬리는 마찰음. 하지만 창밖 나뭇가지엔 바람의 흔적이 없었다.

번쩍.

좀 더 밝은 햇살이 들어오더니 그의 몸을 비추며 눈을 시리게 만들었다.

"뭐야!"

짜증스럽게 찡그린 눈으로 문을 노려봤다.

누군가 해를 등지고 서 있었다. 역광의 강렬한 빛에 형체가 드문드문 녹아내려 좀처럼 알아보기 힘든 모습.

하인즈 워드의 머릿속엔 지난날 그림자진 흉측한 얼굴을 들이밀던 마니교 놈들이 생각났다.

'또 그놈들인가? 잘됐군. 제 발로 찾아오다니 고맙군.'

더는 아무런 긴장이 들지 않았다. 허무를 등에 지고 있는 워드에게 아쉬운 것도, 두려운 것도 없었다. 그저 귀찮기만 할 뿐이었다.

죽으면 죽으리라. 오기, 마지막 남은 밑천이었다. 하지만 놈들에게 죽고 싶진 않았다.

워드가 주먹을 꽉 쥐었다.

한데 한 놈뿐인가?

끼이익, 끼익.

들어선 자가 잡고 있던 문을 놓자 문이 그네처럼 흔들렸다.

그는 겁도 없이 태연하게 워드를 향해 걸어오고 있었다. 그의 자세는 태연했지만 왠지 범상치 않은 기분이 뒷골을 긴장시켰다.

'호, 대단한 녀석 같군. 만만치 않겠어.'

워드가 더욱 강하게 주먹에 힘을 불어넣었다.

"내게 무슨 볼일이라도 있나?! 흥."

뒤늦게 올려다본 사내의 얼굴을 알아본 워드가 자조적인 콧방귀를 짧게 내뱉었다.

무혁이다.

자신의 몰골을 내려다보는 사내가 싫은 워드는 적의를 띤 말투로 말했다.

"누구지? 나한테 볼일이라도 있나?"

"네가 필요해서!"

워드 따원 안중에도 없다는 듯이 말하는 저 뻔뻔한 자세.

한국말이다. 양 사범에게 대충 한국어를 배운 워드.

어쨌든 마니교 놈들이 아니라서 실망스럽긴 했다.

"필요? 킬킬, 나 같은 놈이 필요한 곳도 있나?"

"응, 있어. 밥도 하고 설거지도 해야 하고 할 일 많다."

참으로 백무혁답다.

오로지 복수에 대한 살기가 철철 흐르는 살벌한 눈빛의 하인즈 워드를 두고 농을 치다니.

워드는 약간 어처구니가 없었다.

"정신 나간 놈이군. 이것 봐, 한국 친구. 잘 모르는 모양인데, 난 아무 밑에서도 일하지 않아."

워드의 속에서 화가 치밀어 올랐다. 그래서 일단 경고의 의미를 던졌다.

무혁은 그럼에도 한결같이 덤덤했다.

"그래, 알아. 하지만 그건 네 희망사항이지, 내 희망사항은 아냐."

무혁이 말을 다하지 않았음에도 워드의 눈에서 불꽃이 튀었다.

엄중한 경고를 무시한 탓이다. 워드가 벌떡 자리에서 일어나 무혁에게 접근했다. 두 주먹 발사 준비 끝. 하지만 무혁은 손바닥을 들어올려 다가오는 워드를 잠시 저지시켰다. 아직 할 말이 남았기 때문이다.

"…내가 선택했으면 가야 해. 무조건."

워드는 더 이상 대꾸할 필요를 못 느꼈다.

"미친놈."

워드가 속도를 높였다. 가벼운 만큼 빠른 풋워이었다.

차차착!

급속도로 무혁과의 거리를 좁혔다.

"체육관을 함부로 들어온 것도 맞아 죽을 일이건만, 나를 놀려?"

연이어 양 주먹을 가볍게 쥐고 어깨에 힘을 뺀 워드가 공격을 시작하려 했다.

슬쩍, 한 발 먼저 무혁은 경쾌한 발놀림으로 성큼 옆으로 비켜섰다. 잔 동작 하나 없이 가벼운 신형이다.

눈 깜짝할 사이에 목표가 이동하는 움직임을 포착한 워드가 다시 방향을 선회하며 돌아섰다.

숙숙—

곧바로 쏟아져 나온 좌우 스트레이트.

"어라? 이놈아, 사람 맞겠다."

허리를 뉘여 무혁이 간신히 피해냈다.

무혁은 계속 입을 놀려댔다. 하고픈 말은 해야 직성이 풀리는 녀석이었다.

"미친놈이라……. 그럴지도 모르지 그건 그렇고, 그전에 하나 물어보자."

"닥쳐라. 그전에 주둥이를 밀어 넣어주마."

주먹이 허공을 가르고 맥없이 돌아오자 약이 오른 워드가 이번엔 좌우 컴비네이션을 작렬시킬 욕심으로 바짝 밀어닥쳤다.

'하, 고놈 참. 한 대 맞아줘야겠군. 까짓것!'

약이 바짝 오르고 있는 것을 알고 있었다. 이대로 피했다간 자존심이 상해서 안 가겠다고 버틸지도 몰랐다.

퍽, 펑펑!

복부를 친 왼손과 연이어 터진 오른손 훅이 얼굴에 적중했다. 한데 그것이 끝이 아니라 다시 기어 올라온 왼손이 무혁의 턱에 명중했다.

제법 매서운 쾌속의 펀치였다.

얼얼했다.

'이씨, 아프자나.'

하지만 무혁은 아무렇지도 않은 척 뻔뻔을 떨었다. 하지만 두고 볼수록 아팠다.

사실 녀석의 펀치는 맞을 때보다 맞고 난 후에 더 타격이 있었다. 그건 제법 공력이 깃들어 있다는 의미. 워드를 너무 가볍게 본 실수였다.

‘이이, 뭔 주먹이 이 따구야.’

아무리 참아보려고 했지만 아픈 건 사실. 맷집 문제하곤 다른 차원의 얘기였다.

화끈화끈, 얼얼.

결국 감정이 난 무혁. 말도 당연히 배알이 꼴릴 정도로 험악하게 나가는 게 당연했다.

“이대로 앉아 시체 놀이하기엔 너무 억울하지 않니?”

확실히 워드의 남루한 행색을 두고 약 올리는 말투였다.

“시, 시체 놀이?!”

순간 워드의 눈에 조금 전보다 날카로운 반응이 일었다.

“니가 째려보면 어쩔 건데?”

“이 자식이! 한국 놈이라고 봐주려고 했더니만, 오늘 실컷 맞아봐라.”

“그래, 때려라, 시방새야!”

무혁이 주먹을 움켜쥐고 단전에 힘을 몰아넣고 기력을 끌어올렸다. 이렇게 해놓아야 맞아도 덜 아팠다.

빠바바바바바바팡, 팡팡!

아이씨, 이게 몇 대야?

처음 한 대만 맞아주고 피하려 했는데, 순식간에 열 방이 무혁의 면상에 작렬했다. 이제껏 맞아본 유래가 없던 엄청나게 빠른 주먹이었다.

순식간에 또 선혈이 터지고 두 눈덩이가 욱신거렸다.

그런데도 워드는 더 때릴 태세였다.

위기감을 느낀 무혁이 처음의 각오와 다르게 주먹을 내질렀다.

빵!

단 한 방.

“미안하다. 더는 맞고 싶지가 않았어!”

콰쾅!

엄청난 폭음을 내고 워드가 낡은 체육관 벽에 구멍을 내놓으며 밖으로 튕겨 나갔다.

무혁이 눈을 지그시 감았다.

"그렇다고 조금만 쉬었다 하잔 소린 할 수가 없잖아. 어쨌든 미안하구만."

중광에게 워드의 사정을 듣고 잘 타일러 데려가고 싶었던 게 솔직한 무혁의 심정이었다.

하지만 말을 다 끝내기도 전에 현관문이 벌컥 열렸다. 워드다. 무혁과 마찬가지로 쌍코피를 흘리고 있었다.

너무도 빠른 스탠딩 동작이었다. 뚫린 벽을 나가 현관으로 들어오기까지가 예상했던 시간보다도 훨씬 빨랐다. 그러자 황당한 생각까지 들었다.

"너, 너 쌍둥이였어?"

그러지 않고선 이해가 되지 않았다.

워드는 몹시 흥분해 있었다. 단 한 방에 영문도 모르고 바깥 뜰에 엎어져 있던 게 믿기지 않았던 것.

파파팍!

더욱 맹렬한 마찰음이 워드의 발끝에서 나왔다.

"이봐, 잠깐만…… 퍽!"

나쁜 놈, 말시켜 놓고 때리다니!

워드가 예상 밖의 빠른 속도로 접근해 오자 당황한 무혁의 몸이 먼저 반응을 일으키고 말았다.

얼굴을 찡그린 워드는 다시 포물선을 그리고 나가떨어졌다.

콰쾅!

이번엔 옆 벽에 구멍이 뚫렸다.

"이이, 시발, 너 오늘 죽었어!!"

콰당!

흥분한 워드가 이미 반쯤 부서져서 건들거리는 현관문을 발로 차서 부시고는 들이닥쳤다. 몹시 흥분해 있었다.

다시 두 눈에 불꽃이 뚝뚝 떨어뜨리며 워드의 맹렬한 러시가 이어졌다.

"이거 큰일났네. 중광 형님 말대로 성질 더러운 놈을 건드렸군."

두 번의 봉변에 체력이 떨어진 하인즈 워드는 한 방에 모든 걸 끝내려 작정하고 달려들었다.

"이판사판이다. 너 죽고, 나는 조금만 아프자!"

흑인 특유의 신체 특성으로 키는 비슷했지만, 팔 길이는 무혁보다 무척 길었던 워드는 몸을 세우고 자신있게 승부를 걸었다.

'괜히 훅이니, 잽이니 내지르면서 몸을 비틀었기 때문에 저놈한테 맞은 걸 거야. 이렇게 꼿꼿이 달려들어 스트레이트를 내지르면 당연 내가 유리하지!'

하인즈 워드가 선불 맞은 멧돼지처럼 달려오자 그대로 맞으면 많이 아플 것을 직감한 무혁.

"에라, 나도 모르겠다."

막나가는 거라면 무혁도 지지 않았다.

파팍!

워드가 달려오는 곳으로 마중 나간 무혁이 허공을 박차고 올랐다.

빙글!

단 일 회의 회전이 있었다. 그리곤 천장 위에 솟구친 몸이 다시 제대로 되었을 때 워드의 얼굴이 두 발 근처에 와 있었다.

"바, 반칙……."

퍼억!

말이 끝나기도 전에 강한 타격음이 들리며 워드의 얼굴에서 침이 튀었다.

"끄흑. 개쉬끼, 발을 쓰다니."

워드의 몸이 허공에 들린 채로 현관문을 지나 바깥마당에 풀썩 떨어졌다.

무혁이 눈을 지그시 감았다. 약간 미안스럽기도 했다. 궁색한 말이 입에서 나왔다.

"나는 발을 써도 되는 이종격투기 선수야⋯⋯."

워드가 떨어진 마당에선 아무런 인기척이 들리지 않았다.

"설마 이 자식 뒈진 건 아니겠지?"

무혁은 불안한 생각이 머리를 파고들었다. 사실 달려오는 녀석에게 그대로 두 발을 날렸으니 그 충격이 치명적이었을 것이란 생각이 들었다.

"제길, 이거 송장 치렀나 보네. 중광 형님한테 뭐라고 하지?"

무혁이 워드의 상태를 살피러 문을 나서려고 할 때였다. 구멍 난 체육관 벽에서 소리가 들렸다.

"송장, 치르는 거 좋아, 하네. 개.새.끼."

워드가 구멍 난 벽으로 기어들어 오고 있었다. 이미 두 눈은 풀려서 정신이 없었다. 워드는 들어오며 구멍 난 벽 모서리에 쿵쿵 부딪치고 있었다.

"잡히면 죽여 버릴 테야!"

그 와중에도 이를 바득바득 갈고 있었다.

"정말 독한 새끼네."

"무서우면 지금이라도 잘못했다고 그래."

워드는 눈도 제대로 못 뜨면서 횡설수설했다.

예전 같았으면 참패를 당한 건 무혁이었을 것이다. 그만큼 워드의 펀치는 날카롭고 매서웠으며, 대단한 파괴력을 가지고 있었다.

초인이 되어가고 있는 무혁이 못 견디고 반사적으로 주먹을 내지를 정도였으니.

"그래, 잘못했다. 됐냐?"

아무래도 계속 가다간 애 하나 잡을 판이었다. 무혁도 나름대로 워드의 그런 악에 받친 모습이 싫지만은 않았다.

워드가 피식 웃었다.

"십새꺄, 앞으론 그러지 마라."

그리곤 그대로 체육관 바닥에 얼굴을 처박았다.

무혁이 다가갔을 때 워드는 잠들어 있었다. 맥을 짚어보자 맥박이 무척 느리게 뛰고 있었다.

제대로 먹지 못한 녀석이기에 마지막 남은 체력이 무혁과의 싸움으로 고갈된 것이다. 그래도 깔딱깔딱 숨은 내쉬고 있었다.

"정말 독한 새끼네."

말은 그렇게 했지만 워드의 단순하고 우직한 게 마음에 들었다.

무혁이 워드의 옆으로 가서 벌렁 드러누웠다.

한참 후, 현관문으로 들어오던 햇살이 창문 쪽으로 옮겨져 있었다. 점심 무렵은 되어 보였다.

드러누워 있는 워드를 본 체 만 체하고 무혁이 천장에 대고 말했다.

"너는 여기 있으면 놈들의 노리개밖에 안 돼……."

듣는지 마는지 워드는 잠든 자세 그대로 있었다.

"그래도 복수하고 싶냐? 그럼 내가 도와줄게."

역시 대꾸가 없었다.

"자식, 몹시 고단했던 모양이군. 그래, 한숨 더 자라."

무혁이 대답없는 워드를 그냥 두고 바깥으로 나가려 할 때였다.

"네가 뭔데……."

워드가 무혁의 인기척에 살짝 눈을 떴다. 거친 독기가 사라지고 차분해진 눈빛이었다. 실컷 두들겨 패거나, 실컷 두들겨 맞아야 풀릴 듯했던 갈증이 사라져 있었다.

몸 안에 가득 찼던 분노와 한탄이 실컷 두들겨 맞고 나자 비로소 가라앉은 것이다.

"짜슥, 정신 차렸구나."

무혁이 빙긋이 웃었다. 언제 따로 만난 적은 없지만 워드의 모습을 보자 친근감이 들었다. 워드의 거칠고 막막함을 이해할 듯싶었다.

결국 무혁이 혈혈단신으로 일본을 건너와 닥치는 대로 알바를 시작했던 것도 그런 이유에서였다.

"네가 뭔데 내가 놈들의 노리개밖에 안 된다고 했냐구."

워드는 처음부터 듣고 있었던 모양이다.

"말하자면 길어. 놈들은 과거에서 왔거든."

"풋, 미친놈."

하긴 마니교도에 얽힌 이야기를 말한다고 믿겠는가. 설명은 나중에 하는 게 나았다.

"너, 프라이드가 뭔지는 아냐?"

"잡탕찌개라고 사부님이 그러셨어."

"헐, 말이 좀 심하다. 흠흠."

폼 좀 잡으려다 도리어 망신당한 기분이 든 무혁은 헛기침을 했다.

"어쨌든 각 문파의 고수들이 모여서 비무를 겨루는 곳인데, 거기 챔피언은 인정할 만한 실력이 아니겠니? 그런데 말이다, 내가 바로 그분이시다."

일부러 약간 말을 어렵게 꾸몄다. 그래야 고수 같아 보일 테니까.

이 정도면 워드가 자기를 알아줄까 싶어서 한 말인데, 막상 해놓고 보니 왜 이렇게 뻘쭘해지던지.

"우하하하! 나, 존경스럽지 않니?"

웃어서라도 모면하고 싶었다. 웃다 보니 오버도 약간 하게 된다.

"빙신. 하던 말이나 계속해 보라니까."

워드는 오로지 마니교 놈들에게만 관심이 있었다. 복수 때문이다.

"녀석들은 조직이야. 너 하나가 어떻게 해볼 수 있는 상대가 아니야. 물론 네 사부를 죽인 놈만 있다면 복수도 가능하겠지. 하지만 놈들의 수가 너무 많아."

"그럼 나보고 갱단에라도 들어가란 소리냐?"

사실 주먹 강하고, 싸움 잘하는 워드는 갱단에서 러브콜을 자주 받았다. 양 사범의 노력이 없었다면, 교도소를 들락거리며 살고 있었을 것이다.

한데 이젠 양 사범도 없고, 또 복수도 해야 할 일이라 흑인 갱단에 들어갈 마음이 있었다.

다만 자신을 범죄의 늪에서 구해내려 했던 양 사범의 마음이 마지막까지 가장 큰 짐으로 남았다.

'사부님, 어찌해야 합니까?'

지난번 사고 이후, 한참이 지났지만 아직까지도 워드가 갱단에 들어가지 않은 이유이기도 했다. 하지만 조만간에 결정해야 했다. 사부님이 없으니 이제는 뭐든 스스로 결정해야 했다.

이럴 때 무혁이 나타났던 것이다.

"그럼 너는 조직을 가지고 있냐?"

일말의 기대를 가지고 워드가 물었다.

나름대로 마니교도들을 조사한 워드가 필요로 하는 건, 그에 맞먹을 만한 조직이었다.

"아니, 지금부터 모을까 해. 나는 전사가 필요하거든."

링 위에서 마인을 상대로 싸우는 것은 자신이 있었다. 문제는 그 주변에서 음모를 꾸미는 마니교도들과 그 배후였다. 장장 700년을 기다려 자신의 뜻을 이루려는 자들이었다.

실망한 워드.

"나는 누구의 밑에서도 일 안 해."

워드는 굳은 의지를 가지고 말했다. 그에 무혁이 덤덤하게 말했다. 물러설 수 없었다.

"미안하지만, 나도 남한테 부탁하는 거에 서툴러. 그냥 내가 찍었으면 가야 해."

이어진 워드의 대답은 신통치 않았다. 약간의 비아냥거림도 섞여 있었다.

"풋, 미친놈. 그건 네 사정이지. 조직도 없는 것이 어디서……."

갑자기 무안한 생각이 밀려왔다. 드디어 참다못한 무혁이 화를 냈다.

"시방새야, 너 자꾸 반말하는데, 또 맞을래? 아무리 영어에 익숙한 놈이라고 해도 위아래는 있어야지. 나 스물일곱인데, 넌 몇 살이냐?"

사실 나이에 대한 말은 조심스러웠다. 워드가 흑인인지라 나이 가늠이 잘 안 되고 있었다. 하도 열이 뻗히고, 쪽팔리기도 하고, 딱히 할 말이 없어서 묻긴 했지만 자칫하면 무혁이 오히려 동생이 될 판이다.

"그건 니가 나보다 많네. 나는 스물두 살이야, 근데 왜?"

순진한 워드였다. 애는 착하다더니 순순히 시인하고 있었다. 앞으로 무슨 일이 벌어질지도 모르고.

'뭐시라? 이눔, 이거 완전 겉모습 썩었네.'

속으로 회심의 미소를 짓던 무혁이 서서히 눈을 부라렸다. 그리고 과장된 험악한 말이 튀어나갔다. 기선 제압이 필요했다.

"눈 깔아라, 이 시모노 새끼야!"

사실 미국식으로 나이 얘기를 따지는 것은 별로 중요하게 생각하지 않았다. 하지만 무혁은 한국 청년, 특히 군대를 갔다 오면 안다. 일 년에 밥그릇 수가 얼마나 차이 나는지.

"내가 밥을 먹어도 너보다 5천 그릇은 더 먹었다. 그러니까 앞으로 형님이라 불러라."

"형님? 정말 갈수록 미친놈이군. 나는 형 안 키워."

"그래? 그럼 밥그릇 차이만큼 맞아야겠다."

무혁이 천천히 워드에게 다가갔다. 더 이상 말하기도 귀찮았다.

그림자가 져서 그랬을까? 그렇지 않아도 까만 워드의 얼굴이 점점 더 짙어지더니 핏기가 빠지며 차츰 칙칙하게 변해 갔다.

워드도 무혁의 주먹이 엄청나다는 걸 피부로 느끼고 있었다.

사색이 되어가고 있는 워드를 앞에 두고 마지막으로 물었다.

"너 나랑 같이 갈래, 아님 맞고서 개처럼 끌려갈래?"

무혁은 더 이상 말하지 않았다.

이제 남은 선택은 워드의 몫이었다.

"오빠, 나 좀 나갔다 올게요."

외출 준비를 마친 나오미가 문고리를 돌리며 던진 말에 무혁은 의아했다.

"무슨 볼일이기에 해 저물어 껌껌해지는데 나가냐?"

"약속이 있어요."

이 야밤에 남자 친구라도 만나러 가나. 그럼 나오미가 그새 마음이 변하기라도 했단 말인가.

아무래도 초롱초롱하고 활기 넘치는 눈동자며 표정이 예사롭지 않다.

무혁은 치졸한 모습을 드러내며 꼬치꼬치 물었다. 사랑하는데 약간 유치하면 어때? 나오미를 빼앗기는 것보단 낫지.

"너, 혹시 마음이 변한 거니? 그럼 가라. 그리고 앞으론 이 집에 들어오지 마라. 대문 열쇠 바꿀 테다."

"왜요?"

나오미는 영문을 몰라 휘둥그레 커진 눈을 하고 되물었다.

"이곳은 가족이 모이는 곳이야. 네가 변심을 했다면, 넌 이제부터 우리 가족이 아니다."

무혁이 냉정하게 말했다. 하지만 너무 세게 나간 건 아닐까 싶어 걱정이 밀려왔다. 잘 타일러도 모자랄 판에 강짜를 놓았으니.

"오빠도 참, 내가 바람피우러 나가는 줄 아나 봐. 호호호."

"잉? 그럼 이 밤에 어딜 가겠다는 거냐? 이곳은 밤 되면 무서운 곳이야."

해가 지고 어두워지면, 험악한 할렘가로 변하는 곳이 있다는 소리를 얼핏 들었던 무혁이다.

"호호, 걱정 마세요. 정 걱정되면 따라나서던가."

"암, 나오미 가는 곳에 내가 없으면 위험하지."

백기사라도 되는 듯 무혁은 금방 기분이 들떠서 나오미를 좇았다.

"어이, 워드. 너도 갈텨? 방구석에서 그렇게 인상만 쓰면 뭐 해? 바람이나 쐬자."

워드가 머쓱한 얼굴을 했다. 사실 요 며칠 방 안에만 있자니 좀이 쑤셨다. 더구나 익숙지가 않은 곳이라 더 마음도 편치 않았다.

"그래도 될까?"

"짜식, 말끝에 형이라고 하나 붙이면 어디가 덧나냐."

워드는 대답 대신 배시시 웃었다. 아직 그 소리가 입에서 나오지 않았다.

방을 나서려는데 남덕이 달라붙었다.

"저기 나오미 양, 나도 가면 안 될까? 미국 생활이 이렇게 심심한 줄 몰랐어. 하도 앉아 있었더니 엉덩이에 봉창이 나려고 하지 뭐야."

무혁에게 말하면 혹시 거절당할까 봐 걱정된 남덕은 나오미를 붙잡고 늘어졌다.

사실 남덕은 삽이 부러진 다음부터 의기소침해 있었다. 자기 딴에는 명삽이라 여기며 살았던지라, 그 심적 고통이 상상할 수 없을 정도로 컸다.

"형도 같이 가자, 월마트 가서 삽도 하나 사자."

"그래……."

삽 얘기가 나오자 남덕은 다시 시큰둥해졌다. 부러진 삽을 잡고 며칠을 울었는지 모른다. 아직도 삽 생각만 하면 가슴이 미어졌다.

"형, 월마트 가면 좋은 삽이 있을 거야. 장렬히 싸우다 전사한 장수를 기리는 의연한 마음으로 부러진 삽을 묻어줘. 삽은 정말 멋진 삶을 살다 간 거야."

"그럴까? 하지만 나는 아직도 그놈만 생각하면 가슴이 아퍼. 힝."

"형이 그럼 안 돼. 부디 올곧게 살다간 삽의 뜻을 이어서 형도 힘내서 살아야 해."

참나, 뭔 얘기들을 하는 건지.

어두워지고 있었다. 어둠은 땀범벅이 되어 있는 그에게 심리적으로 안정을 가져다줄 수 있었지만, 또 한편으론 막막할 수도 있었다.

조심해야 했다. 발걸음을 죽인 만큼 두 눈과 귀는 미세한 소리에도 곤두서 있어 불안감은 늘어나고 있었다.

돈을 벌기로 했다. 돈은 자신을 버리지 않으니까.

그는 연예인이나 유명인의 스캔들과 물질만능의 흉한 몰골들을 사진 찍어 되팔기 시작했다. 바로 파파라치로, 돈이 될 수만 있다면 수단과 방법을 가리지 않았다.

냄새 나는 가축 막사 속에 숨어 며칠 밤이라도 꼼짝을 하지 않고 있다가 비정하리만큼 차가운 카메라의 셔터를 눌러대곤 했다.

찰칵.

세상은 자신이 팔아먹은 사진을 보고 즐거워했으면서도, 정작 자신은 썩은 고기와 냄새 나는 쓰레기통을 뒤지고 다니는 미물과 같이 취급했다.

처음엔 분통한 마음이 있었지만, 그것마저도 차츰 익숙해져 갔다.

오히려 그는 사람들의 이중성만을 실감할 뿐이었다. 그런 자들을 향한 그의 보복 행위는 계속됐다.

"어느 놈이고 나에 대해 뭐라고만 해봐라. 가면 속에 가려진 더러운 모습을 다 까발려 주마!"

일할 때마다 공통적으로 느껴지던 긴장감에 이젠 익숙해져 있었다.

물론 처음 일을 시작했을 때 어수룩하게 숨어 있다가 유명인의 경호원들에게 발각되어 큰 봉변을 당하기 일쑤였다. 하지만 실컷 두들겨 맞은 수만큼 그의 얼굴은 두꺼워져 갔고, 통증을 참으며 철두철미한 습성과 배짱이 생겨나게 되었다. 매 순간마다 위기를 넘기게 되면서부터 이제는 긴장도 즐길 수 있었다.

파파라치, 마기찬은 주먹을 꽉 쥐었다.

"내가 어떻게 살아난 놈인데! 나를 놀리고 경시한 놈들, 그래, 이젠 한번 당해봐라. 놈들은 분명 마니교도가 분명해!"

역시 놈들은 예사롭지 않은 집단이었다.

어떻게 알고는 자신을 조여오는 걸까. 하지만 그렇다고 지금에 와서 넘겨주려 했으면 처음부터 시작도 안 했을 것이다.

마기찬은 주변이 조용해진 걸 확인하곤 조심스레 앞으로 나갔다.

주변이 안전한 걸 확인하고는 거래가 이루어졌을 때의 짜릿함을 맛볼 기분에 흥분이 되어 걸음걸이가 빨라졌다.

길게 나 있는 뒷골목의 가득한 어둠을 타고 가면 그녀를 만나기로 한 장소가 나올 것이다. 마기찬은 걸음을 더욱 빨리했다.

그러나 역시 세상일이 마기찬의 뜻대로만 되지는 않았다.

골목길 벽에 그가 다가오기를 기다리며 검은 인영이 숨어 있었다.

마기찬이 그걸 알아챘을 땐 정체불명의 사내들과 네다섯 걸음의 거리밖에 남아 있지 않았다.

"흡!"

마기찬은 녀석들의 그림자를 발견하자마자 숨이 멎는 줄만 알았다.

'제길, 일단 피하자.'

하지만 피하기엔 너무 늦었다. 뒤를 돌아보자 역시 두 명이 서 있었다. 모두 다섯 명이었다.

낭패감에 빠진 마기찬은 빠져나갈 곳을 찾아 두리번거렸다.

그런 그를 두고 낮고 음산한 음성이 흘렀다.

"이곳은 너무 조용해서 너 하나쯤 죽어나간다 해도 아무도 몰라."

"니기미! 조심했건만."

마기찬의 입에서 거친 욕설이 나왔다. 자신이 암행했던 노력이 수포로 돌아간 것에서 오는 자괴감이었다.

"필름을 내놔!"

여전히 낮고도 비정하리만큼 단호한 목소리였다. 목적을 위해선 목숨 하나쯤은 가볍게 여기는 자들.

마니교도들이 살기를 흘리며 점점 더 다가왔다.

"너 같은 쓰레기는 쓰레기통에 구겨 넣어도 그 누가 뭐라 하지 않아."

"쓰레기라고?"

마기찬의 눈에서 불꽃이 튀며 오기가 솟았다. 죽을 때 죽더라도 그런 소리를 듣고는 곱게 못 죽지.

"그럼 뭐라 하지? 시궁창을 뒤지는 쥐 새끼? 하이에나?"

"그럼 쓰레기를 뒤져서 먹을 걸 찾는 놈들은 뭐라 하지? 땅거지?"

마기찬의 반문에 놈들의 눈꼬리가 치켜 올랐다.

"킬킬킬, 눈 치켜뜨지 마라. 재수없다."

"읍! 이 자식이!"

부아가 치민 놈들이 사방에서 조여들었다.

하지만 마기찬은 입놀림을 멈추지 않았다. 사방이 꽉 막힌 지금은 녀석들은 흥분시켜야 빈틈이 생길 듯했다.

"나 같은 놈 건드려 봤자 오물만 묻을 텐데, 허헉!"

복부에 꽂힌 주먹에서 터지는 통증에 마기찬은 입을 벌리고 무릎을 꿇었다. 순식간에 입에선 침이 떨어졌다.

스르륵.

골목 틈으로 새어드는 가로등 불빛에 칼날이 반짝였다. 반월도였다.

마기찬의 몸에 소름이 돋았다.

'아, 놈들은 광신도들이라 머리 자르는 건 장난으로 아는데!'

일단 시간을 벌어야 했다. 배를 움켜쥐고 바닥을 뒹굴며 놈에게서 멀어졌다.

"엄살 피지 마라."

퍼억!

다시 마기찬의 등짝에 발길질이 쏟아지며 세찬 통증이 일었다.

데구르르.

뒷전에 서 있던 놈의 발길질에 마기찬은 원래 있던 자리로 되돌아왔다.

반월도를 높이 든 녀석은 히죽 웃으며 다가왔다.

"필름을 내놓으라니까."

"필름 내놓으면 결국 더 빨리 죽일 텐데, 쉽게 내놓을 수가 있겠냐?"

마기찬은 놈들의 만행을 잘 알고 있었다. 지금 그가 가지고 있는 필름 중에도 그런 장면이 포함되어 있었다.

"그렇다면 죽여 달라고 애원할 때까지 맞아야지."

퍼억!

그때부터 무차별한 발길질이 시작됐다.

"으아악!"

한번 맞아주기로 마음먹으면 때리는 놈들이 질릴 정도로 맞아줄 수 있었다. 한데 이건 너무 심했다. 다른 때 당하던 봉변은 자신을 위협하는 정도였지만, 지금 놈들은 죽일 걸 염두에 두고 고깃덩어리 취급하고 있었다.

"끄흐흑."

놈들은 서두르지 않았다. 비틀거리는 그의 등판을 걷어차고는 히죽거리며 웃고 있었다.

“이제 그만 내놓고 곱게 가지?”

“미친놈, 이 지경이 되어 그냥 주긴 억울하지.”

퍼억!

“허헉!”

대꾸를 하느라 입을 열고 있는 상태에서 명치 끝에 발길이 박히자, 숨이 끊어지는 비명을 쏟으며 몸이 오징어처럼 오그라들었다. 지독한 통증에 마기찬은 두 눈을 부릅뜨고 정신을 잃었다. 이미 온몸이 만신창이가 되어 피범벅이 되어 있었다.

“미련한 놈. 순순히 내놓으면 될걸. 뒈져 봐라.”

반월도를 들고 있던 놈이 칼날을 매만지며 지시했다. 필름을 찾으면 곧바로 목을 날려 버릴 생각이었다.

가방과 속옷까지 뒤져도 놈들이 원하는 것은 나오지 않았다.

“어디다 놨어, 새끼야!”

퍽퍽퍽!

악에 받친 놈들의 발길이 쏟아지자 마기찬의 몸에서 흥건한 핏물이 튀며 꿈틀거렸다.

필름을 찾지 못하면 놈들도 무사하지 못할 판이었다. 임무를 실패하면 제단에서 바쳐지는 게 놈들의 율법이었다.

“낄낄낄……..”

그걸 잘 알고 있는 마기찬이었다. 정신을 차린 그가 조롱의 웃음을 흘렸다.

“니들은 재수도 없지, 나 같은 놈을 맡아서. 잘됐다, 같이 죽자.”

입도 열기 힘들었던 그는 말을 하고 나서 헐떡거렸다.

“이 자식이 정말 죽고 싶나!”

반월도를 든 녀석이 칼날을 높이 들어올렸다.

"내가 죽으면 너희는 필름을 영영 찾지 못할 거야. 내 연락이 없으면 자동적으로 언론에 넘어가게 손써놨거든."

"이 새끼, 정말 악질이네. 대체 누가 가지고 있어!"

놈들은 낭패감에 젖어 목을 조르며 급하게 다그쳤다.

마기찬의 맥없는 목이 덜렁덜렁 흔들렸다.

하지만 놈들이 서두를수록 마기찬은 통쾌한 웃음을 터뜨렸다.

"너라면 말하겠니? 킬킬킬."

그대로 숨이 끊겨 죽을 작정인지 얼굴이 빨개지면서도 절대 입을 열지 않았다.

"어디 있냐니까!"

급기야 반월도를 목 깊숙이 밀어 넣은 놈이 톱질하듯 비벼댔다.

마기찬의 목젖에서 핏물이 흐르기 시작했다.

"네 목이 떨어지고 있다! 말해, 이 새끼야!"

"야 이 십장생들아, 그렇게 목을 조르는데 어떻게 대답하겠어."

징그러울만치 속삭이는 듯한 목소리가 들렸다. 물 흐르듯이 잔잔한 예고 없는 소리에 마니교 놈들이 돌아보곤 기겁을 했다.

"으헉!"

어두운 골목 가로등 불빛을 등지고 할로윈데이용 스크림 가면을 쓴 검은 도포의 인물이 서 있었다. 삐까번쩍한 삽자루를 들고. 삽날은 비릿한 쇠 냄새를 물씬 풍겼다. 한 번도 쓴 적이 없는 새 삽이었다.

남덕은 월마트에서 새 삽을 장만하고 좋아하는 가면까지 사서 기분이 최고조에 달해 있었다. 그래서 일단 무턱대고 나선 것이다.

내용물이 약간 상한 줄 모르는 놈들이 보기엔 범상치 않은 모습이었다.

"너희들은 누구야? 우리가 누군지 몰라?"

마기찬의 목에 칼질을 하던 놈이 기괴한 모습에 잔뜩 긴장을 했다. 주변에 있던 마니교도 네 놈이 앞으로 나섰다.

"우리가 누군지 알 필요 없고, 너희가 누군지도 알 필요 없어."

남덕의 옆으로 무혁과 하인즈 워드가 모습을 드러냈다. 마니교도인 걸 확인한 워드의 눈빛이 매섭게 변했다.

그 살기를 심상치 않게 여긴 마니교도들이 품 안에 손을 찔러 넣는 것을 보자마자 무혁이 허공을 날랐다.

파팡!

연달아 워드가 빠른 스텝을 밟으며 휘몰아 들어갔다. 속전속결(速戰速決). 빠를수록 좋았다.

놈들이 아무리 고수라 할지라도 내쏘는 주먹과 발길질에 걸리면 그걸로 끝이었다. 빠른 발을 이용한 워드의 좌우 스트레이트는 우아하기까지 했다.

"이놈들!! 몸통을 분리해 주마."

마지막 남은 반월도를 길게 든 놈이 무섭게 달려들었다.

"타핫!"

묵직한 기운을 담은 일기가성이 놈의 입에서 터졌다.

하지만 칼도 적정한 거리가 유지되어야 효과가 있는 법이었다. 어느새 접근한 날렵한 워드의 주먹이 먼저 놈의 턱에서 터졌다.

퍼억!

달려오던 속도 그대로, 안면에 터진 주먹에 놈이 반월도와 허공에 떠 있었다.

"마무리는 내가!!"

깡!

남덕의 삽날이 어둠 속에서 빛을 발했다.

이가 몽땅 빠지고 쌍코피를 처절하게 흘리며 뒤로 날아가던 놈이 각
도가 꺾이며 골목 옆 벽에 처박혔다.

"늦었다. 빨리 가자."

마기찬을 둘러업은 남덕이 일어서더니 냅다 뛰었다.

후다다닥!

아직은 힘이 미약한 상태서 마니교도 놈들의 눈에 오래 띄어서 좋을
일이 없었다.

"으으으, 저 녀석드른 대체 느그야? 쿨럭."

이 빠진 녀석의 입에서 말이 새는 소리가 들렸다.

얼굴이 채 익기도 전에 사라져 버리는 무혁의 일행 뒤로 어리둥절한
신음 소리만이 골목길을 가득 메우고 있었다.

숙소로 돌아온 일행.

신기한 일이었다. 일행을 알아본 건 마기찬이었기 때문이다.

"나오미 기자, 예정했던 방법은 아니지만 이렇게 만나게 되는군
요."

"그럼 저한테 만나자고 하셨던 분인가요?"

파파라치 마기찬은 슬쩍 웃으며 말을 돌렸다.

"저녁들 안 먹소? 배고프구먼."

입술이 퉁퉁 부어 일그러진 그가 밥을 찾는다는 건 놀라운 일이었
다. 하지만 그건 마기찬의 생존 방식이었다. 먹어야 힘이 난다.

"밥부터 좀 주시오, 밥값은 할 테니까."

중광은 마기찬을 바라보다 피식 웃었다. 나이가 비슷해 보이는 사람
이 밥 타령을 하다니. 그건 필시 핑계거리였다. 머쓱함을 피하고 싶었
던 게지.

"밥값이라……. 뭔지 기다려지는데요."

"아, 그전에 웨스트 포틀 역 물품 보관함에 가서 물건 좀 찾아주시오."

마기찬이 열쇠 하나를 내놓았다.

식사를 마친 그가 워드가 찾아온 가방을 열었다. 예상했던 대로 사진들이었다.

필시 숨어서 찍은 것일 터. 세상의 그 누구라도 자신의 수중에 감금시켜 놓을 수 있는 재주, 파파라치.

마기찬이 매서운 눈으로 노리고 있었던 것도 모른 채 사진 속의 인물들은 너무나도 태연한 얼굴이었다.

"이게 누군지 알겠소?"

퍽이나 자랑하고 팠던 모양이었다.

한데 사진 속의 인물들을 알아보는 사람은 아무도 없었다.

턱수염을 수북하게 기른 사람도 있고, 터번을 둘러쓴 차도르 차림의 사람들이 좀 눈에 띄긴 했지만 그 외는 평범한 정장 차림 일색이었다.

"이게 대체 무슨 사진이죠?"

"여태껏 촬영된 적이 없었던 인물에 관한 세계 최초의 사진."

마기찬이 이를 쑤시며 태연하게 답했다.

여섯 장의 사진. 알 수가 없었다.

"대체 뭘 보여주고 싶은 거죠?"

"사람들의 얼굴을 잘 좀 보라구. 눈에 익는 사람 없소?"

"무슨 국제 협력 기구 모임에서 건져 낸 모양이죠? 풍기는 외모나 기풍이 서로 제각각이군요."

"전혀……."

나오미가 난감한 표정을 지었다. 그러자 나머지들도 혹시나 하는 생각에 사진을 나눠 들고 유심히 봤다. 하지만 그 누구도 그들이 누구인지 아는 자가 없었다.

"이거 영 까막눈들이군. 이래선 홍정이 안 되는데."

서운한 듯 마기찬이 입맛을 다셨다.

나오미가 자존심이 상한 듯 사진을 다시 살폈다.

"여기 있는 사람은 누구죠? 나이는 가장 어려 보이는데 일행들 가운데 있는 걸로 봐선 비중있는 사람인 듯 보이는데."

"역시 기자다운 눈맵시군."

"다음 사진에는 그자에게 집중적으로 초점이 맞춰져 있군요. 원하던 목표가 이 사람이었나 보죠?"

"맞소. 하지만 그 안에 있는 사람 모두가 특종감이라면 특종감이지. 세계 지하경제의 블랙 마스터도 있고, 산유국의 실세도 있고, 군부의 숨겨진 실력자도 있고."

"한데 제가 아는 사람은 없어 보이네요."

그런 인물을 자신이 모르고 있다는 것도 의아한 일이었다.

"세상을 주무르면서도 얼굴을 드러낸 적이 없는 실세들이니 당연하지. 문제는 저들이 마음만 먹으면 세상을 간단히 뒤바꿀 힘이 있단 거지."

"뭐라고요?! 이들이 누군데요?"

마기찬의 말에 무혁은 심상치 않은 기분이 들었다.

"황금의 여명회라고 불리지."

"그게 뭐 하는 놈들인가요?"

"2,000년마다 세상이 바뀌는데, 앞으론 전쟁의 신이 나타나서 세상을 지배하게 될 것이라 믿는 집단이지."

제6장
장동건의 예언은 이루어지는가

장동건의 예언은 이루어지는가

황금의 여명회(Hermetic Order Of The Golden Dawn). 대표적인 인물로, 악마주의 숭배자로 알려진 알리스터 크로울리를 꼽는다. 그는 이집트 여행 도중 전쟁의 신 '호루스'에게 운명적인 계시를 받았다는데, 그의 주장에 따르면 2,000년마다 인간을 다스리는 신들이 바뀐다는 것이다.

예수 탄생 이전 2,000년간은 자애의 여신 '이시스'가, 예수 이후 2,000년간은 죽음의 신 '오시리스'가, 그리고 이제는 전쟁의 신 '호루스'의 시대가 온다고 믿었다.

여신 이시스가 다스리던 시대는 모계 중심의 사회였고, 남신 오시리스의 시대는 부계 중심의 시대였다는 것이다. 이제 앞으로 올 호루스의 시대는 '왕좌에 앉은 어린아이의 시대'이니, 군신(軍神)의 권능을 가진 젊은 지배자가 나타날 것이라고 추종하는 비밀 결사 단체였다.

"정신 나간 집단이군요. 요즘이 어떤 시절인데 그런 몽상을 꿈꾸다니요.”

나오미가 운운할 필요가 없다는 듯 퉁명스럽게 말했다.

마기찬은 약간 당황한 표정을 지었다. 기껏 중요한 자료라고 말해줬는데 반응이 시원찮았던 것이다.

“끄잉. 이래 가지곤 흥정이 안 되지.”

직업상 돈 몇 푼이라도 받아낼 욕심이었던 마기찬은 궁색한 표정을 지었다. 돈을 얻어내려 했다면 허드레 자료를 구해 오진 않았을 터였다.

오히려 관심을 나타낸 건 마니교의 수상한 음모를 예상하고 있던 무혁이였다.

무혁은 여섯 장의 사진 전부를 한 번 더 찬찬히 살폈다.

차에서 내려 건물 안으로 들어가는 다국적 인사들이 골고루 섞여 있었다. 한 사진엔 카메라 불빛에 놀라 카메라 렌즈를 바라보는 장면이 담겨 있었다. 정통으로 마기찬의 덫에 걸려든 것이다.

“목숨 걸고 찍은 사진이라구.”

무혁이 관심을 보이자 마기찬이 알아보고 다가왔다.

“사진 찍은 후가 더 재미있었겠는데요. 어떻게 빠져나왔어요, 뒤끝은 없던가요?”

“이봐, 아까 그 마니교 놈들을 보고도 모르겠어?”

“놈들이 마니교도인 건 어떻게 아셨죠?”

“놈들이 하는 제사 의식을 엿봤으니까 알지.”

무혁은 마기찬의 사진에 확실히 호기심을 느꼈다. 어쩌면 중요한 단서일지도 몰랐다.

“가운데 있는 사람은 뭐죠? 주변 사람들에 비해 이제 겨우 삼십대 초반으로 보이는데, 무슨 이유로 일행의 가운데 서 있는 걸까요?”

"그자가 바로 마불(魔佛)이란 자야."

"마불?"

무혁의 반문에 아랑곳하지 않고 마기찬은 사진 속 인물들에 대한 설명을 늘어놨다.

"세계 각지에서 온 사람들인데, 공통점이라면 얼굴을 별로 드러내지 않고 힘을 행사하던 사람들이란 거지. 아니면 가면 쓴 이중생활을 하던가. 봉사 단체 회장인 사람이나 종교 협회 교구장인 사람 정도가 알려져 있고, 나머진 대부분 뒷전에서 정계에 영향을 미친다고 알려진 각국의 블랙 파워들이지."

그런 쟁쟁한 사람들 중간에 서 있다니, 강한 호기심이 일었다.

"마불이란 자에 대해서나 더 말씀해 보시지요."

무혁이 직접적인 관심을 나타냈다.

"마불은 신비한 인물이야. 일단 국적이 불분명해. 태어난 곳은 예루살렘인데 유태인은 아냐. 그리고 열 살 이후엔 이스라엘에서 사라졌어. 유럽 어딘가에서 사적인 집단에 의해 영재 교육을 받았지."

"유럽에서 영재 교육을?"

"그리곤 다시 인도와 동남아 어딘가로 비의를 전수받으려고 사라졌다가 서른 살 즈음에 세상에 나타난 거야."

"그렇다면 어떤 단체가 철저히 양성한 자란 의미군요."

"호, 젊은 친구가 제법이군. 이제야 말이 통하겠군."

마기찬은 흥정할 채비를 갖췄다. 이젠 대답도 시원찮게 해서 돈을 받아낼 심사였다.

"그렇다면 이걸 찍은 장소는 어딘가요?"

"하하, 젊은 친구라 너무 급하구먼. 일단 흥정을 해보자고."

"흥정이라뇨?"

"이봐, 내 직업이 뭔지 알잖아. 나는 흙 파먹으면서 목숨 걸고 사는 거 아니라고."

마기찬이 딱 잡아뗐다.

'호, 돈 좀 달란 말씀이시지? 목숨 구해준 게 어딘데. 어림없수다. 흥.'

"돈이 그렇게 좋으세요?"

그 물음에 마기찬이 반색한 표정을 짓더니 눈빛이 냉정하게 변했다.

"그럼 돈 벌려고 하지, 심심해서 이 짓 하나? 비웃으려면 실컷 비웃으라고. 난 이 사진으로 후손들까지 대대로 펑펑 놀고먹을 수 있게 할 테니까."

"대체 이깟 사진 한 장이 뭔데요?"

"이봐, 이깟 사진이라니! 거기 하얀 터번 쓴 대가리 보이지? 그 치는 백만 불짜리고. 그 옆의 레옹 수염 있지? 그건 못 받아도 이백만 불은 족히 될 거라구. 그 옆에 검은 옷 입은 땅딸보는 부르는 게 값일 테고 또……."

마기찬이 돈 얘기에 입가에 게거품을 물고 열을 올렸다.

"사진 속에 열 명도 더 있는데, 이 사람들이 다 돈이란 말인가요?"

"암, 그렇다니까."

사람을 수산시장 생선 흥정하듯 취급하다니 마기찬다운 취미였다.

"그럼 이 사람은 얼마죠?"

약간 못마땅한 목소리로 물었다.

"하하, 그 사람은 보디가드야."

"이렇게 멋있는데?"

"지금은 잘렸어. 날 놓쳤으니까."

"지금은 뭐 해요?"

"눈에 핏줄 세우고 날 찾으러 다니겠지 뭐."

"걸리면……?"

"죽지."

순간 무혁의 뇌리 속으로 마기찬을 내다 팔까 하는 생각이 번뜩 지나갔다. 꽤 돈 좀 될 것 같았다. 그 힘든 유혹을 뿌리치고 물었다.

"원수졌겠군요."

"저번엔 카스트로 거리를 배회하는 걸 봤어. 놈은 동성애자거든."

샌프란시스코 카스트로 거리는 동성애자들의 천국이라고 불리는 곳이었다. 그곳에선 매년 게이 페스티발이 열리고, 그들 특유의 예술과 문화로 유명한 곳이었다.

"재밌는 장소들이 많아 사진 찍으러 갔다가 놈을 마주치고 줄행랑을 쳤지. 정말 간이 뚝 떨어지더라고! 내 사진은 다 그렇게 고생해서 찍는 것들이야."

자신의 사진이 그냥 얻어지는 게 아니란 걸 강조하고 있었다. 대수롭지 않은 듯해도 마기찬은 그 말을 하지 않았어야 했다.

"어디서 찍은 거예요?"

"데스밸리에 있는 사이버 타워 준공식에서."

"사이버 타워요?"

"세계 통합 정부가 들어선다는 뒷소문이 있어. 그게 뭐냐면……?!"

갑자기 마기찬이 말문을 닫았다. 돈을 지불할 생각은 안 하고 공짜로 꼬치꼬치 캐묻고 있었기 때문이다.

"이봐, 자네. 관심있으면 먼저 흥정부터 하자고. 보아하니 돈이 많을 거 같진 않으니 싸게 해줄게. 이거 터뜨리면 나오미 기자는 일약 스타 언론인이 되는 거라고. 어때, 구미 당기지?"

"구미가 몹시 당기네요."

"그래, 그럼 삼백만 불만 줘."

삼백만 불이면 30억에 가까운 돈이다.

"그러고 싶지 않아요."

"호, 이 친구 이거 흥정할 줄 아는군. 배짱이 맘에 들어, 하하. 내가 특별히 깎아준다. 그럼 백만 불만 줘. 정말 거저 주는 거야."

하지만 무혁은 대꾸없이 사진만 뚫어지게 쳐다보고 있었다.

"세계 통합 정부가 뭐예요? 좀 더 얘기해 줘요."

"더는 못해."

"그래요?"

"응."

마기찬은 단호했다. 그렇다고 물러설 무혁도 아니었다.

"우리 같은 한국인인데도 안 돼요?"

"같은 한국 사람이 더 무서운 법이야."

"제가 목숨을 구해드렸는데도요?"

"그래, 그건 고마워. 하지만 안 돼. 이미 지나간 일이니까."

돈에 관한 한 눈곱만큼의 양보도 없었다.

좋은 정보 있으면 좀 나눠주시지.

결국 무혁은 섭섭한 마음을 표출하기에 이르렀다.

"남덕 형, 이 아저씨 밧줄로 묶어드려."

밧줄? 아닌 밤중에 홍두깨라더니, 이게 웬 날벼락 같은 소리?

제법 정중하긴 했지만 섬뜩한 얘기이기도 했다.

"뭐라고?! 혹시 날 묶어놓고 패려 하는 건 아니겠지? 날 건드렸다간 세상에서 매장될 테니 허튼 짓 하지 말라고."

파파라치 마기찬이 엄중히 경고했다. 그 말은 사실이었다. 그가 독기를 품고 달라붙으면 사생활로 개망신당하는 건 금방이었다.

다만 그 상대가 무혁과 남덕이라는 게 문제였다.

"이봐, 스님. 뭐 하는 거야? 날 묶었다간 후회할 거야."

슥슥, 착착.

왕무시하고 밧줄을 감는 남덕의 솜씨가 너무나 능숙했다.

"남덕 형 줄 감는 솜씨가 예술이당."

"내가 19금 AV비디오를 많이 봐서 그래. 거기서 이렇게 묶더라, 히히."

도색영화를 많이 본 것도 자랑이라고 대견해하는 남덕. 하지만 그 실력은 정말 일품이었다.

어느새 마기찬은 두 손이 뒤로 돌아가 허벅지에 꽁꽁 묶여 있었다.

"이봐, 마지막 경고야. 더 이상 내 몸에 손댔다간 각오들 하라고! 가만두지 않을 테다. 으르렁!"

마기찬이 호랑이 소리까지 흉내 내며 경고를 멈추지 않았다.

"카스트로 거리에 가면 잘렸다는 보디가드가 있다고 했죠? 찾아서 데리고 올게요."

한마디로, 보디가드에게 산 채로 넘겨버리겠는 의미.

순간 마기찬의 휘둥그레진 얼굴이 하얗게 질려갔다.

"뭐, 뭐야?! 그놈한테 걸리면 똥집부터 찢어진다고. 코도 크고 엄지발꼬락도 엄청 큰 놈이야. 아, 안 돼!"

마기찬이 발악을 하기 시작했다. 그렇게 한참 시간이 지나자 거칠던 몸부림도 서서히 줄어들었다. 제풀에 지쳐 진이 빠진 마기찬이 침통한 표정으로 입을 열었다.

"나 사실은 치질이야……. 좀 봐달라고."

너무나 인간적인 고백을 듣고 나자 측은한 생각이 들었다.

"그럼 아저씨 몸값 대신 정보나 좀 더 주세요. 사진은 다른 데 가서

파세요. 우리는 못 들은 걸로 할게요.”

“우아아악! 내 인생 최고로 치욕적인 흥정이야!”

밧줄이 풀리자 마기찬이 산짐승처럼 울부짖었다.

마기찬의 입을 통해 듣게 된 얘기는 뜻밖의 수확이었다.

“세계 통합 정부 계획이 진척되고 있다는 거죠?”

“모든 준비가 끝난 사람들의 결합이라 오래 걸리진 않을 거래. 조만간에 세상은 그들에 의해 급하게 수정되고, 급진적인 변화를 경험하게 될 거라는 것이 조심스런 추론이지.”

“급진적 변화를 경험한단 말은 무슨 의미죠?”

“혁신을 실천하다 보면 혹독한 시련이 필연적으로 동반되는 법이거든. 역사적으로 볼 때 종교나 사상의 변혁기엔 피의 희생이 뒤따랐으니까.”

“전쟁이라도 일어난다는 건가요?”

“못할 것도 없지. 어차피 뜻을 이루려면 반발 세력을 처참히 짓밟아 씨를 말리는 게 인류 역사에 남는 역사는, 곧 승자의 기록이니까.”

“모든 준비가 끝났다고 하셨는데, 그건 무슨 의미죠?”

“믿기진 않지만, 세상엔 수백 년의 전통을 가진 비밀 결사가 꽤 있거든. 동방성당기사단, 프리메이슨, 일루미나티, 황금의 여명회, 마니교 등등이 그들이지. 그들의 공통점은 새로운 세상과 새 절대자를 원한다는 거지.”

“그렇다면 처음부터 한통속이었나요?”

“나라는 달라도 그 뿌리는 같지. 바로 ‘현자들의 스승’이라 불리는 은밀한 집단이야. 문학, 철학, 천문학, 화학(연금술), 수학과 주술, 고대 비밀 지식에 달통한 자들로, 수천 년 전부터 선택받은 현자에게만 비밀 지식을 전수하는 집단이라는 거야."

"현자들의 스승이라? 그렇다면 상당한 자들이겠군요. 한데 왜 그런 자들이 이제껏 가만히 있었던 거죠?"

"때를 기다리고 있었겠지."

"때라고요? 시기를 말하는 건가요?"

순간 무혁의 머릿속에 대학사 장동건이 했던 말이 떠올랐다.

"최종 목표는 세계 정복이라네. 자네가 온 내세엔 상상할 수 없는 괴인들이 출몰할 걸세. 예언자들이 말한 진정한 하늘의 때에 들어간 시기니까."

"예언자들은 누구입니까."

"명교의 사상적 근간을 이룩한 성자들일세. 그들은 스스로를 고대에서 이어진 현자라 부르며 대대로 세상의 주인이었다고 주장했다네."

마지막 눈 감는 순간까지 하늘의 때를 막아달라던 대학사의 유언.

"그들은 수천 년간 엄청난 고대의 지식과 비밀을 가지고 있으면서도 여태까진 모습을 드러내지 않고 있었어. 그건 하늘이 열리는 우주의 시기를 기다리고 있었던 것이라 하더군."

"그자들은 여태 아무것도 안 하고 농땡이 치면서 감나무에서 감 떨어지기만을 기다리고 있었던가요?"

"하하, 그럴 리가 있나. 그들 중엔 이름만 대면 알 만한 유명한 음악가, 미술가, 문학가, 철학가 등이 다수 포함되어 있다네. 은연중에 자신들의 사상을 퍼뜨리고 있었던 걸세."

"악마주의 사상을 얘기하는 건가요?"

"급하긴, 악마주의라고 하면 누구든 거부 반응을 일으키지 않겠나.

그보단 더 달콤하고 부드럽겠지."

"대표적인 사람이 누가 있죠?"

"너무 많아서 말하기 귀찮아. 궁금하면 자네가 인터넷에서 검색해 봐. 그리고 중요한 건 지금은 문화적 전파 시기는 지났다는 거야. 이젠 녀석들이 본격적으로 움직이고 있어. 전쟁이라도 일으킬 태세야."

"누구와 전쟁을 일으킨다는 거죠?"

"선과 악의 전쟁이 되겠지."

"요즘 세상에 전쟁이 나면 지구가 멸망한다는데, 그게 가능키나 한가요? 세계 전쟁을 일으킬 만한 군대가 이동하면 첩보 위성에 잡혀서 쉽지 않을 텐데요."

"그렇게 쉽게 눈에 띄는 일을 하겠어?"

마기찬은 뒤의 얘기를 알고 있다는 듯이 히죽 웃었다.

마침 나오미가 투명한 크리스탈 컵에 얼음 동동 뜬 냉커피를 타왔다.

"오호, 맛있구먼. 아주 좋았스."

마기찬은 냉커피를 벌컥벌컥 들이키며 잠시 능청을 떨었다.

"왜 말을 멈추죠? 뭔가 더 아는 게 있군요."

"자네 정말 나한테 돈 주기 아까운가? 그냥 말하려니 정말 속상해서 그래."

나오미가 눈치 빠르게 끼어들었다.

"아저씨, 커피 한 잔 시원하게 쭉 들이키세요. 호호."

그는 나오미가 살살 눈웃음치는 밉지 않은 여우 짓에 못 이기는 척 입을 열었다.

"내가 왜 사이버 타워에 갔다고 생각하는가?"

그에 대한 무혁의 대답은 간단했다.

“사진 찍으러요.”

“컥. 이런 벽창호를 봤나! 그럼 놈들은 왜 사이버 타워에 다 모였겠나?”

“글쎄요. 나한테 초대장을 보낸 적이 없어서 모르겠는데요.”

이때 나오미가 끼어들었다. 그녀는 뭔가를 들은 바가 있었다.

“사이버 타워는 위성 통신망 시스템으로 전 세계를 하나의 단일 통신망으로 연결할 수 있는 최첨단 네트워크 빌딩이라고 들었어요.”

“역시 기자라 다르구먼. 그뿐만 아니라 지구상의 모든 것을 감시하고, 자료를 확보할 수 있는 아틀란티스 파워란 초울트라 슈퍼컴이 시험 가동 중이라더군.”

“아틀란티스 파워요?”

무혁의 반문을 일시에 무시하며 마기찬이 말을 이었다. 한마디로, 너랑은 말이 안 통하니 닥치고 듣기나 하란 의미였다.

“하지만 사이버 타워의 진짜 비밀은 그게 아냐.”

세상을 감시하고 지배할 수 있을 첨단 통신망이 무시할 만한 비밀이라니.

“대체 그게 뭐죠!”

“그건 바로 파워 돔(Power Dome)이란 장치야.”

“파, 파워 돔요?”

나오미도 처음 듣는 소리라고 했다.

사진에 나온 사이버 타워는 일곱 겹 나선형이 휘감긴 원뿔형의 건물이었다. 구조적으로 견고해 보였고, 미관도 제법 수려했다.

“사이버 타워의 원형은 고대 바벨탑이야.”

“바벨탑이라면 신에 도전하기 위해 인류가 쌓은 탑이잖아요. 진노한 신이 바벨탑을 무너뜨린 후 많은 사상자와 속출했다는데, 정작 그

보다 더 큰 비극은 그때부터 인간의 언어가 제각각으로 달라졌다고 하는……."

"알고 있구먼. 그럼 나오미 기자는 바벨탑이 왜 무너졌다고 생각하나?"

"신의 권위에 도전하려 했으니까요."

"맞아. 신의 권위. 전설엔 교만해진 인간이 탑을 높이 쌓아서 신의 세계를 넘보려 했다지만, 그건 높이 때문이 아녔어. 성서학자들 말로는 바벨탑의 잔재를 확인해 본 결과, 높이는 90미터밖에 안 되었다더군."

"30층 빌딩 높이였군요. 구조적으로 문제가 있었나 보죠."

"이봐, 바벨탑은 원뿔형의 건물이었어. 그런 건물은 아래쪽이 두터워 구조적으로 안정감이 뛰어나다고. 더구나 일곱 겹으로 휩싸여 있다는 건 그만큼 안정감에 힘을 쏟았다는 거야."

"그럼 뭐해요. 무너져 버렸다는데."

"그건 높이와 구조의 문제가 아녔어. 분명 그 탑엔 인간이 신과 같아지긴 위한 모종의 실험이 있었던 거야. 초인 실험이라고 불렸지."

초인이란 말은 또 나왔다. 구미가 당긴 무혁은 잠자코 더 들어보기로 했다.

"일곱 겹의 무늬라는 건 땅속에 있는 지자기를 의미했고, 고대 제사장들은 그것을 죽음과 생명의 신비를 가지고 있는 뱀의 힘이라고 불렀지. 지자기의 회오리 모양이 뱀이 똬리를 튼 모양이었으니까."

마기찬의 본격적으로 이야기 보따리를 풀기 시작했다.

"고대의 제사장들이 말하길, 그 힘을 얻으면 척추 뼈 밑에 있는 잠든 구렁이 기운이라고 불리는 쿤달리니가 깨어나면 초인적인 기운이 척추 뼈를 따라 올라와 머리에서 광채가 일어남과 동시에 초인적인 깨달음을 얻는다고 해."

"하면 바벨탑은 땅속 지자기의 힘을 끌어올리는 장치였단 뜻이군요."

"그렇지. 초인이 되기 위한."

진실 여부를 떠나서 이야깃거리론 흥미가 있었다.

"바벨탑이 신의 권위를 넘보려 했던 것은, 결국 그 뜻이었나요? 그게 사실이라면 인간의 욕심이란 정말 끝이 없었군. 결국 그 욕심 때문에 파국을 맞이했군요."

하지만 지금 그렇게 말하고 있는 자신도 이미 초인의 반열에 올라 있다는 걸 무혁은 잠시 잊고 있었다. 물론 약물에 의한 것이긴 했지만.

"재밌는 사실은 바벨탑의 실험이 실패하지 않았다는 거야."

"예에? 그게 무슨 말이죠? 그럼 초인이 탄생했단 말인가요?"

"원하던 초인은 탄생하지 않았지만 실험은 성공이었어. 너무 제어가 되지 않을 정도로 강했던 게 문제였지만."

"그건 무슨 뜻인가요?"

"일곱 결로 회오리치는 바벨탑의 정점에 실험자가 들어가 있었는데, 문제는 증폭된 지자기의 힘이 너무 강했다는 거야. 결국 초인이 되고자 했던 자는 주화입마에 걸렸고, 넘쳐 나는 기운에 바벨탑이 무너져 버리고 말았던 것뿐이야."

마기찬의 말은 믿을 수가 없었다. 하지만 그의 표정은 진지했다.

"초인 양성 계획은 실패를 했지만, 그들은 그 힘을 추출하는 기술을 그대로 전수하기 시작했어. 그래서 다시 세운 건축물이 피라미드였던 거야."

"네에? 피라미드!"

"지자기의 증폭에도 견딜 수 있는 건물이 필요했던 것이지."

마기찬의 말을 그대로 믿기가 힘들었다. 점입가경이란 말이 이럴 때

쓰이던가.

'파파라치가 아니라 이거 완전 뻥쟁이군.'

무혁은 그의 말을 믿을 수가 없었다. 한편으론 사진 한 장 팔아먹기 위해 소설까지 쓰며 무지 애쓴다고 믿었다.

그런 무혁의 생각을 불식시킨 건 나오미였다.

"시대적으로 보면 일리는 있는 말씀이네요?"

"이봐, 나오미. 그건 무슨 말이야? 일리가 있다니?"

"사실 고고학자들 말에 따르면, 피라미드의 원형은 이집트 3왕조 2대의 왕인 조세르의 무덤에서부터 시작이 되는데, 그 모양은 바벨탑이 있었던 수메르의 지구라트라는 건축물과 흡사하다는 거예요. 그래서 고고학자들은 수메르의 바벨탑이 피라미드의 원형이 되었단 말을 하는 거죠."

고고학을 전공했다는 나오미의 말이었다. 하긴 그녀는 그뿐만이 아니라 고대 수비학과 기호학 등에도 일가견이 있었던 수재였다.

"재밌는 건 그 모양이 우리나라의 장군총과도 비슷해요."

"나오미 기자가 그런 걸 알고 있다니 의외인걸. 그런 양식은 네 군데에서 나타나는데, 이집트와 수메르가 있던 걸프만 지역과 남미의 마야 문명, 그리고 한민족이 지배하던 중국의 장안 지역이라고 하지."

나오미는 마기찬의 말에 고개를 끄덕였다.

"맞아요. 우연의 일치이기도 하겠지만, 미스터리라면 미스터리이죠."

마기찬은 의외라는 듯 싱긋 웃고 얘기를 마저 이어갔다.

"바벨탑보다 더 강한 내구성을 가진 건물이 필요했던 거지."

무혁은 갑자기 피라미드 파워라는 말이 떠올랐다. 피라미드의 3분의 2 높이에 물건을 두면 새 것처럼 변한다는 신비한 힘 말이다.

"하면 이번엔 성공을 했겠군요."

무혁은 피라미드에 관한 사진을 본 적이 있었다. 멀리서 보면 완연한 삼각뿔의 모양이지만, 실제 가까이에서 보면 돌들이 부식되어 녹아내린 듯이 헝클어져 있다는 걸 알고 있었다.

바람에 의한 풍화 탓이라고 했지만, 그 큰 돌이 와르르 무너져 있는 건 왠지 심상치가 않았다. 어쩌면 정말 실험의 흔적일 수도 있었다.

하지만 마기찬은 대답 대신 고개를 설레설레 흔들었다. 부정의 뜻.

"그럼 또 실패했나요?"

"자네, 피라미드의 주변이 무너진 건 아는가?"

역시 자신의 예상이 맞았나 보다. 피라미드 주변에 흘러 떨어진 돌들을 말하고 있었다.

끄덕끄덕.

"몇 번의 실험이 계속됐네. 그럴 때마다 피라미드는 계속 지어진 것이고, 죽은 자도 살릴 수 있다는 가능성까지 도달한 거지. 바로 신비한 영생의 힘을 믿고 있었던 거지."

"그럼 실험에 성공한 초인들도 나타났겠군요."

무혁은 불안한 생각을 지우지 못하고 있었다. 다수의 초인이 존재하고 있다면, 자신 혼자서 막기엔 분명 무리가 있었다.

"물론이지. 하지만 그들은 모든 계획을 보류하기에 이르렀다네."

"그건 왜죠? 초인들이 양성됐다면 인류를 장악하려던 계획은 실행해도 됐을 텐데."

"그건 말일세. 바로 우주의 시기와 관련이 있었던 것일세."

또 나왔다, 우주의 시기라는 말이. 파파라치 마기찬은 대체 얼마나 알고 있는 것일까.

사실 그가 그들의 계획에 관한 건 관심사가 아녔다. 오직 사진을 찍고 팔면 그뿐이었다. 다만 음모를 알아내야 사진도 가치를 인정받는 것이었기에 남들보다 빠른 정보력이 필요한 직업이기도 했다.

그런 면에서 마기찬은 꽤 괜찮은 파파라치였던 것이다.

"놈들은 땅속의 지자기와 관련된 지식을 토대로 연구에 몰입하게 되면서, 더 나아가선 지구의 자전축 변위를 인위적으로 조작함으로써 야망의 성취가 얼마든지 가능하다는 결론에까지 도달하게 됐네. 바로 지축 이동이었다네."

"지축 이동이라뇨?"

"믿기지 않지만, 그들의 선조는 지축 이동에 의해 멸망당했다고 했네. 자네, 현재의 지축이 얼마인지는 알고 있겠지?"

마기찬은 무혁을 너무 유식하게 보고 있었다.

"아뇨. 저는 공부를 안 해서 모릅니다."

너무나도 솔직한 무혁.

마기찬은 할 말을 잃었다.

"끙, 미안하네. 사람을 잘못 봤구만."

"그럴 수도 있죠 뭐. 사람은 누구나 실수를 하는 겁니다. 괜찮아요."

마기찬은 순간 갑갑한 생각이 들었다.

"그렇게 이해해 주니 고맙네."

뜻밖의 대답이 생각지도 않은 곳에서 나왔다.

"23.5도요!!"

남덕은 자신감에 넘쳐 큰 소리로 외쳐 댔다. 의외의 일이었다.

"형이 그걸 어떻게 알아?"

"내가 어릴 땐 공부 좀 했어."

정말 그건 우연이었다. 동작이 둔해 시험 때면 커닝을 하다가 항상 걸렸던 남덕이 유일하게 성공한 게 딱 한 개 있었는데, 그게 바로 지축의 기울기였다.

"파파라치 아저씨, 그 말이 설마 맞진 않겠죠?"

마기찬은 무혁을 물끄러미 쳐다보다가 기가 막혀서 피식 웃었다.

"각설하고, 그들의 선조가 있던 시절엔 지구의 자전축이 16.5도였다더군."

"그들의 선조란 누구를 말하는 거죠?"

"아틀란티스 대륙의 지배자들."

"아, 아틀란티스요?"

순간 무혁의 머릿속에 벽사마검의 형상이 떠올랐다. 검집에 새겨져 있던 헝클어진 수염을 한 험상궂은 포세이돈의 모습. 포세이돈은 아틀란티스의 수호신이었다고 했다.

그렇다면 벽사마검은 대체 어떤 의미와 능력을 가지고 있을까?

일단 무혁은 궁금한 점을 뒤로 미루고 마기찬의 얘기에 다시 집중했다.

"아틀란티스보다 먼저 있던 뮤 대륙이 바다에 잠기기 전엔 10.5도였다더군."

"지축이 계속 변하나 보죠?"

"과학자들 말로는 그렇다더군. 문제는 스스로 변하는 게 아니라 인위적으로 조작을 가할 수가 있다는 거야. 지축 이동을 자유자재로 운용할 수만 있다면, 미국과 같은 곳도 하루아침에 바다 속에 수장시켜 버릴 수가 있는 거거든."

"네에?!"

놀라운 일이었다. 아니, 발상 자체가 황당해 보였다. 그게 정말 실제로 일어날 수 있는 일일까?

하지만 그 진위 여부는 마기찬도 몰랐다. 그는 황금의 여명회에 관한 자료를 가지고 있을 뿐이다.

“하지만 그게 어떻게 가능하다는 거죠?”

“그건 땅속의 기운에 해답이 있었어. 지구 지자기에 변화를 주면 우주 행성 간의 인력에 변화가 오면서 가능했다더군. 쉽게 말해, 자석과 자석 간의 원리 같은 거였지. 또한 지자기 활성도에 따라 땅속의 마그마 층도 인위적으로 분출시킬 수 있다는 것도 알게 됐지.”

“지진이나 화산 폭발이요?”

“응. 실제로 태양계 행성의 위치에 따라 천재지변이 반응한다는 보고서는 일찍부터 나와 있거든. 지축의 기울기도 알지 못하는 자네는 모르겠지만.”

은근슬쩍 마기찬이 무혁을 놀리고 있었다.

“뭐, 모르는 게 죄는 아니니까 괜찮아요.”

“뭐, 사실 아틀란티스 제국이 망한 것도 지축 이동이 실패를 해서 그랬던 거지. 그리고 그 지축 이동을 위한 실험 장치가 그게 바로 파워 돔이야.”

다시 얘기는 파워 돔에 맞춰져 있었다. 마기찬에 말에 따르면, 파워 돔은 지축 이동을 가능하게 하는 장치라는 것이다.

하면 지금 사이버 타워엔 왜 그것이 설치되어 있는 것일까. 무혁은 가슴이 턱하니 막혔다.

“설마!”

바벨탑도, 파리미드도, 초인 계획도, 지축 이동도, 결국은 파워 돔에 모아지고 있었다.

“정말 기가 막히네요. 아저씨의 말이 사실이라면, 실로 어마어마한 계획이었겠군요.”

나오미가 재밌어서 끼어들었다. 어쩌면 자신이 가졌던 궁금함이 풀릴지도 모른다는 일종의 기대감에 빠진 그녀였다.

고고학을 공부하면서 고대 문명에 관심이 많았던 나오미. 고대 문명의 발자취를 좇다 보면 항상 신비로운 의문이 남곤 했다. 피라미드의 지하 석실에서 전기 장치가 발견되었다는 걸 알고는, 과연 고대에도 현대에 맞먹을 만한 세련된 문명이 존재했을까 하는 궁금증이 일곤 했다.

"그들이 여태 거사를 미루고 있었던 것은 우주의 시기 때문이었어."

"우주의 시기란 말이 자주 나오는데, 그건 뭐죠?"

"지축의 기울기가 변위를 실행해도 지구가 태양계 궤도를 이탈하지 않을 시기지. 그 시기는 2,000년에 한 번 돌아온다더군."

"지구가 축구공도 아니고, 누가 잡아당기기 전에 무거운 지구가 어떻게 변위를 시도할 수가 있단 겁니까?"

"파워 돔을 가동시키면 지자기가 상승을 시작하면서 지구 속의 마그마가 활성화가 된다더군. 그때 지구 표면의 취약한 부분을 터뜨리면 지구는 물풍선처럼 반대 방향으로 움직이게 된다는 거야."

"뭐라고요?"

물풍선 이론. 즉, 지구가 물이 든 물풍선과 같다는 이론에 입각해서 하는 말이었다. 과학자들이 말하길, 지구는 지글지글 끓어오르는 액화 마그마를 담고 지표로 살짝 덮은 채로 회전하고 있다고 했다.

"그렇게 된다면 지구의 자전의 힘은 순간 힘을 잃고 지축은 변위를 일으키게 된다는 게 그들의 주장이지."

"그놈들, 완전 미친놈들이잖아요. 그게 어떻게 가능하단 말이죠?"

"크크크. 그래, 맞아, 미친놈들이지. 하는 짓도 미쳤지만, 만약 그게 성공한다고 생각해 보라구. 지축의 변화로 잠겼던 아틀란티스 대륙이 다시 등장하고, 화려한 문명이 부활하게 되면 새 세상을 지배하고자 하는 미친 것들이지."

　어처구니가 없는 무혁은 흥분하기 시작했다.

　그에 비해 나오미는 아직까지도 침착했다. 하지만 그 냉정함은 뭔가의 심각한 고민을 품고 있었던 탓이다.

　"지축이 바뀌면 지구상의 인류의 절반은 죽어요. 지진과 화산 폭발은 그렇다 치더라도 바닷물이 대륙을 덮쳐 온다면 그 누구도 목숨을 보장받지 못해요."

　"오미야, 그 정도야?"

　"지구의 삼분의 이가 물이에요. 가령 축구공을 그렇게 흔들어본다고 생각해 보세요. 물이 안 묻는 곳이 어디겠어요? 아주 푹 젖죠."

　"바닷물이 스쳐만 가도 수십 미터 깊이의 물에 잠기게 되지."

　나오미는 심각한 고민에 빠져들었다. 사실 히말라야 산 정상에 가면 바다 속에서나 볼 수 있는 조개 껍질과 물고기 뼈가 있다. 그건 예전에 그곳이 바다였다는 증거였다. 이제까지는 그게 지반의 융기에 의한 현상이라는 논리였다.

　한데, 만약 그것이 지축 이동에 의한 흔적이었다고 해도 가능할 법한 일이었다. 더구나 세계 곳곳에 산재해 있는 비슷한 홍수 신화를 보면 여간 수상쩍은 일이 아니었다. 당시엔 분명 뭔가 지구에 변화를 일으킬 만한 일들이 벌어지곤 했던 것이다.

　순식간에 바다였던 곳이 육지가 되고, 육지였던 곳은 바다가 되고…….

　만약 그들의 실험이 성공한다면 도망갈 생각은 엄두도 못 내고 강대국이건, 후진국이건 간에 현 인류는 하룻밤 사이에 멸망할 것이다.

　"그럼 황금의 여명회와 마니교 놈들은 무슨 사이죠?"

　"황금의 여명회가 선조들의 지식을 가지고 수천 년간 지식을 공급한다면 마니교도들은 실제로 실행을 담당하는 자들이지. 사실 지축 이동을 위해서 상승된 지자기를 응집할 집약체와 그 힘을 견뎌낼 초인이 필요하다더군. 마니교도가 그 부분을 담당하고 있지."

무혁의 생각 속으로 번뜩 떠오르는 불길한 기분이 있었다. 그건 바로 중원에서부터 현재에 이르는 마니교도와 벽사마검에 관한 일이었다.

"혹시 그게 벽사마검과 초인인가요?!"

그 질문에 뒷말을 하려던 마기찬이 의아한 표정을 하며 눈을 동그랗게 떴다.

"자네가 그걸 어떻게 아는가? 내가 언제 말했나?"

"아니요."

"하면 어떻게 그걸?!"

오히려 반문하는 마기찬. 그는 아직 말도 하지 않은 부분을 무혁이 알고 있다는 게 믿기지가 않아 놀라운 따름이었다.

"우연히 알게 되었어요. 저는 벽사마검에 왜 바다의 신 포세이돈이 새겨져 있었는지 궁금했는데, 그것 때문일지도 모르겠군요."

"뭣이라!! 자, 자네가 정말 벽사마검을 봤나?"

"네. 비록 진짜는 아녔지만, 똑같은 모양을 본 적이 있죠. 그 사연은 말씀드려 봤자 믿지 않으실 테니 더 말하지 않을게요. 제가 궁금해하는 건 그 초인에 관한 것이에요. 혹시 그 초인이 마불인가요?"

물음에 마기찬의 눈은 땅바닥에 떨어질 정도로 완전 커져 있었다.

"이봐, 자네가 그걸 다 맞추면 난 뭐 먹고살라구. 너무하는구먼."

"그랬군요. 왜 그 녀석이 노땅들 중간에 위치했는지 궁금했는데."

"바로 마불이 벽사마검을 매체로 지자기의 활성화를 실행할 인물이지. 그가 초인으로 길러진 이유도 강하게 상승하는 지자기의 힘 속에서 주화입마에 걸리지 않고 끝까지 버틸 수 있는 인물이 필요했기 때문일세."

"그러면 마불 같은 초인들은 몇 명이나 연성되었죠? 물론 약물에 의한 것이겠지만."

"놈들이 약물에 의해 연성되었단 말인가? 그건 나도 모르던 사실인데."

"몇 명이냐니까요?"

대학사 장동건이 막아달라고 유언까지 남겼지만 어떻게 풀어야 할지 막막했다. 한데 무혁은 이제 자신이 해야 할 일에 목표가 잡혀가고 있었다. 대체 자신과 같은 자들은 몇 명이나 될까, 혹시 놈들은 자신보다 강할까?

무혁은 약간 두려워지고 있었다.

이제 진정한 싸움이 시작되려나 보다. 비슷한 실력의 초인과의 대결이라면 과연 무엇이 승패의 관건이 될런지. 실력? 정신력? 지구력? 악? 깡? 잔머리? 운? 주둥아리? 배짱?

"마불에 맞먹을 만한 초인은 없어. 있어 봤자 분란만 일으킬 테니 모두 제거됐지. 다만 초인보다 못한 단계가 마인이야. 머슴 같은 놈들이지. 한데 그놈들은 제법 많아. 물론 자네가 싸울 아돌프 히드라도 그 축에 속하지."

"나를 알고 있었나요?"

마기찬은 씽긋 웃으며 어깨를 한 번 들썩였다. 진작 알고 있었다는 의미.

"마인과 싸우겠다고 당당하게 설쳤는데 모를 리가 있겠나. 모든 스포츠지 기자들이 자네하고 인터뷰를 하고 싶어 할 테니, 앞으론 복면을 하고 다녀야 할 거야. 안 그런가, 백무혁 선수? 하하."

나오미를 알아보고 접근한 마기찬이 무혁을 모를 리가 없었다.

"놈들이 원하는 세상은 네오 아틀란티시즘(Neo—Atlantisism)이야. 그걸 막을 사람이 누가 있겠는가. 지금이라도 지대 높은 산꼭대기에 살 집이나 알아보게."

"제가 막아보죠."

"이봐! 놈들은 조직이야. 게다가 초인이고, 마인도 수십 명이라 자네 힘으론 무리라고. 얼렁 튀는 게 상책이야!"

"제가 일단 막아볼 거라니까요."

"허허, 이 사람 겁도 없구먼. 한데 말일세. 내가 이렇게 다 얘기해 줬는데 사진은 안 사려나? 내가 팍 깎아줄게."

"그 보디가드가 있는 데가 카스트로 거리라고 했죠?"

"허헉, 자네 정말 잊어먹지도 않는구먼."

마기찬은 나머지 냉커피를 한 입에 털어 넣고 빈 잔을 보며 과장되게 슬픈 표정을 지었다. 알고 있는 얘기를 다 털어놔서 빈털터리란 의미였다.

약간은 허탈해 보였다. 상대에 따라선 큰돈이 될 만한 귀한 자료였을 것이다.

그걸 보자니 약간 미안스럽기도 했다. 하긴……

"제가 나중에 빵집 차리면 일주일 무료 쿠폰을 드릴게요."

"커헉!"

아직 삼키지 못한 냉커피가 입에서 튀어나오는 걸 두 손으로 막자, 잠시 후 마기찬의 콧구멍에서 커피가 쏟아졌다.

"독한 놈! 한 달도 아니고! 으드드득."

마기찬이 사방팔방의 부서진 얼음 조각을 튀기며 고함을 질렀다.

"도대체 나를 뭐로 보는 거야!! 이 악랄한 자식아!"

제7장
폭풍전야(暴風前夜)

폭풍전야(暴風前夜)

"유중광입니다……!"

어느 날, 중광은 한 통의 전화를 받고 완전 경색했다. 유중광의 눈치를 살피던 무혁에게 그 표정은 너무도 빨리 파악되고 있었다.

중광은 잠시 말을 멈추고 주변을 둘러보곤 목소리를 낮췄다.

무혁은 창가를 서성이며 태연하려 했지만 뒤통수 쪽으로 온 신경이 쏠리며 귀가 깐죽거렸다. 진화가 덜 된 사람이 귀가 움직인다고 했다.

[유 사장, 날이 잡혔다오. 일주일 후 샌프란시스코 라틴 가요.]

시카고 보스 장천규의 목소리였다.

"…시간은요?"

[어둠이 내리는 시간 저녁 6시. 이제 받은 대로 돌려줍시다.]

"알겠습니다. 제가 다시 전화드리겠습니다."

집 안 가득 차 있는 일행의 시선이 신경 쓰인 유중광은 전화를 끊었다.

그가 힐끔 째려보는 눈총에 무혁은 떨떠름해져선 괜히 화장실 문을 열고 서성거렸다. 워드도 예외일 수 없었다.

남덕이 방금 전에 쓰고 나간 화장실에서 나는 구수한 냄새가 코를 찔렀다.

"아저씨께 무슨 안 좋은 일이라도 있으신가요, 형……?"

워드는 아직도 형님이란 소리가 어색한 모양이다.

"글쎄다. 근데 나는 쉬할 건데 넌 왜 따라 들어오냐?"

"같이 좀."

"안 돼. 니 꺼 보면 기 죽어. 나가다오."

모두가 거실에서 사라지자 중광은 다시 수화기를 들어 장천규를 찾았다.

[강산이 떠난 이후, 샌프란시스코는 완전히 무법천지인 모양이오. 이에나스 뜻대로 된 거지. 일주일 후 라틴 가에서 틀림없이 미국 전역에서 마니교 조폭 알짜들이 모일 거요.]

라틴 가라면 원래는 홍등가였던 곳으로, 유흥가가 밀집되어 있는 지역이었다.

유중광은 엷게 쓴웃음을 흘렸다. 예상했던 바다. 아무래도 암흑 세계를 장악하려면, 또 마약 장사를 하려 한다면 라틴 가만큼 그럴싸한 곳도 없을 것이다.

"나마유성은 어딨습니까?"

[아직도 샌프란시스코에 있소. 일을 치르기 전에 우리가 먼저 그놈을 쳤으면 하는데?]

"아니, 놔두십시오."

[놈이 부상에서 회복되기 전에 며칠 내로 애들을 보낼 예정인데.]

"큰일을 앞두고 낌새를 눈치 채게 할 필요는 없지 않습니까? 그리고 무엇보다 그놈은 제 몫입니다.”

[자네 심정은 알지만, 이건 중차대한 일일세. 개인적 감정은 배제하는 게 어떤가?]

“이번만은 제 방식대로 하게 해주십시오.”

[자네, 특별난 방책이라도 있나?]

“없습니다. 정공법일 뿐입니다.”

[정공법?! 유 사장을 무시하는 건 아니지만 놈들은 고수요. 아무리 신주쿠에서 야마구치구미를 휩쓸었다고는 하나, 이십 년 된 일이요. 무리하지 않는 게 어떻겠소?]

“긴 얘기는 않겠습니다. 제 친구들이 있던 그곳에 놈들이 설치고 다니는 걸 생각하면 치가 떨립니다.”

[유 사장, 흥분하지 말게. 그러다 도리어 위험에 빠질까 걱정이구려.]

“어차피 놈들은 없어져야 합니다.”

중광은 단호하게 얘길 하고 전화를 끊었다.

‘이제부터 양달수의 복수가 시작된다!’

요사이 유중광은 며칠 전과는 달라져 있었다. 아침 운동을 나가면 저녁이 다 돼서 돌아오곤 했다.

“여행 좀 다녀와야겠다.”

올 것이 왔군. 수상쩍은 전화와 심상치 않은 중광의 행동들.

중광은 끝내 그 이유를 말하지 않았다.

하지만 잔머리 RPM이 꽤 되는 무혁이다.

“어디로 가시게요?”

“아직 행선지는 정하지 않았다. 생각 같아선 전국 일주나 할까 해.”

“오래 걸리겠군요.”

"그럴지도. 혹시 히드라와의 시합 전에 못 돌아오더라도 잘 싸우고, 먼저 일본에 돌아가 있거라. 나중에 연락할 테니까."

"우이씨, 혼자만 놀러 다니네. 근데 언제 가시게요?"

"모래쯤 갈까 하는데."

"모레. 화요일이요? 일기예보에선 미국 서부 지역에 비가 올지도 모른다던데."

"허허, 별걱정을. 그럼 나는 동부를 먼저 가면 되잖아."

유중광은 털털하게 웃었다.

무혁은 그런 그를 꿰뚫어보고 있었다.

"짐은 내가 꾸릴 테니 너무 신경 쓰지 마라."

'형님, 뺑도 잘치슈. 샌프란시스코에 그대로 있을 거면서.'

마기찬을 통해 마니교도의 움직임을 접수한 무혁이다. 중광이 원치 않을 게 뻔해서 모른 척했을 뿐이다.

이틀 후.

"뭔 일 있으면 내가 연락하마. 너희들이나 몸조심해. 경거망동하지 말고. 알았지?"

유중광이 의미심장하게 모두를 둘러보자 오히려 뜨끔해진 무혁과 일행이 머뭇거렸다.

"내 말, 무슨 말인지 알지?"

그렇게 재차 다짐받으려고까지 하며 못을 박았다.

"예, 저희 걱정은 마세요. 다섯 명이나 있는데."

"나 없다고 몰려다니면서 이상한 짓들 하지 말고 조심들 해!"

"공항까지 배웅 갈게요."

"아, 이놈들이 되게 귀찮게 하네. 내가 무슨 신혼여행이라도 가냐?

그냥 집에 있어."

유중광은 서둘러 오피스텔 문을 밀치고 나갔다.

길가로 나서자 이제 막 달궈진 대지의 열기를 품은 더운 바람이 밀려왔다. 머리카락이 날리는 것에 화답하듯 중광이 가슴속 깊이 한가득 더운 공기를 담았다간 서서히 날숨으로 내보내기 시작했다. 습한 기운이 묻어 있었다. 비가 온다는 말이 들어맞는 것일까.

문득 양 사범을 묻어주던 날에 오던 비가 생각났다.

씁쓸한 웃음을 던지며 유중광이 구름이 몰리는 쪽으로 서서히 발길을 옮기고 있었다.

폭풍전야(暴風前夜)의 예고처럼 부슬비가 내렸다.

거사를 치르기 전날, 장천규를 만난 중광은 다음날 새벽 샌프란시스코 오클랜드 베이 브릿지(San Francisco Oakland Bay Bridge)를 건넜다.

먹구름에 가려 별빛이 보이지 않는 날이었다. 그 베이 브릿지만 건너면 라틴 가는 별로 멀지 않은 곳에 있었다.

"모두 이상 없이 도착하겠죠?"

"뉴욕 사단 쪽은 이미 출발한 게 확실하고, LA 천 사장은 지금쯤 준비하고 있을 거요."

"뉴욕 쪽도 큰일이군요."

"그러게 말이오. 천하의 황 사장이 당하다니, 씨부럴 놈들."

뉴욕의 황풍이 샌프란시스코로 떠나기 이틀 전에 나마유성이 이끄는 마니교도의 피습을 받아 생명이 위태롭다고 했다. 강산과 마찬가지로 보스가 테러를 당한 것이다.

"그렇다면 이번엔 뉴욕 쪽은 오지 못하겠군요."

그 얘기를 들은 중광은 인상을 찡그리며 난감한 표정을 지었다. 먼저 나마유성을 치자는 장천규의 말을 안 들은 게 화근이었다.

"아니오. 이번이 아니면 기회가 없다고 황 사장이 남은 부하들의 등을 밀었다고 하였소."

역시 쾌남중년 황풍이었다. 자신의 생명이 위독한 와중에도 약속을 지키고자 최소한의 인원만 남기고 샌프란시스코로 출병시킨 것이다.

"황 사장의 안전이 걱정입니다."

"할 수 없지, 이번 일로 기세를 꺾는 수밖에."

장천규가 굳은 얼굴로 의지를 불태웠다. 어차피 마음을 굳힌 이상 더 이상의 특별히 놀라운 일도 없다는 투였다. 이 바닥의 전쟁이란 게 다 그런 거니까.

"LA 쪽은 차이나타운을 거치지 않고 유니언 광장을 돌아 들어갈 거고, 뉴욕은 서쪽 롬버트 로(路)를 따라 집결할 거요. 우리는 차이나타운 외곽 해안가 연안을 끼고 돌아 들어갈 거요."

장천규가 작전 계획을 얘기했다.

긴장 때문인지 깊은 새벽녘까지도 낭랑(朗朗)한 정신에 잠이 올 것 같지 않았다. 장천규의 수하 수십 명에 둘러싸여 있기에 흉흉한 분위기가 더 더욱 그렇게 만들었다.

하지만 강산이 없는 샌프란시스코의 밤을 왠지 허전하기만 했다.

"강산, 자네는 대체 어디에 있는가?"

잿빛 아침의 여명 속에 흐린 하늘의 우울함이 스며들어 서늘함이 곧 폭발할 듯한 야성(野性)으로 응어리지고 있는 날이었다.

아침이 온다. 수십 년의 무게를 지닌 것처럼 길게 느껴지던 무료한 밤이 가고, 기어이 결행의 서막이 눈앞에 다가와 있었다.

"그나저나 뉴욕 쪽의 이동로가 걱정이군요."

덴버, 록키산맥 자락.

이용재, 황풍의 유고나 부재 시 임시 전권을 맡기로 정해져 있던 그는 시기적으로 어려움에 처한 뉴욕의 황풍 사단을 이끌고 있었다.

얼마 전 갱 연합체의 작전 지시에 따라 샌프란시스코 탈환의 기치를 내세우고 있긴 했지만, 실질적인 속사정은 따로 있었다.

이틀 전, 기습을 감행한 수백 명의 마니교 갱들 앞에 조직은 산산이 와해될 지경이었다. 그 정도로 놈들은 막강하고 위협적이었다.

치명적인 부상을 당한 황풍은 은신처로 들어가기 전에 결단을 내렸다.

"샌프란시스코로 가라! 그래야 산다."

뉴욕의 전통적인 갱단이 본거지를 버린다는 건 치욕이었다. 하지만 갱 연합에 합류를 해야만 남은 수하들의 안위를 보장받을 수 있었다. 그래야 후일에 복수도 가능했다.

'보스……'

조직원에 생사를 책임져야 할 부담감이 이용재의 어깨를 눌러왔다.

다시 뉴욕으로 돌아갈 수 없을지도 모른다는 강박관념에 허덕이고 있었다. 앞으로도 계속 떠돌아야만 한다는 상상을 할 때마다 참담한 심정에 빠져들었다.

이제부턴 한순간 한순간을 버티며 헤쳐가는 수밖에 없다라고 비장하게 마음먹었다.

물론 이용재가 험준한 록키산맥을 지나고 있는 이유는 마니교도의 눈을 피해서였다. 샌프란시스코 공항으로 들어가면 당연히 이동이 발각될 터였다.

덴버까지 날아온 후 그 다음부턴 차량을 이용해 이동하고 있는 중이었다.

이제 막 해발 3,000미터의 산 하나를 넘고 있는데, 갑자기 기압 때문에 가슴이 답답해졌다. 점차 숨이 가빠지더니 맥박이 마구 뛰어댔다.

"제길, 너무 긴장했나 보군."

그가 연약해져 버린 자신이 불만스러워 퉁명스럽게 말하며 부하들의 동태를 살폈다. 부하들은 겁에 질린 듯 하얗게 변한 얼굴을 하고 있었다.

"산만 내려서면 괜찮아질 테니 너무 긴장들 하지 말거라."

이용재는 애써 태연한 척했다. 자신이 흔들리면 부하들은 누굴 믿겠는가.

앞뒤좌우로 이십여 대의 차량이 따르고 있었다. 덴버에서 빌린 검정색의 렌터카였다.

고개를 내려서자 이번엔 이명(耳鳴) 현상에 귀가 멍해졌다.

"모두 코를 잡고 숨을 귀로 내보내라."

그때서야 귓구멍이 뚫렸지만, 이번엔 귓속을 사정없이 파고들어 온 경악 소리에 눈이 찌푸려졌다.

끄이이이익!!

앞서 달리던 선도차의 앞 타이어가 길게 먹물 자국을 바닥에 그리며 구십 도로 꺾였다.

"무슨 일이야!"

의혹에 빠진 이용재의 눈이 곧이어 커졌다.

"뭐야, 저건!"

하늘에서 떨어지기라도 한 듯이 갑자기 나타난 수십 대의 자동차들. 정체불명의 자동차들은 맹렬한 속도로 점점 다가오고 있었다.

"어떡할까요?"

"어떡하긴, 더 밟아."

부아아앙!

그때, 길이 직각에 가깝게 휘어지며 눈앞에 낭떠러지가 갑자기 나타났다.

“이런 제길, 조심해. 속력을 줄여.”

“흐헉!”

운전자가 재차 브레이크를 밟으며 급커브를 돌아들었다.

한데 오르막 언덕이 보이면서 길을 가로막고 있는 두 대의 트럭이 눈에 들어왔다.

재빨리 비상등을 켜서 뒤에 알리자 따르던 차들이 요란한 소리를 내며 가까스로 멈춰 섰다.

“모두 대기해.”

비범한 눈빛으로 사방을 둘러대며 이용재가 문을 열고 밖으로 나섰다.

빈 트럭?

앞을 가로막은 차에 사람이 보이질 않았다. 그걸 확인함과 동시에 뒷덜미를 쫓듯 수십 대의 차량이 급커브 길을 천천히 돌아서 압박해 오고 있었다. 얼핏 거만함이 엿보였다.

“이 자식들이!”

위기를 느낀 이용재가 웃통을 벗어버렸다. 그를 따라 부하들도 차에서 내려섰다.

“형님, 어떡할까요?”

“그냥 곱게 빠져나갈 것 같진 않구나. 준비시켜라.”

벤의 뒷문이 열리고 장비들이 하나씩 손에 쥐어졌다.

놈들은 기다려 줄 여유가 없었던지 총 소리와 함께 이용재가 타던 자동차에 거미줄 같은 바람구멍을 뚫었다. 그걸 신호로 무차별한 총성이 작렬했다.

혼비백산해 차 곁으로 피신하기에 급급해지며 아우성 속에 몇몇의 사내들은 튕기듯 고꾸라져선 뒹굴어 버렸다. 예고 없는 도발에 경악할 새도 없이 일어난 일이었다. 놈들은 외진 록키 산자락을 자신들의 사격 연습장으로 생각한 모양이었다. 산경(山景)이 살기에 전율하고 있었다.

"응사해."

차 뒤 트렁크에서 총들이 나왔다.

인적이 보이지 않던 트럭 위에서도 총격이 일어났다. 매복하고 있었던 모양이다. 수적으로 열세였다. 양편을 막아 협공을 해대고 있는 놈들에게 모든 차량에 구멍이 뚫리며 거덜나고 있었다.

지금 이곳에 있는 이용재의 부하들은 황풍 사단에서 마지막 남은 정예였다. 이곳에서 무너지면 뉴욕 황풍 사단은 이제는 없는 것이다.

"올라가자."

특별한 사람이라 불리는 이들도 어려운 상황에 처하게 되면, 그 예사롭지 않은 능력을 발휘한다.

이용재와 그의 부하들은 앞쪽 트럭을 탈취하기로 했다. 오르막길에 있는 트럭만 장악할 수 있다면 높은 위치에서 뒤에 있는 적에게 유리한 공격을 퍼부울 수 있었다.

"열 명만 붙어!"

말은 내뱉은 이용재가 달려나갔다. 그가 두세 걸음을 채 옮기기도 전에 십여 명의 사내가 쏜살같이 그 뒤를 따랐다. 뉴욕 사단의 일사불란함이 나타나는 순간이었다.

여지없이 총알이 사방에 떨어졌다.

"뭣들 해! 전원 응사해."

뒤에 남은 누군가가 남의 수하를 독려했다. 그 외침에 자동차 위로 화약 연기가 뭉텅이로 피어올랐다.

타타타탕탕!

상대의 반격도 만만치 않았다. 다시 총알이 쏟아졌다.

뿌연 연기에 묻어 어디선가에 휘발유 냄새가 퍼졌고, 순간 불길한 긴장이 섬뜩하게 뻗쳤다. 곧이어 폭발 소리와 함께 불붙은 자동차가 튀어올랐다.

협곡은 이제 검은 연기에 휩싸여 아수라장의 혼란으로 치달았다. 방어막을 쳤던 차가 날아가며 위기가 찾아왔다.

“이판사판이다. 모두 앞으로 뛰어!”

모두 검은 연기의 안으로 뛰어들어 이용재를 따라 트럭을 향해 돌진했다.

“서둘러, 어서!”

“총알이 떨어져 가는데요.”

이용재는 암담한 생각이 들었다. 급히 이동 중이라 총알을 충분히 확보하지 못한 탓이었다.

다행스럽게도 콩 볶듯 요란했던 총성이 드문드문해지더니 그마저도 잠잠해지고 있었다. 총알이 바닥나긴 놈들도 마찬가지였던 모양이다.

그러자 이번엔 다시 산 위가 술렁이기 시작했다.

그걸 보던 이용재의 수하들에게도 동요가 일어났다. 모두 마니교도와의 백병전을 준비하고 있었다.

이곳에서 자신들이 무너지면 샌프란시스코에 있는 동지들까지 위험했다. 그렇다면 마음을 바꿔 필사적으로라도 그들은 막아야 했다. 아울러 이제부터 남은 건 개개인의 전투 능력뿐이라는 것을 이용재는 알게 되었다.

“타하합!”

이용재와 부하들이 마니교의 트럭 위로 재빠르게 뛰어올랐다.

퍼버벅!

마니교도가 반월도로 꺼낼 틈도 없이 작렬한 그의 주먹과 발에 몇몇
은 트럭 아래로 굴러 떨어졌다.

"저놈이 두목이다. 저놈부터 베라."

그 말이 떨어지기가 무섭게 마니교도들이 이용재를 덮쳤다.

무서운 속도로 곡선을 그리던 반월도가 도기를 폭사시키며 떨어졌
다.

콰콰콰콰!

"어림없는 소리!"

이용재의 뒤로 뛰어든 부하들이 쇠 파이프로 반월도를 막아냈다.

푹푸욱욱—

반월도의 칼날은 매서웠다. 강철로 된 쇠 파이프에 칼날이 박혀들고
있었다.

'무서운 칼이군!'

하지만 위기에 빠진 뉴욕 갱단은 그걸 감상할 사이가 없었다. 칼날
이 박힌 쇠 파이프를 던져 버리고 놈들을 들어올려 바닥에 메다꽂고는
발길질을 해댔다.

"오징어를 만들어주마!"

콱콱콱콱.

마니교도들은 얼굴이 피죽이 되도록 맞으면서도 반월도를 놓지 않
았다.

그걸 본 뉴욕 갱단 하나가 오기가 났다. 발로 녀석의 칼 쥔 손목을
밟고 반대편 발로 얼굴을 밟아댔다.

"이래도 칼을 안 놓을 테냐!"

하지만 칼을 처음 배울 때 익히는 게 어떤 일이 있어도 놓치지 않는
법이었다. 놈은 오직 칼을 안 놓치려 애썼다.

"어림없다, 이놈아. 칼을 놓치면 짐꾼이나 하게 될 판인데, 너라면 놓겠냐? 나는 도객이란 말이다."

"잘났다, 이 시방아."

몇 번의 발길질이 녀석의 얼굴에 터졌다.

"끄흑."

단말마의 비명을 내지른 놈이 의식을 잃으며 고개를 떨어뜨렸다.

"이 지독한 십장생."

녀석은 도병을 움켜쥐고 히죽 미소를 지으며 기절해 있었다.

그걸 보자 갱단은 꼭지가 돌아버렸다.

"누가 이기나 끝까지 해보자."

기어이 녀석의 손에서 반월도를 빼내려 혈안이 되었다.

이용재의 어이없어하는 목소리가 들렸다.

"너 뭐 하냐? 시방새야, 너 또 그 짓이냐? 병원에 가보라니까!"

원래부터 편집증이 강해 병원 치료를 요하던 안타까운 부하였다.

"전 이거 못 빼내면 오늘 밥 안 먹습니다!"

"그래, 너 용감한 건 좋은데, 분위기 좀 봐가면서 하자."

"전 지금 분위기 좋습니다. 끙끙."

"안타까운 부하야, 지금 마니교도들이 언덕을 둘러싸고 있단다. 너는 개념을 옥션에 내다 팔았냐?"

안타까운 부하가 고개를 들었을 때 동료들은 트럭 위에서 넋을 놓은 표정으로 아래를 바라보고 있었다.

주변은 마니교도 수백 명이 둥글게 포위하고 있었다. 놈들의 반짝이는 칼날이 하이에나의 이빨같이 흉흉하게 보였다.

"참 빼곡하게도 서 있네."

이용재의 얼굴에 암운이 드리워졌다. 부상당한 자를 포함해서 운신

할 수 있는 인원은 고작 삼십 명, 적의 수는 아직도 백오십 명.

슈우웅.

낭떠러지에서 불어오는 바람이 트럭 위에 선 뉴욕 갱원들의 옷깃을 흔들었다.

산에 가로막혀 더는 달아날 수도 없었다.

"형님, 어떡할까요?"

안타까운 부하의 질문에 이용재가 무겁게 입을 열었다.

"장천규 보스와의 약속은 지킬 수 없겠군."

비장한 목소리였다.

부하들도 그 뜻을 헤아렸다. 잠시 비감한 기분이 침묵 속에 흘렀다.

하지만 그리 오래가진 않았다.

접전은 마니교도들의 선공으로 시작됐다. 마니교도의 입장에선 시간을 할애할 이유가 없었던 것.

"모두 처리하고 나마유성 님이 기다리는 샌프란시스코로 가자!"

"거기도 한인 갱단 놈들이 모인다는군."

"야호, 신난다! 이번 참에 한국 놈들이 작살나겠군."

놈들의 소리에 이용재는 깜짝 놀랐다.

'뭐야! 그럼 정보가 새어 나갔단 말인가!'

놀랄 새도 없이 반짝이는 도기가 하늘 위에서 떨어졌다.

쉐에엑―

"형님, 위험합니다!"

부하들이 쇠 파이프를 들고 그 앞을 막아섰다.

"물럿거라, 놈은 내 몫이다!"

부하의 접근을 막은 이용재가 칼날을 비켜나며 오른손을 펼쳐 놈의 턱 아래에 가져갔다.

퍼억! 우드득.

이용재는 가볍게 손을 머리 위로 뻗쳐 들었다.

목뼈가 부서진 놈이 트럭 위에서 튕겨져 뒤로 날아가고 있었다.

어차피 월등한 수적 차이라 기다려 봤자 이 싸움의 끝은 뻔했다.

"샌프란시스코에 가지 못한다면, 최대한 놈들의 수를 줄여줘야 한다! 목숨이 있는 사람은 모두 나서라. 선제기선을 빼앗기지 말고 공격하라!"

이용재의 외침에 부하들은 일제히 쇠 파이프를 한껏 쳐들고 트럭 위에서 힘차게 뛰어올랐다.

"우리는 뉴욕 갱단 최고의 정예다! 오늘부로 명예의 전당에 입적하자!"

"그동안 즐거웠다. 목숨이 두 개라도 나는 이 길을 갈 것이다!"

엉거주춤하게 뒤에 쳐져 있던 안타까운 부하가 외쳤다.

"이번 작전만 성공하면 병원에 가볼 생각이었는데, 시간은 나를 기다려주지 않는구나. 아, 동지들아, 영안실에서 보자!"

야구방망이 두 개를 양손에 움켜쥐고 허공을 날아올랐다.

칼과 쇠 파이프가 난무하자 피아 구별 없이 허공과 바닥엔 피가 분수처럼 솟구쳐 올랐다.

옆구리에 반월도를 맞은 이용재가 기진맥진해서 트럭 바퀴 아래로 밀려왔다. 그 뒤로 몇몇의 부하가 밀려와 뭉쳐졌다.

"형님, 이제 마지막인가 봅니다."

"그래, 그동안 수고들 했다."

작별 인사를 고하고 있었다.

그때 안타까운 편집중 부하가 앞에 와서 쓰러졌다. 팔 한쪽이 깊게 베어져 검붉은 선혈이 쉴 새 없이 떨어지고 있었다.

“형님, 약속 하나 할게요.”

마지막 작별의 마당에 무슨 약속을? 하지만 이용재는 그런 의문을 말하지 않았다. 마지막까지 부하의 얘기를 들어줄 수 있다는 것도 윗사람으로서 기쁜 일일 테니.

“무슨?”

“형님, 저는 원래 한 놈만 패잖아요. 이번엔 저놈만 팰래요.”

이용재는 피가 뚝뚝 떨어지는 야구방망이 끝이 가리키는 곳으로 시선을 돌렸다.

마니교 뒷전에 있는 놈이 눈에 들어왔다. 그놈은 바로 이번 기습을 지휘하는 놈이었다.

“형님, 꼭 보셔야 해요. 내가 저놈을 제거하는걸.”

“그래, 열심히 살자. 나 먼저 가마.”

부하의 등을 다독인 이용재가 다시 놈들을 향해 돌진했다.

쉐에에엑—

무서운 도기들이 이용재를 노리고 앞을 막아서고 있었다.

마지막 남은 몸부림으로 이용재는 그 사이를 파고들었다. 몸 곳곳에 칼날이 흔적을 남기며 피가 묻어 나왔다. 하지만 그 정도의 상처로 이용재가 얻은 수확은 꽤 컸다.

퍽퍽퍽!

마니교도 세 명이 허리와 목이 부러지며 바닥에 드러누워 헐떡거렸다.

하지만 좀 전에 모든 힘을 소진해 버린 이용재는 일어설 힘이 남아 있지 않았다. 신경도 무뎌졌다. 때문에 더는 고통스럽지도 않았다. 하늘이 오늘따라 유난히 드높아 보였다.

싸움은 뉴욕 갱단의 패배로 기울어져 있었다.

점점 마니교도들이 이용재 주변으로 몰려들어 두꺼운 벽을 쌓고 있었다.

"제길, 이제야 끝났군."

투덜거림이 들렸다.

서서히 자신의 쓰러진 몸을 덮어오는 그림자가 느껴졌다. 상대는 태양을 가리고 앞에 와서 멈췄다.

녀석이 아무런 물음도 하지 않고 반월도를 들어올렸다. 놈의 겨드랑이 사이로 햇살이 스며들어 눈을 찡그리게 만들었다.

'햇살이 가려지면 나도 끝나겠군.'

얼굴 위에서 그림자가 어른거렸다. 놈이 칼자루를 일렁거리며 힘을 모으고 있었다. 그러더니 이내 한껏 녀석의 머리 위로 들어올렸다.

넓게 쏟아지는 햇살에 이용재가 더욱 짙게 눈을 찌푸렸다.

그때였다.

"으아아악!"

파도가 몰아치듯이 도열해 있던 마니교의 뒤편이 무너지며 십여 명이 앞으로 나뒹굴었다. 연이어 바닷물이 갈라지듯이 마니교도들이 두 패로 나뉘졌다.

마니교도 놈들이 갈라진 틈으로 햇살이 쏟아져 들어오며 피투성이의 이용재가 덩그러니 드러났다.

'뭐지?'

이용재는 주변의 변화에 눈을 뜨려다가 다시 찡그렸다. 아까와는 다르게 너무도 강렬한 태양 빛이 온몸에 쏟아졌다. 이용재의 눈이 백시현상에 허옇게 변했다. 그가 두 눈을 몇 번 비빈 후 눈을 들었을 때…… 마니교의 절반 이상이 바닥에 뻗어 있었다.

"으잉?!"

다시 눈을 비비고 있을 때, 영문도 모르게 전세가 뒤바뀌어 있다는
걸 알았다.

기선을 제압당한 마니교도들은 한구석으로 몰려 일방적으로 도륙당
하고 있었다.

"크아악!"

"이, 이게 어떻게 된 일이지?"

심상치 않은 반전에 이용재가 경악을 터뜨렸다.

덥수룩한 수염에 거칠게 자란 짐승 같은 갈기 머리가 바람에 험궂게
날리고 있었다. 온몸이 구릿빛으로 검게 그을린 자들의 탱탱한 근육이
눈에 들어왔다.

느닷없이 등장한 야인들의 모습에 이용재의 눈이 휘둥그레졌다. 그
중에 눈에 익은 모습이 있었다.

"아니, 저분은?!"

거침없이 포효하는 힘으로 똘똘 뭉친 무소불위의 권위를 불똥처럼
뚝뚝 떨어뜨리고 있는 사내. 그의 앞을 막아서는 것은 자의든 타의든,
한순간에 부스러지고 있었다.

그는 바로 강산이었다. 샌프란시스코에서 조직원 전부와 함께 사라
진 지 석 달이 지난 무렵, 강산은 그렇게 다시 모습을 드러내었다.

으드드득!

넘어진 사내를 밟으며 지나가는 모습은 지옥에서 귀환한 살인객, 그
자체였다. 그는 마니교도의 얼굴과 목, 팔과 다리를 가리지 않았다. 그
저 모든 게 밟히고 으스러짐을 반복하고 있을 뿐이었다.

"으으, 사람이 아냐."

몇몇의 마니교도들이 하얗게 질려 오줌을 지려댔다.

"그러는 너희는 사람이더냐!"

그의 서릿발 같은 목소리가 터져 나옴과 동시에 발이 솟구치더니 놈들을 벽에 처박았다.

단 일격에 놈들은 머리통이 터지고, 코뼈가 으스러지고, 안구가 터지더니 급기야는 즉사해 버렸다.

운이 좋게 뒤에 있어서 죽는 순서가 늦어진 놈들 중에서 도주하는 자가 생겼다.

"무서운 놈들이다. 모두 능력껏 달아나 후일을 도모해라!"

녀석들은 급히 트럭에 올라타 자신들이 왔던 길을 돌아서 달아나고 있었다.

강산의 눈에서 진노한 불똥이 식지 않고 폭사됐다.

가뜩이나 오금이 저리던 이용재는 강산의 온몸에서 뻗친 살기에 소름이 올랐다. 자신과는 상대가 되지 않을 위인이라고는 생각했지만, 지금의 이건 상상도 할 수 없는 상태에 올라 있었다.

그가 다가와 손을 내밀었다.

"오랜만이군, 자네."

누워 있던 이용재는 감히 손을 맞잡지 못하고 자세를 바로 잡으려 했지만 몸이 말을 듣지 않고 버둥거렸다.

"아니, 괜찮아. 그대로 있게."

강산이 다시 손을 내밀어 이용재의 손을 잡았다.

"고생이 많았구먼."

"아, 예."

살벌했던 좀 전의 모습과는 달리 예전 여유롭던 보스의 모습이 남아 있었다. 하지만 그건 이용재의 착각이었음을 깨달아야 했다.

"이번 한 번뿐이야. 앞으로도 이렇다면 다음엔 자네 스스로 목숨을 끊게."

강산의 오른팔 박진기가 주먹에 묻은 피를 혀로 핥으며 다가왔다.

"형님, 저놈들이 가는 길은 도주를 막으려고 우리가 이미 끊어놓은 길 아닙니까?"

강산의 표정은 감정이 없는 사람처럼 내내 무덤덤하다.

마니교도 패잔병이 탄 트럭은 굽이치는 낭떠러지 길을 달리고 있었다. 그러더니 이윽고 산자락에 가려 완전히 사라졌다.

"그건 쟤들의 인생이다."

말이 끝나기가 무섭게,

우르르르르!

계곡과 계속 사이를 이어놓은 다리가 붕괴되는 소리가 들렸다.

"으아아악!"

멀리 떨어진 협곡에 급격히 퍼진 비명 소리가 메아리를 타고 들려왔다. 하지만 그마저도 점점 하늘에 흩어지며 옅어져 가자, 이번엔 바람을 가르며 떨어지는 트럭에서 피리 소리가 들려왔다.

슈우우우우우우.

소리는 한참이나 계속됐다.

깊은 계곡 아래가 섬광탄을 맞은 듯이 번쩍거렸다. 잠시 후 검은 연기가 계곡 아래서 모락 피어오르더니 연이어 강력한 폭음이 들렸다

콰콰콰콰쾅!!

"훗날 누군가 놈들의 목숨 값을 따진다면 기꺼이 책임지겠다. 하지만 지금은 아니다. 가자, 샌프란시스코로!"

샌프란시스코.

차이나타운을 끼고 돌아 북서쪽 해안까지 접근한 장천규 부대는 숨죽이고 있었다. 숨은 채로 한나절을 보냈지만 아직까지 마니교도의 움

직임은 특별하게 드러나지 않았다.

하루 종일 흐렸던 하늘은 이제 해가 지고 곧 어둠이 올 것이었다.

"조금 지겹군."

"너무 조용하군요."

"놈들이 눈치 챈 것은 아닐까?"

마니교의 움직임이 없자, 갱 연합엔 초조함이 드러나고 있었다.

"이에나스와 나마유성의 불화설이 사실인가요?"

"마니교 지휘권을 두고 갈등이 생긴 모양입다. 실질적인 행동대장 격인 나마유성과 서열을 따지는 이에나스 사이에 생긴 반목이랍다."

"그런 상태에서 이번 단합 대회를 여는 이유가 뭘까요?"

"나마유성이 부상에서 회복되지 않아 위축되어 있을 때, 모두를 모아놓고 기세를 꺾어 확실히 자기를 인식시키려는 의미겠지."

"하면 나마유성은 이번 모임에 안 나타나는 것 아닙니까?"

중광은 실망의 빛을 드러냈다.

"그렇진 않소. 나마유성도 발등에 불이 떨어진 모양이오. 이번에 밀리면 안 된다 싶었는지, 몸도 성치 않은데 참석한다고 하오."

"다행이군요."

유중광이 주먹을 불끈 쥐었다.

"나마유성, 제발 나타나거라. 모든 빚을 갚아주마!'

하늘에서 붉은 기운이 엿보였다. 하늘이 붉다는 건 비가 올 것이란 의미였다. 붉은 기운은 화염 통을 향해 불꽃 튀며 빨려 가는 도화선처럼 모두의 가슴에 뜨거운 의지를 불태우기 시작했다.

"형님, 드디어 놈들이 라틴 가에 모습을 드러내고 있습니다."

잠복해 있던 장천규의 부하에게 기별이 왔다.

오후 일곱시. 해가 저물기 시작하자 마니교도들이 제의를 시작하려고 돌로레스 성당 주변으로 운집하고 있었다.

"유 사장, 갑시다."

장천규가 부하들을 이끌고 신속하게 이동하기 시작했다.

라틴 가엔 봄 축제를 표현한 거대한 벽화가 있었다. 라틴계 특유의 뛰어난 예술성이 즐비하게 그려져 있는 명소였다. 이름하여 카니발 벽화다.

간혹 체 게바라의 얼굴이 커다랗게 그려지고 그가 내세운 정치적 이슈를 담은 그림들도 있었다. 어둠이 드리우자 벽화는 좀 더 기괴한 느낌을 주었다.

"야, 무혁아. 우리가 지금 뭐 하는 거냐? 나는 이렇게 숨죽이고 있기만 해도 오줌이 마려워진다."

"조용히 좀 해, 남덕 형."

"여태까지 조용했으면 됐지. 더는 못 참겠어. 나 쉬하고 올게."

남덕이 체 게바라의 벽화 아래에 가서 개처럼 한쪽 다리를 들었다.

쿠왈쿠왈콸.

"으헉! 무혁아……."

갑자기 남덕의 오줌 누는 소리가 멈추더니 남덕이 바지춤을 잡고 몸을 낮췄다.

심상치가 않게 여긴 무혁이 남덕의 곁으로 다가갔다.

"무슨 일이야, 형?"

그 뒤를 이어 워드가 검은 그림자처럼 따라왔다.

"그놈들이야, 닭대가리 오 형제."

손가락이 가리키는 곳을 보자, 언덕을 올라가는 수십 명의 마니교도 가운데에서 머리에 요란한 염색을 한 히드라와 녹동들이 연신 희희낙

락대고 있었다.

무혁은 놈들을 보자 분노가 끓어올랐다.

쿠오오.

"오늘 내가 저 쉐리들 목을 틀어버릴 거야."

"저렇게 많은데 어떻게 하려고?"

남덕은 놈들의 숫자에 질려 벌벌 떨었다.

"형이 떨면 어떡해. 우린 오로지 형의 신형 삽만 믿고 있는데."

"형이 돼서 너희들한테 믿음을 못 줘서 미안하긴 한데, 아직 삽자루 성능을 시험해 본 적이 없어서 약간 불안하구나."

"형, 용기를 가져! 형의 삽자루 신공은 천하무적이야!"

"그렇긴 하지만."

"우린 형만 믿는다는 걸 잊지 마. 형 없으면 우리도 없는 거야. 형, 화이삼!"

순간 남덕의 얼굴이 의연함에 젖어 약간 경색되더니 사나운 짐승 소리를 입으로 냈다.

"카아아아! 크르르르~ 무섭냐?"

"어, 대빵 무섭다."

"카오옹!"

눈까지 까뒤집어 겁나게 무서운 표정을 지은 남덕은 삽자루를 굵직하게 움켜쥐며 말했다.

"시방들, 샤방샤방하게 패주마!"

"남덕 형, 일단 탈을 써."

남덕이 스크림 가면을 쓰는 동안 워드에게도 눈짓을 보냈다. 무혁과 워드는 검은 두건을 꺼내 얼굴 하관을 가렸다.

"중광 형님이 갱 연합과 어딘가에서 놈들을 노리고 있을 테니, 우린 골목 하나를 사이에 두고 따라가다가 기회를 엿보자.”

　무혁이 남덕과 워드를 이끌고 놈들이 지나는 중앙 통로의 뒷길로 따라붙었다. 3명밖에 안 되는 인원이라 놈들과의 전면전은 불가했다. 틈을 봐서 놈들을 교란할 참이었다. 일종의 게릴라 전술.

　고양이가 울고 있는 낡은 대리석의 골목길이었다. 찌그러진 쓰레기통에선 음식 국물이 찔끔찔끔 새어 나오고 있었다.

　남덕이 코를 움켜잡았다.

　“와, 미치겠다. 가면 속에 냄새가 배니까 빠지지도 않고 돌아버리겠다.”

　그때 앞서 나가던 워드가 양팔을 벌려 일행의 움직임을 막았다.

　“왜 그래, 워드?”

　“쉿.”

　뭔가 심상찮은 걸 발견했다는 뜻. 무혁은 긴장하며 워드가 손끝으로 가리키는 곳을 응시했다.

　일행보다 앞서 가고 있는 검은 그림자가 있었다. 그자의 몸놀림은 기민하고 은밀했다.

　“뭐야, 저건? 괜히 알짱거리다가 우리까지 발각되는 건 아닐지 걱정이군.”

　무혁과 일행이 정체 모를 그림자를 향해 신속히 접근했다. 그자는 역시 마니교를 관찰하고 있었다.

　“이봐, 거기서 뭐 해!”

　사내는 힐끗 돌아보곤 눈썹을 찌푸렸다. 귀찮다는 표현이 그대로 드러나고 있었다. 나이는 이십대 초반 정도로, 무혁보다 너댓살 정도 어려 보였다.

　‘허쭈, 이 녀석 봐라.’

반응을 보자 괘씸한 생각이 들었다.

"이 자식 눈깔 돌리는 거 하곤! 너, 마니교도들을 노리는 모양인데 니가 낄 자리가 아냐. 얼렁 집에 가라."

"지랄하지 말고 니들이나 저리 비켜."

호락호락하지 않은 반응이다.

순간 워드의 눈초리가 사납게 올라갔다.

"눈 깔아라. 확 뽑아버리기 전에!"

"뭐, 뭐라고?'

청년은 예기치 않은 무혁 일행의 등장에 당황하는 듯했으나 워드의 눈초리에 기분이 상했는지, 기분 나쁠 정도로 살벌한 안광을 마주 쏘아 내고 있었다. 곧 뒤에 서 있는 무혁까지 훑어보고 있었다.

희한한 눈빛이었다. 음습한 기운에 젖어 허무와 증오가 한 데 뒤엉 켜 짙은 어둠마저도 숨을 죽이고 들어앉아 있는, 광기라고 불러야 할 정도의 미묘함이 번득이고 있었다.

"재밌는 녀석이군."

그 반응에 워드가 묘한 웃음을 흘렸다. 웃음은 곧 터져 나올 화를 머 금고 있었다.

"워드, 경거망동하지 말고 참아라. 지금은 소란 피울 때가 아냐."

워드의 표정을 보면 그가 무슨 행동을 할지 알 수 있었다.

"기분이 나빠서 못 참겠네. 오래 걸리진 않을 거예요."

워드가 목표를 노리는 흑표범처럼 다가갔다. 그냥 몇 대 쥐어박고 끝낼 생각이었다.

훅훅훅!

워드의 주먹이 불을 내뿜었다.

한데 청년의 반응이 의외였다.

“아이, 귀찮게 구네. 십장생이.”

워드의 주먹을 피해 아래로 눕더니 등을 펴서 두 발을 안쪽으로 뻗어 올렸다.

퍼퍽!

작고 간결한 파공음이 워드의 턱밑에서 터졌다. 방심해서 턱을 허용한 워드가 비틀거렸다.

워드의 펀치의 빠르기를 몸소 겪어본 무혁으로서는 이해할 수가 없는 일이었다.

“어디서 주먹질이야, 십장생아. 나는 싸움을 질질 끄는 성미가 아니셔.”

청년은 발딱 일어나더니 어리둥절해하는 워드를 향해 뻗은 주먹이 다시 무겁게 바람을 갈랐다. 묵직한 주먹이었다.

“이 자식! 나를 쳐!”

동시에 워드도 주먹을 내뻗었다. 팔 길이는 워드가 더 길었다. 그리고 빨랐다.

퍼퍼벅벅!

워드의 면도날같이 날카로운 주먹 세 방이 터지며 청년의 얼굴에서 피가 튀었다. 한데 문제는 그 와중에도 청년의 묵직한 주먹이 진행 중이란 거였다.

“우훗.”

떠거덕!

둘은 주먹을 맞교환하고 휘청거렸다.

아무래도 청년은 만만치 않은 상대였다.

꼬장꼬장 응수를 하는 청년 때문에 자존심이 상한 워드는 흥분하기 시작했다.

"으와, 이 새끼가 미치게 만드네!"

워드가 다시 달려들었다.

하지만 청년도 보통내기가 아니었다. 달려오는 워드를 향해 그대로 머리를 들이밀었다.

뻐억!

워드의 목이 뒤로 꺾이며 꼬꾸라지자 바로 그 위로 올라타서 주먹을 내리꽂았다.

엎치락뒤치락.

둘은 바닥에서 뒹굴고 있었다.

분명히 때리는 횟수는 워드가 많았다. 하지만 청년은 절대 물러나지 않았다.

"정말 귀찮네."

번쩍, 하고 청년의 주머니에서 뭔가가 꺼내졌다고 느낀 순간 무혁은 머리털이 솟아올랐다.

단검이었다.

"이눔이 어디서 칼질을!"

남덕의 거친 목소리가 들렸다.

부우웅.

깡!

무혁이 급격히 허공을 날아오르려 할 때 남덕의 경쾌한 삽 소리가 울렸다. 남덕이 보다 못해 개입을 한 것이었다.

"으흑, 이런 십장생들. 뒤에서 사람을 패? 모조리 다 덤벼, 시바야!"

청년은 독이 올라서 소리쳤다.

"조용히 해, 새끼야. 너 때문에 다 들키겠다."

결국 보다 못한 무혁의 주먹이 청년의 면상에 작렬했다.

쾅!

청년은 일 장을 날아가 벽에 뒤통수를 처박히곤 앞으로 쓰러졌다.

"십장생들, 삼 대 일로 덤비다니. 으으, 분하다."

청년이 원통한 표정으로 짓곤 기절한 척 고개를 떨어뜨렸다.

"엄살 피우지 마. 죽을 만큼 때리진 않았으니까."

"으, 십장생이 눈치 깠군."

청년의 말투가 영 거칠다. 어쨌든 워드가 쩔쩔맸으니 싸움 실력 하나는 대단하다.

이 청년의 이름은 강천. 바로 강산 보스의 아들이었다. 얼마 전 출감하고 아버지를 찾아왔다가 피습 소식을 듣고는 마니교에게 보복할 기회를 절치부심 찾던 중이었다.

'니들이 감히 우리 아버지를 때려?'

그가 그곳을 서성인 이유였다.

"아직까지 연락이 없나?"

"예."

"무전기가 잘못된 거 아냐? 다시 확인해 봐."

"그럴 리가 없는데요."

장천규가 부하들을 이끌고 돌로레스 성당 인근에 매복해서 나지막이 나머지 한인 갱 연합원의 동태를 파악하고 있었다.

"그럼 도대체 어떻게 된 거야? 이 시간쯤이면 연락이 와야 되잖아. LA 쪽과 뉴욕 쪽, 두 군데 다 없어?"

"예, 아직……."

"이 사람들이 어떻게 된 거야?"

벌써부터 서로 마음이 맞지 않고 있는 건가. 일을 시행하기도 전에 어긋나고 있음에 불길한 기운이 머릿속을 파고들었다.

"뭔 일 있는 거 아냐?"

약속된 시간까진 몇 분 정도밖엔 남아 있지 않았다. 시계 초침만을 들여다보고 있자니 그 시각이 얼마나 긴지를 깨닫게 해주고 있었다.

분침이 막 8시 정각으로 지나가고 있을 때 옆에서 핸드폰 진동이 울렸다.

부우웅, 부우웅.

그 소리를 좇아 모두의 시선이 한 곳으로 모아졌다. 그들은 그 지루했던 기다림을 끝내고 싶었던 것이다.

"마중 나갔던 석준입니다. 받아보시죠."

"어디래?"

장천규는 무전기를 넘겨받으며 급한 마음에 먼저 물음을 던졌다.

석준은 장천규가 내보낸 두 사내 중 하나였다. 그는 뉴욕 이용재를 마중하기로 되어 있었다.

"석준이? 지금 어딘가?"

[금문교 건너편입니다. 어쩐 일인지 기미조차도 없습니다. 어떡하죠?]

장천규는 난감하다 못해 당혹스러웠다. 이번 기회를 놓치기는 너무 아쉬웠고, 그렇다고 자신의 휘하만으로도 일을 벌인다는 것은 전국에서 모이고 있는 마니교 놈들에게 역부족임을 알고 있었다. 그건 휘발유를 끼얹고 불속으로 뛰어드는 부나비 같은 짓이었다.

[어떡할까요.]

"계속 기다려 봐."

롬바트 거리. 당초 뉴욕은 금문교를 건너 그곳을 통해 오기로 되어 있었다. 샌프란시스코는 언덕의 도시였다. 그중에서도 세계에서 제일 구불구불하다는 경사진 롬바트 언덕 위로 올라서기가 그렇게 힘든 것일까. 자조적인 한숨을 내쉬고 있었다.

그런데 LA 쪽은 또 어떻게 된 일인가. 뉴욕은 덴버를 거쳐 온다니까 그럴 수 있다지만, LA 천만석 쪽은 그보다 훨씬 수월하지 않은가. 가까이에 있었고, 게다가 곧바로 공항을 통해 오기로 되어 있었다. 그래서 장천규는 별로 신경 쓰지 않고 있었다. 그런데도 비행기 사고가 나기라도 한 양 감감무소식이었다.

"천만석 사장에게 무슨 일이라도 있는 걸까요?"

"글쎄, 답답하구먼."

부우웅.

다시 핸드폰이 울렸다. LA 천만석을 마중 나갔던 상태에게서 온 게 분명했다. 다급해 있던 장천규가 급히 물었다.

"상태, 지금 어디야?"

[큰일 났습니다. 좀 전에 FBI가 천만석 보스와 부하들이 금문교를 건너기도 전에 연행해 버렸습니다.]

"뭐야 FBI가!"

[누군가에 의해 계획이 새어 나간 모양입니다.]

머릿속에서 하늘 무너져 내리는 소리가 나는 듯했다. 눈앞이 캄캄한 게 저문 날만큼 암담해졌다.

땅에 빗방울이 돋고 있었다. 허허로운 생각이 났다.

'그렇다면 이제 남은 건 우리들뿐이란 말인가!'

하지만 그런 감상에 빠져들 사이도 없이 갑자기 주변이 술렁거리며 사태가 긴박해지고 있었다.

지시도 없었는데 흩어져 있던 부하들이 모여들고 있었다.

“무슨 일들이야!”

장천규가 낮고도 은밀하게 물었다.

“마니교도들이 이리로 몰려오고 있습니다.”

“뭐야?!”

장천규와 마찬가지로 중광의 얼굴에도 당혹감이 서렸다.

놈들이다. 그렇다면 도리어 역습을 당한 것인가!

제8장
죽기 아니면 까무러치기

죽기 아니면 까무러치기

"유 사장, 움직여야겠소!"

장천규가 황급히 중광을 불렀을 때 이미 조여오던 그림자들이 달려들어 생각할 겨를이 없었다.

빗방울은 점점 거칠어지고 있었다.

샌프란시스코와 비. 다시 양 사범이 생각났다. 유중광이 주머니 안자락에서 움켜쥔 주먹을 꺼냈다. 주먹에 공력이 실리고 있었다.

한밤이 되어 켜진 노란 나트륨 등의 불빛을 뚫고 파공음이 작렬했다. 솟구쳐 오른 중광이 양 발을 휘돌려 놈들 사이로 뛰어들었다. 중광이 선봉에 서서 길을 열기 시작했다.

쉐에엑!

붕붕, 퍼퍼벅!

"크흐흑."

비명 소리가 터졌다. 중광이 서너 명을 차대며 내려서자 주변이 등

글게 벌어졌다.

하지만 약간의 간격이 벌어졌을 뿐, 꼬꾸라지는 사내들보다 훨씬 더 많은 수십 배의 인원이 파도처럼 밀어닥치고 있었다. 샌프란시스코의 휘황찬란한 야경은 그런 놈들의 아우성에 가려지고 있었다.

"죽더라도 위에 올라가 죽는다."

장천규가 부하들을 놈들의 집회지인 돌로레스 성당으로 가라고 독려했다.

이미 고요함 속에 시작하려던 계획은 수포로 돌아간 뒤였다.

얼굴도 모르는 마니교 졸개 놈들하고 시간을 낭비할 필요가 없었다. 장천규의 외침에 몇 명의 사내만 남고 모두 위로 뛰어갔다. 이제는 공격밖에 없었다.

장천규와 부하들은 맹렬하게 위를 향해 뛰었다. 언덕 중턱의 평탄한 곳에 다다랐을 때였다.

"장천규, 서두르는군!"

아래쪽에서 보이지 않던 사내들이 앞을 가로막고 있었다.

"오, 유중광도 있었군."

나마유성! 부상당해 거동이 불편하다는 놈이 겁도 없이 앞에 나서고 있었다.

"환자가 이런 곳엘 나돌아다녀도 되겠나."

중광은 녀석을 보자마자 복수의 불꽃이 타올랐으나 일단 비아냥거림으로 놈을 약 올려볼 심사였다. 제대로 한판 붙고 싶었던 것이다.

"환자? 흐흐흐, 그랬지. 좀 나아진 것 같기에 몸 좀 풀어보려고."

"알짱대지 말고 어디가 요양이나 하지 그러니?"

"의사가 적당한 운동은 몸에 좋다더군. 너희들 정도면 적당하지 않겠어?"

뒤쪽에선 아까의 놈들이 몰려오고 있었다. 그걸 보고 있던 놈이 이 번엔 장천규를 보고 주절거렸다.

"천하의 장천규에게 이 정도면 적절한 대접을 해준 거겠지. 마음에 드나?"

"흥, 아주 썩 마음이 동하는군."

"다행이군, 걱정했어. 그렇다면 이제 목숨을 내놓고 가줘야겠어."

싸늘하게 눈과 입가가 변하며 조롱 섞인 목소리였다.

"건방진 놈."

"잠깐, 저놈은 제 몫이라 했습니다."

장천규보다 먼저 유중광이 나서고 있었다. 놈이 비웃었다.

"오, 유중광…… 가상하군."

유중광의 눈이 순간 싸늘하게 변하며 안광을 쏟아내었다

"유 사장, 잠깐만."

막 튀어오르는 용수철처럼 몸을 도사리던 유중광의 어깨를 장천규 가 잡았다.

그건 바로 멀리서 또 다른 위기감이 흘러들고 있었기 때문이다.

나마유성의 뒤쪽에 나타난 이에나스가 이끄는 검은 한 떼의 무리를 이끌고 내려오고 있었다.

전의에 불타던 장천규의 표정이 어두워졌다. 암담해지고 있었다. 세 배에 가까웠던 놈들의 수는 이제 더 늘어났다.

"백 사장, 오랜만이군."

"이에나스!"

"내 사업 제의를 거절하더니, 이런 악연으로 다시 만나게 되는군. 경 거망동한 자넨 실수한 거야."

놈이 내려오자 마니교도들이 길을 열었다. 그 틈을 비집고 나오더니

다정하게 나마유성의 손을 잡았다. 나마유성이 징그럽게 웃었다.

"어리석게도 우리의 불화설을 믿고 왔나? 애석하지만 우린 이렇게 사이가 좋아."

장천규의 얼굴이 일그러졌다.

"참고로 얘기하겠는데, 샌프란시스코와 뉴욕에서 도와주러 오길 바란다면 단념하는 게 좋을 거야. 내가 약간 손을 써놨거든. 키키키키!"

이에나스가 파안대소를 터뜨리며 모두의 자존심을 짓밟았다. 비아냥거리는 오만은 계속되었다.

"아름다운 샌프란시스코의 야경 속에서 최후를 맞이한다는 건 행복한 일일 거야. 마지막으로 기회를 주겠어. 무릎을 꿇고 타협을 해보는 게 어떤가?"

장천규가 대답 대신 혼잣말을 씁쓸히 되뇌었다.

"협객이라 자부한다면 이렇게 객사하는 것도 괜찮겠지."

비가 더욱 세차지고 있었다. 이제 사태는 예정된 대로 흘러갈 것이다. 장천규가 쏜살같이 튀어나가 이에나스의 면상에 주먹을 냅다 꽂았다.

쾅!

우드득!

믹서 칼날에 고구마가 갈리는 소리가 났다. 방심한 이에나스는 앞이가 함몰되며 뒤로 나자빠졌다.

주먹을 휘두른 장천규가 외쳤다.

"나, 장천규는 오늘 이곳에 뼈를 묻는다. 살아남은 자들은 기억하라. 이 장천규가 어떻게 죽어갔는지를!"

"모두 보스의 뒤를 따라라! 우리가 살면 얼마나 살겠나! 모두 여기서 뒈지자!"

보스가 직접 선봉에 서자 용기백배해진 시카고 부하들이 사방으로 퍼져 전장 속으로 뛰어들었다.

보스에겐 유난히도 많은 공격 인원이 집중하게 되어 있었다. 하지만 장천규 역시 대단한 싸움꾼임은 틀림없었다.

그의 주변에 어슬렁거리다가는 사정없는 주먹과 발길질에 으스러질 뿐이었다.

그렇지만 마니교 놈들의 인원이 턱없이 많았다. 곳곳에서 곤혹을 치루고 있는 부하들이 보이고 있었다. 주위에 몰려 자신을 보호하고 있던 부하들에게 소리쳤다.

"내 걱정 말고 흩어져서 애들을 구해. 난 괜찮아!"

그 말을 내뱉은 순간에도 반월도가 머리를 부술 듯 윙! 하고 훑고 지나갔다. 장천규는 놈의 팔을 잡아 반대편으로 꺾어버렸다.

으드득!

"크아악!"

괴성을 내지르고 놈이 바닥에 엎어졌지만 장천규는 신경 쓰지 않았다.

장천규는 재빠르게 자리를 옮겼다. 차돌 같은 주먹과 날렵한 족격을 쏟아내며 닥치는 대로 도륙하는 그 모습은 럭비공처럼 중구난방이었다. 용장(勇壯) 장천규. 놈들은 그런 그를 여지간해서 잡아내지 못하고 있었다.

"나마유성!"

산짐승같이 으르렁거리는 중광이 놈에게 달려들었다.

유성추를 휘두를 공간 확보를 위해 놈이 뒤로 빠지고 있었다.

그 틈을 유중광이 그냥 둘 리 없었다. 쏜살같이 아래로 파고들어 다리째로 휘잡아 던져 버렸다.

휘이익. 퍼벅!

중심을 잃고 떨어지고 있는 놈의 얼굴을 밟아버렸다.

짧은 순간의 일이었다. 충격을 받은 놈의 얼굴이 일그러졌다. 그러나 역시 놈은 고수였다. 흐트러진 모양새에서도 다리를 뻗어내어 유중광의 왼쪽 뺨에 상처를 내었다.

중광의 얼굴에 면도날에 베인 듯 쓰릿한 통증이 핏물과 함께 일었다.

온몸에 날카로움이 깃들어 있는 자식이었다.

짧게 뺨을 쓸던 유중광의 주먹이 높이 쳐들려 놈의 머리통을 향해 해머와같이 빠르고 묵직하게 내리꽂혔다.

퍼억!

나마유성이 개구리처럼 바닥에 퍼져 버렸다.

하지만 중광은 쉽게 달려들지 않았다. 지난날 야적장 격전에서 짧은 방심으로 역습을 당한 기억이 있었기 때문이다.

놈의 뒷전으로 자리를 옮기려는데 몇 놈이 막아섰다. 나마유성의 호위군이었다. 한 놈이 먼저 칼을 휘둘러서 뒤로 젖히는 순간, 또 한 놈이 반대편에서 칼을 휘둘러 어깨에 예리한 줄을 그어놓았다.

사각.

그 예리함에 짜증이 솟았다. 재빨리 위기를 벗어나 칼질한 놈의 옆구리를 걷어차자 주변 놈들까지 도미노가 넘어지듯이 뒹굴었다.

반월도를 든 다른 한 놈이 끼어들었다. 참으로 무식하게 생긴 놈이었다.

갈 길이 바쁜 중광은 손을 뻗어 놈의 다리를 잡아채 넘어뜨리고는 면상을 짓밟아 버렸다.

뚜드드득!

"내 앞을 막지 마라. 죽는 줄도 모르고 죽을 것이다."

화르르르.

비분강개한 중광의 온몸에 흉흉한 살기가 거칠게 뿜어 나왔다.

이미 나마유성은 일어서 전열을 가다듬고 있었다. 유중광의 어깨에선 핏물이 배어 나오는지 땀과 뒤섞여 따끔거렸다.

하지만 곧 잊어버렸다. 바로 나마유성이 공간을 차오르고 있었기 때문이다. 그러나 놈은 실수한 거였다.

힘과 중심 이동의 흐름을 누구보다 잘 읽을 수 있는 유중광이었다. 빙글 돌아 유연하게 놈의 뒤로 달라붙어 왼손으로 허리를 잡아 오른손으론 바깥 다리를 걸어 올려 메다꽂아 버렸다.

쾅!!

"끄흑."

놈의 입에서 짧은 비명이 새어 나왔다.

그렇지만 중광은 섣불리 공격을 이어가지 않고 다시 자리를 움직였다. 누구든 긴박한 상황에 빠지면 본능적인 몸동작이 나타나는 법이다.

아니나 다를까, 바닥에 등을 대고 있던 놈이 다리를 뻗었다.

파바박!

하지만 오늘을 기다려 온 유중광이다. 나름대로 분석했던 게 적중하고 있었다. 이미 뒤로 돌아가 자리를 잡고 있던 유중광의 발이 놈의 옆구리를 밟았다.

콱!

"꿰에액!"

콩팥 근처를 밟힌 놈이 처절한 괴성을 내질렀다. 놈은 그대로 엎어진 채 고통에 젖어 온몸을 발발 떨어댔다.

중광은 오른 주먹을 들어올려 마지막 공력을 불어넣었다. 이 기세대로라면 바위도 단숨에 부숴 버릴 듯했다.

"기도도 하지 마라. 끝마치기 전에 죽을 것이니까."

이제 한 방이면 될 성싶었다. 그러나 그때 다시 방해꾼들이 달라붙었다.

중광은 아쉬움을 삼키며 또 엄한 데다 힘을 써야 했다. 귀찮은 놈들을 팔꿈치로 휘어 치며 돌아서는 순간, 중광의 눈에 머리를 맞고 피를 튀기며 쓰러지고 있는 장천규가 보였다. 그 뒤에 야구방망이를 들고 있는 놈이 보였다.

"장천규 사장!"

놈이 다시 손잡이에 침을 뱉곤 야구방망이를 득의만만하게 들어올리고 있었다.

탄력을 실어 뛰어오른 중광이 돌려차기를 3회전 하며 놈의 목을 걸어찼다.

뿌각!

살기를 담은 족격에 놈은 목뼈가 덜렁거리며 그대로 주저앉았다.

"장 사장, 괜찮습니까?"

"끄응. 머릿속이 울리는구려."

뒤늦게 머리에서 피가 흐르고 있는 장천규를 발견한 부하들이 모여들었다. 몹시 놀란 표정의 그들도 온통 피투성이였다.

"큰형님."

"끄응."

역부족이었다. 장천규의 부하들은 이십 여명 남짓 남아 퇴로를 뚫지 못하고 점차 밀려나며 주위에 모여들고 있었다.

포악한 놈들의 뒷전에서 싸늘하게 웃고 있는 이에나스가 보였다. 그의 눈빛은 잔인한 호기심에 번뜩이고 있었다.

"크크크크, 이제 끝내자구."

이에나스가 괴이한 표정을 지으며 손을 들어 어딘가로 신호를 보냈다.

깊은 어둠 속에서 기다렸다는 듯이 괴성이 울려 나왔다.

카아아아.

크르르르.

카악!

거대한 물체들이 슬렁슬렁 움직이고 있었다. 아돌프 히드라와 마인들이었다.

데드매치 마인들의 등장은 가공할 만한 위력을 내뿜고 있었다.

용맹한 시카고의 갱단들이 종잇장처럼 허공에 날아가고 있었다. 날아갈 때마다 핏물이 튀고, 팔다리가 부러져서 땅에 고꾸라졌다.

팔을 후려칠 때마다 얼굴이 알아볼 수 없을 정도로 부서졌다.

"크르르르, 우매한 인간들. 덕분에 오늘 제사는 풍족하게 드릴 수가 있겠어."

아돌프 히드라가 눈에 백태가 뒤집어져서 침을 흘리고 있었다. 눈에 광기가 돌아 있는 건 다른 마인들도 마찬가지였다.

결국 한인 갱단 중에 남은 자들은 장천규와 유중광, 그 주변에 남은 부하 몇 명뿐이었다.

장천규를 부축해 올리던 유중광의 어깨로 섬뜩함이 휩쓸어 내렸다. 순간 중광은 경황없이 쫓기는 입장에 놓여 버렸다. 가까스로 장천규를 부축해 일어선 유중광의 눈에 야구방망이가 들어왔다.

여태 흉기를 들고 휘둘러 본 적이 없던 유중광이었다. 그 금기를 깨야 할 시간이 다가왔다. 벗어나야 했다. 이대로 굴복할 순 없었다. 유중광은 떨어져 있던 야구방망이를 들어올렸다.

비가 눈앞을 가려 한 치 앞도 구별이 안 되고 있었다.

"유중광, 나를 두고 피신해. 저놈들은 괴물이야."

무시하고 중광이 장천규 부하들에게 명령을 내렸다. 자신의 부하들은 아니었지만 나름대로 산전수전 다 겪은 중광이었다. 지금은 누군가가 나서 난국을 헤쳐 나가야 했다.

"……앞을 뚫어!"

유중광은 대답 대신에 궁지에 몰린 채 서로 등을 지고 있는 장천규의 부하들을 독려했다.

"이대론 안 된다. 한 곳을 집중적으로 헤쳐."

"이보게, 유 사장. 난 안 가."

장천규가 이를 악물고 가까스로 몸을 추스르며 말했다.

다시 중광이 소리쳤다.

"이대로 포기할 순 없어! 모두 앞으로!"

마니교도들이 앞을 막아섰다.

"비켜라!"

중광의 손에 쥐어진 방망이가 거친 살기를 폭사했다.

"케애액!"

마니교도 몇 놈이 깨진 머리통을 붙잡고 오열했다.

마지막 남겨진 힘을 집약해 퇴로를 열어 나가기 시작했다. 정신없이 헤쳐 나가자 희미하게 비어 있는 공간이 보였다. 하나 그도 잠시, 쏟아지는 폭우로 가려졌다.

더는 야구방망이에 아무것도 걸리지 않았다.

이제 퇴로가 뚫린 것일까?

하나 그런 들뜬 기분은 막막한 벽에 부딪치고 말았다. 멀찍이서 겹겹으로 자리를 잡은 채 부서지는 빗방울에 언뜻언뜻 머리카락이 높이 솟은 검은 형체들이 모습을 드러내고 있었다. 마인들이었다.

그 뒤에서 아래를 히죽거리는 웃음으로 내려다보고 있는 이에나스가 보였다.

"치이."

유중광의 입에서 분통한 신음이 쥐어짜듯이 흘러나왔다.

"애처로운 놈들, 몰골들이 형편없이 추하군. 마지막 모습이 그래서야 쓰나."

놈이 조소를 흘리고 있었다.

"닥쳐, 이 자식아!"

중광이 이에나스를 향해 달려갔다. 빗줄기가 살기에 밀려 양편으로 갈라졌다.

쉐에애액―

맹렬한 파공음이 순간 중광을 덮쳤다.

쿼애액!

"흐윽!"

달려나가던 중광의 몸이 옆으로 비틀리며 튕겨 나갔다. 중광은 살점이 떨어져 나간 어깨에서 굵은 다섯 줄기의 선혈을 흘리며 원래 있던 자리로 굴러 떨어졌다.

"킬킬킬킬."

아돌프 히드라가 길게 자란 손톱 끝에 피가 떨어지는 중광의 살점을 묻히고 기괴한 웃음을 흘렸다.

"저놈들 모두를 제물로 바쳐야 하니 목숨만은 거두지 마라. 다만 몸 한구석을 떼어내 고통을 한껏 주어도 좋다."

이에나스의 냉혈한 목소리가 울렸다.

그 말을 신호로 마인 다섯이 허공을 박차고 밀려들었다. 놈들의 거대한 몸짓이 순간 비를 가렸다.

너무 높은 자리에 올라선 놈들이 뿜어내는 위압감에 갱단들은 아연 실색해 대응할 엄두를 못 냈다.

"그래, 그렇게 곱게 가는 거야. 카아악!"

아돌프 히드라가 기세를 몰아 장천규의 얼굴을 손으로 내려치려 했다. 손톱이 억세게 솟은 것으로 보아 적중되면 얼굴 절반이 잘려 나갈 게 뻔했다.

"어차피 제단에서 죽게만 하면 되니까 이 정도는 괜찮을 거야. 케케."

아돌프 히드라가 손톱이 닿기도 전에 희열에 젖어서 웃어댔다.

한데 그러던 놈의 뒷다리 부분이 허공에서 비껴 돌아가고 있었다.

"어!"

자신의 의지와 상관없이 몸이 뒤틀리자 의아해했다. 그리고 그건 아돌프 히드라가 남은 자신의 조류 인생에서 보여줄 수 있는 몇 안 되는 표정이었다.

"까고 있네, 십장생!"

놈보다 한 장 높이는 더 떠올라 옆구리를 차내며, 검은 두건을 두른 무혁이 도사공을 마치고 내려서고 있었다. 오른손에는 용광검을 든 채. 그 뒤로 남덕이 스크림 가면에 삽을 들고 흐릿한 모습으로 나타났다. 좌우로 복면한 워드와 강천이 서 있었다.

두둥!

"너, 너희들은 누구냐!"

히드라가 빗물이 눈에 들이치자 꿈뻑거리며 물었다.

하지만 아돌프 히드라는 대답을 들을 사이도 없었고 나머지 질문을 할 사이도 없었다.

"마인 잡는 초인이시다! 천공 무영각!"

펑!

무혁의 발에서 단 한 발의 포성 같은 강렬한 파공음이 터져 나왔다. 규칙이 없는 싸움에서 더 이상 자신의 힘을 숨길 필요가 없었다. 온몸을 완전히 틀며 체중을 실어 시현된 무영각. 무혁은 약물에 중독된 본래의 모습을 드러냈다.

꼬꼬대애액!

아돌프 히드라는 그대로 목이 분질러진 채로 뒤집혀 뒤로 다섯 장 정도를 굴러가 버렸다.

화려한 UFC 생활을 꿈꾸던 마인 아돌프 히드라는 그렇게 간단한 생을 마감하였다. 무혁이 초인이었기에 가능한 일이었다.

푸서석.

마인의 종말은 허무했다.

히드라의 몸에서 검은 연기가 솟아오르더니 불꽃이 일었다. 독극물에 의한 자연발화였다. 히드라는 너무 구운 치킨 바비큐처럼 새까만 잿더미로 변했다.

히드라의 머리가 갈리며 핑크빛 닭 털 몇 개를 바닥에 흘리고는 재가 되어 죽자, 녹동 네 놈이 동요하기 시작했다.

"끄륵끄륵?"

영문을 몰라하는 마인. 하지만 영문을 알 필요도 없었다. 곧 닥쳐올 현실로 알게 될 테니까.

이에나스는 쏟아지는 비에 시야가 가려 무슨 일이 일어나고 있는지 조차 깨닫지 못하고 있었다.

이제 막 허공을 내려서고 있던 나머지 녹동 네 녀석 중 한 놈의 얼굴을 이번엔 니킥으로 걷어차 올리며 넘어섰다.

녹동 1호라 불리던 놈의 턱이 부서지며 뼈가 흩어졌다.

빙글.

녀석보다 먼저 바닥에 착지한 무혁이 다시 공력을 끌어올렸다.

"철비박."

턱이 깨져서 날아오고 있는 놈을 기다리던 무혁의 입에서 일기가성이 터졌다.

굳세진 팔뚝이 닭 잡을 때 하는 칼질처럼 수직으로 떨어졌다.

둥!

놈은 소리도 못 지르고 바닥에 처박혔다. 놈의 몸에서도 검은 연기가 피어오르며 쾌쾌한 냄새가 진동을 하였다.

나머지 녹동 세 놈이 겁에 질려 괴성을 내지르며 눈알이 붉게 변했다. 하지만 원래가 마인인지라 피를 보거나 죽음을 보면 본성을 드러내는 법이었다.

"웬 놈이냐!"

"쾌에애액!"

"썩을 놈. 크르르."

놈들이 한마디씩을 내뱉으며 동시에 무혁을 향해 달려들었다.

무혁이 다시 천근퇴를 가동시키려 할 때였다.

"이놈들아, 여기도 있다."

부우웅

넓적한 삽날이 비를 가르며 바람을 일으켰다.

까캉!

대가리 깨지는 소리가 났다.

하지만 그걸로 마인을 잡기는 역부족. 깨진 대가리를 만지던 녹동 2호가 괴성을 흘리며 남덕에게 돌아섰다.

"크르르르."

"오거라, 이놈아! 저번에 그렇게 맞고도 금방 잊은겨!"

그러고 보니 남덕은 경험이 있었다. 그것도 링 위에서.

"잘 만났다, 이놈들. 내 애삽의 복수를 해줄 것이야."

이번에 월마트에서 구입한 삽은 자루가 쇠로 된 것이었다. 남덕으로선 용기백배할 만했다.

붕붕붕.

남덕의 삽이 회전하며 빗줄기를 사방으로 튕겨내며 용맹을 발하고 있었다.

"크르르르. 이놈아, 그깟 삽으로 뭘 보여주겠다는 거냐?"

휘익.

녹동 2호가 남덕의 삽을 우습게 알고 함부로 달려들었다.

남덕이 돌리던 삽을 말아쥐고 정면을 향해 찔렀다.

캉.

쩌억.

비 오는 밤에 울린 경쾌한 삽의 울림은 녹동 2호의 이마에 일자 눈썹 같은 핏자국을 남겼다. 물감 같은 초록색 피가 흘렀다.

"괴물이라지만 그냥 놔두면 아플 것이야. 안 아프게 뇌신경을 마비시켜 주마."

이번엔 삽날을 넓적하게 잡고 횡으로 휘둘렀다.

퍼억!

파리채같이 질퍽한 소리가 재차 터지며 녹동 2호의 코에서 콧물이 사정없이 튀겼다.

"삽으로 못도 박을 수 있다는 걸 보여주겠다. 야합!"

3합째. 도리깨질하듯이 삽을 등 뒤로 젖힌 남덕이 허공으로 뛰어올랐다.

바아앙.

떠억!

어느새 못 대가리로 변한 녹동 2호의 머리.

삽을 우습게보고 몇 대쯤은 맞아주고 시작하려던 녹동 2호는 이마에 작렬한 삽날에 눈깔의 초점이 사라졌다.

자신의 동료가 삽에 맞아 뒈질 지경이 되자 무혁에게 달려들던 두 놈이 방향을 선회해서 남덕에서 몰려왔다.

"이 삽자루 같은 자식이! 크르르."

"삽을 뺏어 입에 넣어주마. 카핫!"

녹동 3호와 녹동 4호가 동시에 손톱을 세우며 기괴할 정도로 요상한 목소리를 흘렸다.

"등을 빡빡 긁어주마. 크르르르."

"나 목욕했거든."

"매일 해도 때는 나온다더라! 크르르."

차차착!

녹동 둘이서 동시에 협공을 해왔다.

슁슁.

남덕이 삽을 올려 녀석들의 공격에 응수하려 할 때였다.

"우리는 사람으로도 안 보이냐, 이 새파란 놈들아!"

하인즈 워드와 강천이 그 사이로 뛰어들었다.

먼저 워드의 주먹이 난사를 시작했다.

퍼퍼퍼퍼퍼퍽!

이 정도면 눈 깜박이는 동안에 10대가 꽂힐 정도로 엄청 빠른 스피드다.

주먹을 못 이긴 녹동 3호의 고개가 뒤로 젖혀졌다. 하지만 주먹은 끊임없이 떨어지는 빗물처럼 계속 쏟아졌다. 놈은 주르륵 무릎을 꿇고 주저앉아 흐느적거렸다.

강천은 발로 승부했다.

녹동 4의 머리를 차고 놈이 휘청거리자, 뛰어오른 돌려차기로 젖히진 얼굴을 또 한 번 때렸다.

퍼억!

놈의 몸이 완전히 뒤집어졌다.

바닥에 내려선 강천은 그대로 녹동 4의 들린 다리를 걷어올리자 녀석은 풍차처럼 빙글 돌아 구석에 처박혔다.

"그 정도 두들겼으면 됐어. 뒤처리는 내게 맡기고 뒤로 물러나."

어마어마한 공력을 드러내며 무혁이 나섰다.

장천규는 이들의 등장에 의아해했다.

"고맙소만, 당신들은 대체 누구요?"

하지만 중광은 눈치를 챘다. 삽을 무기로 쓰는 사람은 남덕밖에 없었다.

'이놈들이 어떻게 알고 여기를 따라왔누.'

비가 잠시 잦아들고 있었다.

이에나스는 그때서야 아래쪽에서 벌어진 일을 알아챘다. 자신의 눈을 믿지 못하겠다는 듯이 경악한 표정이었다. 하지만 그것보다 더 놀란 모습을 한 자, 흡혈편복의 눈동자가 심하게 떨리고 있었다.

그의 눈은 두 마리의 용이 휘감긴 용광검에 가 있었다.

"허헉! 저놈이 들고 있는 건 우리가 찾기를 포기한 전설로 내려오는 헤르메스의 지팡이가 아니더냐?! 저놈이 어떻게!!"

곱사등이 흡혈편복은 너무 놀라 풍뎅이처럼 뒤로 발라당 뒤집어질 뻔했다.

　희랍 신화에 이르길, 원래 헤르메스는 날개가 달린 구름 신발을 신고 하늘의 신 제우스의 명으로 신계와 인간계를 오가는 전령으로 알려져 있었다. 더구나 그가 가진 헤르메스의 지팡이는 죽은 자도 살리는 능력이 있는 보물이라고 했다. 두 마리의 뱀이 휘황찬란하게 엉켜 있는 문양으로, 요즘은 의학을 상징하는 지팡이로 더 알려져 있었다.

　한데 갑자기 용광검을 보고 헤르메스의 지팡이라니.

　흡혈편복은 질겁한 표정으로 이에나스에게 말했다.

　"제단까지 데려갈 필요가 없어졌소. 저놈들을 지금 당장 모두 죽이고, 저놈이 들고 있는 지팡이를 뺏어 오시오!"

　영문을 모르는 이에나스가 서두르는 흡혈편복이 의아해서 바라봤다.

　"이유는 묻지 마시오. 조직의 원로로서 일급 명령을 하는 것이오. 지금 당장!"

　"으헉, 일급 명령!"

　황금 여명회의 일급 명이라니, 그건 사활이 달려 있을 때나 내려지던 것이었다. 분명한 사실은 수천 년 동안 그걸 어긴 자는 그 누구도 살아남지 못했다는 것이다.

　이에나스의 머리털이 곤두섰다. 자칫하면 자신도 죽을 판이었다.

　"이거 잘못하면 내가 죽겠군."

　영문도 모르고 겁에 질린 이에나스가 긴급히 명령을 하달했다.

　"제단까지 데려갈 필요 없이 사정 봐주지 말고 한꺼번에 쳐라! 놈들의 목을 가져오는 자들에겐 큰 상을 줄 것이다. 이건 조직의 명이다. 실패하면 모두 죽임을 당할 것이다."

　큰 상과 목숨이 함께 달려 있다는 말에 마니교도들은 잠시 술렁거렸다.

"그렇다면 이판사판이다. 죽어도 된다니 훨씬 공격하기 편해졌군. 사정 봐주지 말고 마무리하자!"

그 말에 고무되기 시작하는 마니교도들은 백오십 명가량 되었다.

하지만 장천규와 그의 부하를 합쳐도 고작 열댓 명. 그중에 성한 사람은 몇 명 없었다.

화르르르.

위기를 느낀 무혁의 몸이 들끓어 올랐다.

"남덕 형, 워드, 강천은 이곳을 수호해."

"무혁아, 너는?"

하지만 무혁은 대답도 하지 않고 도사공을 이용해 몸을 날렸다.

빙그르.

도사공의 힘을 자제하지 못한 무혁의 몸이 허공에서 몇 번 회전하고 있었다.

"끼야홉!"

무혁의 온몸은 탱크 같았다. 더구나 용광검은 뭐든 닿기만 하면 뼈가 피부를 터뜨리며 나오는 듯한 소리를 냈다.

퍼가각!

"크아아악!"

무혁이 육중하게 바닥에 내려서서 발을 굴렀다.

쿵! 쿵! 쿵!

바닥이 푹푹 꺼지고 있었다.

발 구르는 소리는 지축을 진동시키며 주변의 마니교도들에게 전율을 느끼게 하기 충분했다. 놈들은 믿기지 않는 사실에 사색이 되었다.

"뭣들 하는 거냐? 나머지라도 저놈들을 쳐라!"

이에나스가 유중광 주변에 있는 자신의 부하들에게 득달같은 고함을 쳐댔다.

"으와와!"

무혁의 활약에 넋이 빠져 있다 겨우 정신을 차린 놈들이 이번엔 중광 쪽으로 몰려들었다.

붕붕붕~ 파파팟! 퍽퍽!

남덕과 워드, 강천이 중광 일행을 등지고 맞섰다. 하지만 싸움에 섞이다 보니 차츰 서로의 간격이 벌어지며 떨어지고 있었다.

시카고의 얼마 남지 않은 부하들이 혈전을 벌이는 사이에 중광은 장천규를 부축해서 자리를 피하려고 애썼다. 장천규는 아직도 기운을 찾지 못했다.

장천규의 목소리가 심상치 않게 변했다.

"유 사장, 먼저 가시게."

"이 몸으로 무리요. 일단 이곳을 벗어납시다. 내가 앞장서겠소."

하지만 남은 마니교도들의 수가 너무나 많았다. 이래 가지고선 모두가 위험했다. 장천규는 유중광이라도 살리고 싶었다.

그가 유중광을 사납게 쳐다보았다. 중광으로선 예상치 못한 일이었다.

"이 자식, 넌 나를 비굴하게 만들고 있어!"

갑작스럽게 욕설이라니. 하지만 장천규의 표정이 심각해 보였다.

"장 사장……."

"유 사장, 당신 너무 지나쳐."

중광은 영문도 모르고 난감한 표정에 빠졌다. 대체 뭐가 지나쳤단 말인가.

"이봐, 유 사장. 우린 시카고 갱단이야. 도대체 네가 뭔데 우리보고 이래라 저래라야! 그렇게 내 자존심을 짓밟고 싶었나? 건방진 자식."

성난 장천규가 유중광에게 욕설을 퍼부었다.

"장 사장, 말씀이 지나치시오! 나는 그저……."

"건방진 새끼, 넌 우리 시카고 쪽도 아니잖아. 저리 꺼져 임마!"

장천규가 무섭게 돌변해 진노하고 있었다.

그 말은 유중광의 가슴에 비수를 꽂듯 심한 소외감과 수치심을 유발시켰다. 세상엔 화가 나도 하지 말아야 한다는 말이 있다. 그런데도 가끔씩 사람들은 예의 없는 행동으로 다른 이에게 상처를 낸다.

간혹, 죽음을 맞이하긴 전 마지막 순간엔 더욱 상대의 치부를 건드리기도 한다. 남들은 그걸 남겨진 자가 슬퍼하지 않고 쉽게 잊게 하려 정을 떼는 것이라고 했다.

장천규는 그렇게 유중광에게서 정을 떼려 하고 있었다.

발로 세차게 유중광의 등짝을 걷어찬 장천규가 놈들을 향해 폭우 속으로 뛰어들었다. 아울러 그의 부하들도 장천규의 뜻을 읽고는 유중광만을 남겨둔 채 냉정히 떠나가고 있었다.

"장 사장……."

'미안하네, 유 사장. 자네라도 살아남게. 먼저 감세.'

하지만 그 뜻을 모르는 중광에게 심한 자괴감이 찾아들었다. 충격으로 무릎을 꺾지도 못하고 주저앉는 그의 동공에 실핏줄이 불거지고 있었다.

중광의 가슴 끝자락에선 모멸과 배신감으로 인해 더러운 기분이 찾아왔다. 분노가 치솟았다. 분노는 곧바로 몸속을 돌아다니며 부들거리는 떨림을 끌어내더니, 머리끝으로 뻗쳐 올라 한순간에 그의 눈빛을 바꿔 버렸다.

이제 보복의 대상을 찾아야 했다. 야구방망이를 다시 주워 든 중광이 형체도 분간되지 않는 폭우 속으로 뛰어들었다.

이제 다시 혼자였다…….

미친 듯 그가 그려내는 둥근 원주 속에는 아무것도 존재하지 못했다. 빗물조차도 그의 광포함에 질려 다시 하늘로 튕겨 달아났다.

비는 계속됐다. 어쩜 그칠 줄 모르는 빗물과의 싸움일지도 몰랐다. 하늘에선 천둥까지 울려댔지만 유중광을 말릴 순 없었다.

그렇지만 몇 차례 숨을 몰아쉬던 그의 몸도 점점 탈진해 가고 있었다. 욕심을 몰아 크게 휘두름을 마지막으로 방망이의 무게조차 감당 못한 채 주저앉고 말았다.

지친 몸에 있어서 증오는 이제 허울뿐이었고, 소진된 광기는 그 명분만이 심연의 끝에서 헐떡이고 있었다. 그 상태에선 더 이상 아무것도 할 수 없음을 그는 알고 있었다.

가사 상태에 몰입된 뿌연 시야 속에서 이 세상에 살아 있는 건 오직 자신의 지친 숨소리밖에 없다는 거친 포만감에 젖어들었다.

이제는 쏟아지는 빗물의 무게마저 버거운 그가 고개를 다시 쳐들었을 때, 또 한 무리의 검은 형체들이 중광을 둘러싸고 있었다.

"…제길, 끝없군."

기력이 쇠진한 유중광의 남은 감각 기관 중 시력마저도 서서히 잃어가며 간간이 빗소리만이 가물거렸다.

'이제 마지막인가…….'

"흐흐흐흐."

실성한 듯 유중광의 입에서 자조적인 웃음이 흘렀다. 떨어뜨렸던 야구방망이 끝을 다시 움켜쥔 그가 마지막 빗줄기 사냥에 나섰다.

"오너라."

머리끝까지 양손을 치켜든 유중광이 죽음을 맞이하듯 의연히 말했다.

그에겐 휴식이 필요했다. 자신은 못 느끼고 있었지만 그는 무척 느렸고, 비틀거리기까지 했다. 송곳같이 따가운 빗줄기 속에서 영혼마저도 중광을 버린 듯싶었다.

한데, 독이 오른 그의 눈앞에서 정작 자신을 쳐다보고 있는 자들은 망부석처럼 전혀 미동도 하지 않고 있었다.

"유중광 형님이시죠……?"

"……?"

이용재…… 그가 사지를 벗어나 다가와 있었다.

헝클어진 머리와 어깨는 땀과 핏물에 축축이 젖어 있었다.

"늦었습니다……. 어서 앞으로!"

이용재의 대갈호령에 둘러섰던 자들이 노도와 같이 세찬 비바람 속으로 뛰어들었다.

이용재의 부하 하나가 중광에게 겉옷을 벗어 둘러주고 있을 때, 언뜻 유중광의 눈에 낯익은 얼굴이 스쳐 갔다. 상대는 예고도 없이 신속히 지나가 버려 누군지 기억이 나질 않았다.

저자들은 누구? 중광의 눈이 뉴욕 사단의 뒤에 나타난 자들에게 박혔다.

그들의 모습은 한눈에 보기에도 뉴욕 갱단과는 확연하게 달랐다. 까맣게 탄 피부에 덥수룩한 수염을 한, 야인(野人)과도 같이 헝클어진 긴 머리의 사내들. 갈기를 날리는 야생마의 강인함이 배어 있었다.

안됐지만, 마니교 갱들에겐 아비규환의 역전 사태가 벌어졌다. 이미 장천규 부대와의 싸움에서 사력을 허비한 놈들이 혼비백산 무너지고 있었다.

겉옷을 통해 어깨의 따스함을 만끽한 유중광이 호흡을 가다듬었다. 충만한 온기가 단전에 가득 차오르며 기력을 되찾게 해주고 있었다.

호흡을 온몸으로 돌린 유중광이 서서히 일어나기 시작했다.

다시 올라가야 했다. 나마유성이 위에 있기에…….

놈은 분명 자신의 특기를 자랑하고 있을 게 뻔했다. 중광은 채찍을 휘두르는 놈을 찾아 핏물이 튀는 전장의 혼란 속을 누볐다.

하지만 아무리 둘러봐도 나마유성의 종적이 묘연했다.

"설마 벌써 쓰러진 건가?"

놈은 선봉장이었기에 언제든 앞에서 적을 지휘하고 있을 거란 착각을 했던 것이다.

나마유성은 폭우에 젖어 떠는 쥐새끼 같았다. 놈은 부하들을 버리고 언덕 위로 달아나고 있었다.

놈이 그럴 지경에 이르자 통솔자가 없는 마니교도들은 와해되고 있었다.

유중광이 작심을 하고 그 뒤를 좇았다.

"나마유성, 추하구나!"

힐끔 돌아보다 결사적으로 쫓아 오르고 있는 유중광을 발견한 놈의 속이 편할 리가 없었다.

"죽고 싶어 따라왔냐?"

중광이 혼자뿐인 걸 확인한 놈이 가쁜 숨을 진정시키며 섰다. 그건 중광을 만만히 여겼단 얘기고, 싸움에 있어선 명함 정도는 내밀 수 있다는 자부심 때문일 것이었다. 게다가 위치상으로도 나마유성은 위쪽에 있었다.

팡팡!

유성추를 양손에 꼬나 들고 팽팽하게 팅겨댐으로써 특유의 탄력을 확인하고 있었다. 끝에 매달린 쇠붙이를 만지작거리더니 양 입꼬리가 깊게 올라간 괴이한 웃음을 흘렸다. 감촉이 무척 만족스러운 모양이었다.

놈도 일전을 벼르고 있음을 유중광은 알아챘다.

호흡을 통해 쏟아지는 빗물의 찬 기운을 몸속에 받아들여 땀과 열을 식히며 중광은 냉정함을 되찾고 있었다.

유중광과 나마유성, 둘은 서로에게 집중을 하며 몰아지경의 상태에 빠져들고 있었다. 이제 아래쪽의 소란 따위는 들리지 않았다.

팽팽하다 못해 서슬이 시퍼런 살기가 침묵 속에 위장되었다.

"유중광, 끈질기구나."

"나마유성, 그날 이후로 평생 내 주위에 나타나지 말지 그랬니?"

"우리의 인연이 이런 걸 어쩌겠나."

"이제 그 인연을 거두겠어, 양달수의 이름으로!"

"양달수? 그게 누구냐? 나는 하도 사람을 죽여서 거지 같은 이름은 기억 못해."

"네놈의 꼬리뼈를 부서서 똥줄 빠지게 해준 친구지."

"아, 그 절름발이 녀석."

절름발이라는 말에 심한 분노가 일었다.

"이놈이!"

"유중광, 설치지 마라. 곧 네 친구 곁으로 보내줄 테니!"

휘리리릭!

말을 끝내기도 전에 놈이 유성추를 휘둘렀다.

쉐에에엑—

철추가 독사같이 목을 곧추세우고 밀어닥쳤다.

하지만 중광은 몸을 낮게 숙여 첫 번째 살의를 벗어나며 발목에 힘을 가해 앞으로 몸을 날렸다.

"제법이구나, 유중광."

허탕 친 채찍을 잽싸게 돌려 잡은 놈이 그 맹렬한 반격에 움찔 뒤로 물러났다.

녀석은 채찍을 다루다 생겨난 습관인 듯 항상 일정한 거리를 유지하려 하고 있었다. 거리를 좁히며 파고들려 해도 나마유성은 영악하게 벗어났다.

중광은 일부러 어정쩡한 허점을 보였다. 그러자 여지없이 채찍이 날아들었다.

'네놈이 이런 기회를 놓칠 리가 없지!'

순간, 미식축구 선수처럼 허리를 숙여 손으로 바닥을 짚어 몸을 낮게 깔며 튀어나갔다.

그러나 중광이 서너 걸음을 옮기기도 전에 등판에 으스러질 듯한 통증이 쑤셔 박히며 한쪽 무릎을 꿇고 말았다. 등 위에서 구불대던 유성추가 급히 방향을 선회했기 때문이다.

"욱!"

뒤쪽 어깨가 찢어지며 화끈거렸다.

"흐흐흐흐."

득의만면하게 채찍을 회수한 놈이 이번엔 짧게 중광의 머리를 향해 뿌려냈다.

쉐액!

딩그르르.

"제법이야, 유중광!"

놈이 유성추를 회수하고 있었다.

바닥을 뒹굴어 간신히 위기를 모면한 유중광이 유성추를 쫓아 손을 뻗었다.

그러나 손아귀에 닿을 듯하던 줄이 다시 탄력을 받아 팅기더니 사라져 버렸다.

곤혹스런 일이었다. 당황하는 중광의 다리를 향해 재차 맹렬한 파공음이 쏟아져 들었다. 놈이 다리를 노린 것은 중광의 기민한 움직임을 잠재우기 위함이었다.

이때 중광의 눈매가 예리하게 빛났다. 중광은 피하지 않았다.

취리릭.

"으흑."

유성추의 통줄이 찰싹거리며 장딴지에 휘감기는 순간, 중광은 바닥을 뒹굴어 채찍을 다리에 감았다.

개방의 뇌려타곤처럼 무척 볼품없는 자세였지만, 결사적인 대응에 기어이 채찍이 걸려들었다.

패앵.

놈이 당황해서 줄을 당겼다. 그렇다고 놔줄 중광이 아니었다.

팽! 팽!

이제 기회는 유중광에게 왔다. 유성추를 팔목에 감아버렸다.

놈의 힘과 맞부딪치며 팽팽한 장력이 제법 웅장한 파공음을 터뜨렸다.

놈이 당기는 찰나를 타고 유중광의 몸이 가까이로 달라붙으며 주먹이 나갔다. 회심(會心). 주먹은 가벼운 만큼 빨랐고, 손목에만 강한 힘을 집약시키며 벼락같이 쏟아져 나갔다.

퍼억!

놈의 턱을 들어올렸다. 중광은 안면에 주먹을 연속으로 서너 차례 더 쏟아 부었다.

놈이 과장되게 뒤로 뒹굴고 있었다. 중광은 놈과의 거리를 유지하기 위해 유성추를 잡아챘다.

패앵.

한데 놈은 유성추의 달인이었다. 중광이 당기자 그 반동을 이용해서 중심을 잡으며 앉았다.

“유중광, 실력이 늘었군. 하지만 아직 멀었어.”

놈이 일어서며 싸늘하게 비웃었다.

출렁출렁.

맞잡은 유성추의 줄이 놈이 흔들자 그네를 타듯 흔들리고 있었다.

“이건 어떤가!”

팍!

손을 앞으로 후리자 장력에 흔들리던 줄의 중간이 파도처럼 솟구쳐 오르더니 중광을 향해 밀려갔다.

휘리릭, 차착!

유성추 끝을 잡고 있던 유중광의 목에 뱀의 똬리처럼 줄이 감겼다.

“커헉!”

목이 졸리는 중광의 입에서 자신도 모르게 단말마의 신음이 나왔다.

“카카카카! 혈색이 보기 좋구나, 유중광.”

패앵.

목에서 굵은 힘줄이 불거지며 두 눈에 핏발이 섰다. 창백해진 중광의 얼굴. 서서히 맥이 빠져나가고 있었다. 더는 그대로 있을 수 없었다.

“아직 끝나지 않았어.”

중광이 회전을 시작하며 자신의 목에 빠르게 줄을 감기 시작했다.

“멍청하게 뭐 하는 짓이야?”

중광의 엽기적인 돌출 행동에 나마유성이 물었다.

중광은 대답도 하지 않고 나마유성에게 쏜살같이 다가가고 있었다.

“가까이서 얼굴 좀 보자!”

퍼어억!

"크흐흑!"

놈의 샅아구니에 중광의 단단히 무릎이 박혀들었다.

"꺼허헉!"

입을 다물지 못하고 나마유성이 침을 질질 흘리고 있었다. 연이어 머리로 놈의 면상을 받아버렸다.

코뼈가 내려앉고 눈두덩이가 함몰되었다. 하지만 중광의 박치기는 계속됐다. 나중엔 턱이 탈골돼서 일그러졌다.

중광이 밀착된 거리에 발을 들어올려 놈의 목에 감아 꺾어내렸다.

으드득득!

놈이 무너지자 중광도 감긴 유성추에 목이 조여왔다.

이미 놈은 나가떨어져 파르르하게 떨어대고 있었다.

푸르르르.

"와아아! 놈들을 모두 도륙하자!"

유성추를 목에서 풀어낼 무렵, 고함 소리가 들렸다. 밑에서 한인 갱들이 밀려 올라오고 있었다. 이제 전세는 완연히 아군 쪽으로 넘어와 있었다.

콰앙!

아래를 돌아보며 방심한 사이에 나마유성이 온몸을 던져 밀쳐 내고 달아나기 시작했다. 세찬 충격에 중광의 몸이 바닥에 나뒹굴었다.

"이 개자식, 목을 따버릴 테다!"

재빠르게 일어나 뒤따랐지만 목숨을 걸고 뛰는 놈은 산악 훈련을 해왔던 것처럼 빨랐다. 거리가 점점 벌어지며 낭패감이 찾아들었다.

"이런 제기랄!"

어느새 언덕배기에 도착해 곧 내리막으로 접어들 것이다.

급한 마음이 서두른 중광의 발이 빗물에 미끄러지며 무릎을 짚고 말았다.

"흑!"

중광은 무릎을 싸안고 뒹굴었다.

놈은 점점 멀어지고 있었다. 절망적이었다.

어둠 속으로 숨어버리면 두 번 다시 기회가 없을지도 모른다. 놈은 완전히 고개 너머로 사라져 버렸다.

다시 일어섰지만 인대를 다친 무릎의 통증은 보기보다 심했다.

"거기 서라, 이놈!"

중광이 발버둥을 쳤지만 이제 와서 놈을 따라잡을 순 없었다. 놈은 벌써 가속을 받아 내리막으로 뛰어내리고 있을 것이다.

이를 갈며 준비해 온 날이었다.

'오늘이 아니면 또 언제 놈을 찾는단 말인가. 끄흐흑!'

망연자실해진 유중광은 자기 스스로에 대한 분기가 치밀어 올랐다.

중광이 자괴감에 빠져들고 있을 때였다.

퍼어억!

언덕 저편에서 심각한 파공음이 비 오는 밤하늘에 급속히 퍼져 올랐다.

아래 불빛을 받으며 몸뚱이 하나가 허공 위로 치솟더니 중광이 있던 곳으로 굴러 떨어졌다.

쿵.

다진 고기처럼 얼굴이 만신창이가 된 나마유성이었다.

영문을 모르는 유중광의 눈이 휘둥그레졌다.

언덕 아래의 불빛을 받으며 검은 인영이 걸어 올라오고 있었다. 그 뒤로 수십 명은 됨직한 사내들이 모습을 드러냈다.

의문과 적막에 둘러싸여 있던 어둠 속에서 퇴폐적이고도 암울한 목소리가 흘러나왔다. 증오가 뼛속까지 서린 귀기(鬼氣)가 풍겨 나왔다.

"이곳은 네가 함부로 지나다닐 수 있는 곳이 아냐."

얼굴이 드러나지 않은 인물 뒤로 알 수 없는 사내들이 벽을 쌓고 있었다.

궁지에 몰려 허옇게 질린 나마유성이 도주하려고 중광 쪽으로 뛰어내렸다.

사색이 되어 눈빛이 광기에 빠진 맹수 같았다. 살의와 광기를 쏘아내고 있는 눈빛이 유중광의 온몸을 훑어대면서 뛰어넘으려 했다.

하지만 유중광은 냉정했다. 온몸을 날려 그대로 놈의 면상을 머리로 박아버렸다.

놈이 대자로 뻗으며 널브러졌다.

"끄흑."

놈이 몸을 뒤척이며 뒤를 보였다.

중광이 그 기회를 놓칠 리가 없었다. 중광은 득달같이 뛰어오르며 무릎으로 놈의 목덜미를 우악스럽게 내리찍었다. 지난날 양달수를 죽음으로 몰고 갔던 그 급소였다.

"커헉!"

한순간에 혈도가 짚히자 기와 혈류가 막혀 놈이 부르르 전율하더니 곧 사지를 쭉 뻗어버렸다. 악인 나마유성은 그렇게 즉사하고 말았다.

집약됐던 긴장과 분노가 일시에 꺼져 버리며 가슴 한 곳으로 바람이 스며들었다. 시원 통쾌감보단 짙은 허무가 밀려왔다.

"달수, 보았는가."

서서히 비가 그치고 있었다. 그 드셌던 기운은 어디 가고 간지러울 만큼 작아진 운무가 되어 내리고 있었다.

반대편 언덕을 올라왔던 사내들이 아무 반응 없이 뒤돌아섰다. 말도 없이 그 덥수룩한 수염의 사내들이 고갯마루에서 묵묵히 사라지고 있었다.

침묵을 이끌고 어둠 속으로 사라지던 중 힐끔 돌아본 한 사내의 눈빛이 유중광과 마주쳤을 때 중광은 잠시 잊고 있던 이름을 외쳤다.

"강산!"

그가 돌아온 것이다, 말과 웃음을 잃어버린 채로.

굽이치는 롬바트 언덕 아래서 경찰의 사이렌 소리가 몰려오고 있었다.

"중광……."

그가 입을 열었다.

"그래, 강산이, 어떻게 된 일인가? 그동안 어디 있었던 게야?"

강산은 잠시 말문을 닫았다가 열었다.

"마니교도들을 처단하러 가야겠네."

"그래, 그래야지. 같이 가세."

"아니, 자네는 이 정도만 하고 빠지게. 목숨을 바치기엔 자네는 아깝네."

"그런 소리 말아, 강산. 나도 가겠네."

"아직 자네가 해줘야 할 일이 남았어."

중광은 그게 무엇일까 고민했다. 혹시 아들의 뒤를 봐달란 소리이리라 짐작했다.

점점 사이렌 소리가 언덕을 기어 올라오고 있었다.

"시간이 없네. 고생 좀 해주게."

제9장
지옥의 후계자

지옥의 후계자

"편복 원로의 그 말이 사실이란 말이오?!"

마불(魔佛)의 질겁한 목소리가 회랑에 울렸다.

황금의 여명회 원로 회의실.

동방성당기사단, 프리메이슨, 일루미나티, 황금의 여명회, 마니교의 원로들이 원탁에 둘러앉아 있었다.

마불은 흡혈편복의 말에 적지 않게 놀란 기색을 드러냈다.

"그런 듯합니다."

"하면 지팡이를 눈앞에서 못 뺏어왔단 말이오?"

"그러기엔 우리의 병력이 너무 하찮았습니다."

"그걸 지금 변명이라고 하는 게요, 편복 원로!"

옆에 섰던 프리메이슨의 단장 오브랄리우스가 끼어들어 꾸짖듯 말했다.

'흡, 이놈이 감히 나에게!'

같은 원로 급이라고는 해도 수백 년간 조직을 이끌어온 흡혈편복으로서는 서열이 낮은 신진 원로에게 추궁을 당하는 건 불쾌한 일이었다.

흡혈편복은 언짢은 기색을 드러냈지만 일단 참고 넘겼다.

황금의 여명회의 회장인 마불이 있었기 때문이다. 마불은 원로들에 비해 약관의 나이임에도 불구하고 그 몸에선 위엄이 흘렀다.

"아시잖습니까. 헤르메스의 지팡이를 가질 만한 자라면 그 능력이 어느 정도인지?"

"하면 이 일을 어쩌면 좋단 말이오?"

마불의 얼굴은 딱딱하게 굳어졌다.

군신의 검이 파괴와 무소불위의 권능을 지닌 검이라면, 헤르메스의 지팡이는 상생의 영물이었다.

조직의 현자와 예언자들이 말하길, 군신의 검을 막을 수 있는 것은 딱 한 가지, 헤르메스의 지팡이뿐이니 마지막까지 그것의 출현을 경계하라고 했다.

지팡이는 권력을 준다고 알려졌기에 근 2,000년간이나 그들이 알고 있는 역사상 유명한 인물과 강대국, 선진국을 뒤져 보았지만 소득이 없었다. 헤르메스의 지팡이를 찾아 없애려 했지만 그 흔적조차 찾을 수가 없었다.

지팡이가 이천 년 동안 나타나지 않자 멸실된 것으로 단정하고 자신들이 기다려온 일을 이제 막 진행하려던 참이었다.

"하필 이 중요한 시기에, 그게 대체 어디 있다가 이제서야 나타났단 말인가."

마불의 목소리는 침통하기까지 했다.

그건 황금의 여명회의 실수였다. 과거 한민족의 역사가 어떠했는지 모르고서 행한 실수였다. 마불은 현재 작은 땅에 위치한 한민족의 찬란한 과거를 생각조차 못했던 것이다.

그건 한반도 주변 국의 탓도 있었다. 한민족의 역사를 왜곡한 일본과 고대 한민족의 거대한 영토를 자신의 것이라 축소시킨 중국이 진실을 은폐하였던 것이다.

"다행스럽게도 제게 방책이 있습니다. 이곳으로 놈들을 유인해서 마인들을 이용해 처단하면 될 듯싶습니다."

흑진주처럼 검고 칙칙한 눈을 가진 흡혈편복의 고음의 목소리가 들렸다.

"하지만 편복 원로, 헤르메스의 지팡이를 지닌 자라면 분명 나와 같은 초인 급의 인물일 게요."

"약물로 700년간 만든 마인들을 한번 믿어보시지요. 놈이 강하다고 해도 마인들 또한 만만치 않을 것입니다. 더구나 이곳엔 위험한 기관 장치가 많습니다."

흡혈편복은 자신감에 차서 말했다.

"하면 편복 원로를 믿어보겠소. 속히 놈을 불러들여 지팡이를 회수해 주시오."

"존명!"

고대의 영화를 재현하기 위해 수천 년간 조직이 기다려 오며 길러낸 인물인 마불에게 흡혈편복은 깍듯이 부복을 올렸다.

흡혈편복이 프리메이슨의 오브랄리우스를 힐끗 쳐다보곤 괴소를 흘리며 사라졌다.

"하필 이 중요한 시점에 출현하다니!"

마불은 침통하게 원탁을 내려쳤다.

콰앙!

우지끈!

통나무 원목으로 된 원탁은 두 동강이가 나 주저앉았다.

우주의 시기가 돌아오고, 땅의 권위인 벽사마검도 서서히 빛을 발하고 있었다. 더구나 자신은 초인의 경지에 들어서고 있었다.

하늘과 땅과 초인, 모든 게 완벽하게 맞아떨어지는 시기에 헤르메스의 지팡이가 출현했으니……. 마불은 자신이 황위에 오른 이후 가장 큰 위기를 직감하고 있었다.

"형님, 그럼 또 올게요."

무혁은 면회소를 나오면서 기분이 우울했다. 나오미는 옆에서 눈물을 흘렸다.

얼마 전 급파된 FBI에 의해 유중광이 연행되어 가서는 그대로 알카트라즈 감옥에 수감되어 버렸다.

섬으로 된 알카트라즈 감옥은 스페인어로 펠리칸이란 뜻. 이 섬에 살았던 새의 이름을 따서 붙였다. 이 섬은 1850년대에는 국방 요새로, 스페인과 미국 간의 전쟁 시에는 포로들의 감옥으로 쓰였다. 1934년에는 알 카포네 등의 마피아와 흉악범들을 감금하는 악명 높은 감옥으로 유명한 곳이었다.

"형님, 우리도 변호사를 알아보고 있으니 너무 걱정하지 마시고요."

"나는 오래 걸릴 테니 니들은 일본으로 돌아가거라."

"형님을 모시고 가기 전에는 우리도 못 돌아갑니다."

"나는 괜찮으니까 니들이나 헛짓하지 마라. 저번처럼 또 몰려다니면서 싸움에 끼면 가만히 안 둘 테다."

"괜한 싸움에 끼지 않을 테니 걱정 마시고, 형님 걱정이나 하슈."

"무혁아, 넌 선수라는 걸 잊지 마라. 네 신상에 이상이 생기면 프라이드는 마인들로부터 누가 지키겠냐? 그러니까 내 말 명심해라."

"걱정 마슈. 나도 마인들 걱정에 잠도 제대로 못 자고 있으니까."

사실이었다. 다만 유중광과 다른 게 있다면 중광은 링에서 마인을 막을 생각이었지만, 무혁은 마인을 싸그리 쓸어버려 폐기처분할 생각을 하고 있다는 차이.

옆에 있던 마기찬이 계속 알짱거렸다. 왜 마기찬이 극구 중광의 면회를 따라왔는지 이제야 알 것 같았다.

"이보라구, 백무혁 선수. 이거 한 장이면 유 사장은 풀려날 수 있을 거라니까. 적어도 형이 확 줄어들 거라구."

마기찬이 내민 건 롬바트 언덕에서 마니교와의 혈전 장면을 담은 사진이었다. 사진엔 살벌하게 반월도를 들고 매복하고 있는 마니교도의 모습이 그대로 들어 있었다.

"용케 숨어서 잘도 찍었네요."

"후후, 내가 하는 일이 그건데 뭐. 그러니까 사라구. 싸게 줄게."

싸게 준다는 게 삼백만 불이냐.

무혁이 이제껏 프라이드에서 번 돈을 다 줘도 모자랐다.

"이봐, 자네는 광고도 찍었잖아."

"그때는 무명이라 돈 별로 못 받았다구요."

마기찬은 확실히 무혁의 뒷조사를 했던 모양이다.

"그래, 그럼 얼마 있는데? 있는 거 다 내놔봐."

이런 도적놈. 아무리 사진에 담긴 게 중광에게 유리하다고는 하지만 너무 무리한 요구다. 가뜩이나 변호사 비용도 만만치 않은 상황.

"일단 집에 가서 냉커피 한 잔 마시고 얘기해 봐요."

"혹시 저번처럼 냉커피 한 잔으로 때울 생각이면 절대 안 돼."

하긴, 마기찬은 그때 엄청난 손해를 봤다. 정보를 다 말해줬더니 무혁이 고맙단 말만 하고 사진은 안 사겠다고 잡아뗐던 것.

"일단 집으로 가자구요."

샌프란텔에 먼저 돌아온 무혁은 나오미를 기다렸다.

오는 길에 나오미는 강천과 마트에 들러 식료품을 사 온다고 했다.

"나오미가 오면 다시 얘기해 봐요."

거실에서 텔레비전을 보고 있던 무혁이 바깥의 소란스러움에 귀를 기울였다.

"으아아악!"

여자의 경악한 비명 소리가 들렸다.

익숙한 목소리. 나오미?

무혁이 문을 열고 뛰쳐나갔다. 워드도 신속하게 뒤따랐다.

놈들은 무혁을 보자 히죽거리는 기괴한 웃음을 흘렸다.

순간 진노한 무혁의 눈에 강천을 향해 떨어지는 날카로운 금속체가 보였다.

"이이익!"

입술을 꽉 깨문 무혁이 벼락같이 땅을 박차고 날아올랐다. 온몸으로 뜨거운 기운이 쏟아져 나오고 있었다. 우레와 같이 버럭 소리를 지르며 양손으로 두 놈의 턱을 들어올렸다.

빠박!

두 놈의 머리를 박치기시키고 지푸라기처럼 내던져 버렸다.

남아도는 힘을 어쩌지 못해 화가 난 곰처럼 포효하며 맨 앞 놈의 머리를 후려쳤다. 놈이 눈에서 피를 흘리며 꼬꾸라졌다.

분노는 거기서 끝나지 않았다. 너무나 빠르고 강력한 무혁. 허공을 날아올라 천공추로 두 놈의 어깨를 부숴 버렸다.

"크아아악!"

놈들이 비명을 내질렀다.

"아플 것이다. 죽기 전까지 아플 것이야."

놈들은 순식간에 휴지처럼 흩어졌다. 하지만 아직 상황 파악이 안 되는 두 놈이 반월도를 빼 들고 달려왔다.

"그 속도로 할망구 치마라도 베겠냐, 이 스방새야!"

무혁이 놈들 속으로 달려들며 사정없는 연타를 터뜨렸다.

퍽퍽!

깨끗한 소리였다. 두 놈이 동시에 고개를 젖히고 허공에 한껏 반원을 그리며 뒤로 나가떨어졌다.

콰다당!

놈들이 혼비백산하여 절룩이며 벤츠에 올라 줄행랑을 쳤다.

"거기 서, 이 자식들!!"

무혁이 나뒹구는 반월도를 집어 던졌다.

쉐에엑.

파악!

반월도는 벤츠를 관통하여 벽에 박혔다. 차는 연료를 흘리며 계속 달아나다가 불이 붙었다.

급기야는 놈들이 벤츠를 버리고 도주하기 시작했다.

콰콰콰쾅!

벤츠는 하늘을 어지럽히며 검은 연기를 뿜더니 터져 버렸다.

강천은 이미 정신을 잃고 기절해 있었다. 순식간에 자그마치 삼십 명으로 이뤄진 마니교 정예의 기습이라 그로서도 중과부적이었다.

몸 상태를 짚어보니 다행히도 뼈에는 이상이 없는 듯했다.

한데 나오미는?

나오미가 없었다.

급히 무혁에게 연락을 취하려던 나오미의 핸드폰만이 바닥에 떨어져 있었다.

"오미야!"

주인 잃은 나오미의 핸드폰을 움켜쥐고 무혁이 절규할 무렵, 핸드폰이 울렸다.

핸드폰에서 박쥐의 울음소리 같은 고음의 기괴한 목소리가 흘러나왔다.

[그녀를 찾으려면 데스밸리로 오라. 유중광의 일도 해결해 주마.]

"그러는 넌 누구냐!"

[흡혈편복이라 한다.]

이놈이 드디어 행동을 시작했군. 그 소리에 무혁은 이미 짐작하고 있었던 듯 침착해졌다.

"나는 데스밸리가 어딘지 모른다."

[그런 것도 알려줘야 하나? 알아서 찾아와라.]

"비겁하게 여자를 납치해 가는 너 따위를 어떻게 믿지?"

[우리의 목적은 나오미 기자가 아니라 바로 백무혁, 너이기 때문이다. 기다리고 있을 테니 판단은 네 스스로 해라.]

"중광 형님의 일은 어떻게 믿게 해줄 텐가?"

[유중광이 석방되든 구속되든 우리에게는 별 의미가 없으니까. 하지만 네게는 중요한 일이겠지, 흐흐흐흐.]

전화는 곧 끊어졌다.

"이런 못되먹게 생긴 박쥐 자식!"

무혁의 눈에 노기가 가득 차올랐다.

"날 건드린 걸 후회하게 해주겠다!"

고속도로를 험머 2(Hummer 2)가 바람을 가르고 있었다. 강천이 모는 애마로, 원래 사막전에 쓰기 위한 미군용 작전 지프차인 험비를 민간용으로 개조한 차였다.

"데스밸리가 대체 어디 있는 거야?"

"모하이 사막 지나서 그 옆, 사이버 타워가 있는 곳이지."

짐짝처럼 구석에 처박힌 마기찬이 뾰로통하게 입을 열었다. 얼굴은 멍투성이였다.

나오미가 납치당한 틈을 타 마기찬은 사진 값을 왕창 올려 받으려 했다.

한데 지금 사진이 문제였던가. 결국 보다 못한 남덕에게 씹창나게 얻어터지고 입을 다물었다.

"생각보다 LA에서 가깝네. 그 옆이 라스베이거스잖아."

"지도상에선 그래도 차로 쉬지 않고 8시간 이상은 걸릴걸요. 아 이놈의 차를 바꿔 버려야 해, 기름 먹는 괴물이야."

강천은 연신 기름 값 때문에 투덜거렸다. 험비는 최근에 기름 값이 오르며 제조사에서도 판매 중단을 한 차였다. 실제 별명도 기름 먹는 괴물. 아버지가 사라져 뒤를 봐주지 않으니 기름 값 때문에 허덕이는 강천이었다.

"그렇게 멀어? 네비게이션으론 바로 근방인데?"

"씨, 미국 땅덩어리가 좀 넓어야죠."

"데스밸리엔 뭔 일이래. 별 볼일 없는 삭막한 사막 지대인데. 오죽하면 죽음의 땅이라 불리겠수."

워드가 끼어들었다.

"으으, 죽음의 땅이라니. 나 무서워, 무혁아."

마기찬을 팰 때의 단순 무식함은 어디 가고 남덕이 또 엄살을 떨어 댄다.

데스밸리(Daeth Valley).

15억 년간 계속되는 단층 활동으로 이뤄진 원시 적막 지대, 바위투성이의 땅이다. 평균 기온이 40도를 웃도는 거대한 분지로, 블랙 마운틴 산맥과 장엄한 파나민트 산맥이 마주 선 협곡 사이의 황폐한 땅이다. 아직까지도 지층의 융기와 함몰이 병행되고 있는 해발 마이너스 지대였다.

지대가 낮기에 분지로 내린 빗물이 고여 뜨거운 복사열에 의해 모두 소금으로 변해 있었다. 사람들은 그 호수를 배드워터(Bad Water)라 불렀다.

해가 진 한밤중에도 그곳에 부는 바람은 열풍이었고, 간혹 있는 오아시스의 샘물마저 뜨거운 인간 거주 불능의 황무지. 일명 죽음의 계곡이었다.

어느덧 북쪽을 향해 달리던 험머가 바스토에서 15번 고속도로로 옮겨 탄 다음 베이커를 향해 신경질적으로 점점 탄력을 배가시키며 달려 나갔다.

15번 고속도로는 라스베이거스와 연결된 길이기도 했다. 데스밸리로 가기 위해선 중간 기착지의 갈림길인 베이커에서 127번 고속도로로 갈아타야 했는데, 만일 그렇지 못한다면 차는 곧장 라스베이거스로 빠져 버리게 된다.

제대로 127번 고속도로에 올라탄 차는 북쪽을 향해 가차없이 내달렸다.

일행은 쇼쇼니라 불리는 마을에 도착했다. 이곳만 지나면 데스밸리 계곡이 시작되었다. 일행은 이곳에서 숨을 돌렸다. 후끈한 바람이 계곡에서 불어왔지만 으스스하기만 했다.

한쪽 줄이 끊어진 웨스턴 바라는 상호의 푯말이 바람에 덜렁거렸다.

폐광촌인 쇼쇼니는 고스트 타운(Ghost Town)이었다. 석탄을 캐던 백 년 전의 영화가 세월에 으스러지고 이제 을씨년스런 풍채만을 지닌 채 사람들에게 버림받아 잊혀진 마을이다.

사정없이 작렬하는 태양과 뜨거운 열풍에 휩싸인 황폐한 마을.

일행은 뜨거운 열기로 인한 갈증에 굵은 침을 거북스럽게 삼켰다.

츠츠츠츠츠—

"무혁아, 저, 저기!"

남덕이 움켜쥔 삽자루가 심하게 떨리고 있었다.

웨스턴 바의 꺼덕치는 통나무 현관 안의 어둠 속에서 반짝이는 눈빛이 보였다.

"나타났군."

이미 예상들 하고 있었다.

놈들은 좀비처럼 표정이 창백했다. 웨스턴 바 주변으로 반월도와 창을 든 수십 명의 마니교도들이 나타나 길을 막기 시작했다.

워드가 칼날이 박힌 장갑을 꼈다. 매서운 반월도를 가진 놈들에게는 인정사정을 봐줄 필요가 없었다. 남덕은 삽날에 씌웠던 가죽 커버를 벗겼다. 숫돌에다가 삽날을 날카롭게 갈아뒀기 때문에 손을 벨 염려가 있었다.

무혁이 용광검을 잡고 험머에서 내리자 그 뒤를 이어 남덕과 워드가 내려섰다.

"자, 카메라맨 아저씨는 안전벨트를 꼭 매시고, 간혹 멋진 장면 있으면 사진 한 장 부탁해요!"

부르르릉!

강천이 액셀러레이터를 힘차게 밟자 험머가 힘차게 포효를 시작했다.

"나는 성질이 급해서 먼저 가야겠어. 나중에 보자고!"

험머가 그대로 직진해 웨스턴 바를 향해 돌진했다.

우드드득!

나무 계단은 삭아서 차의 무게를 감당하지 못하고 내려앉았다. 하지만 사막의 구릉과 산악을 넘나들기 위해 제작됐던 전투용 차 험머는 간단하게 무시하고 바 안으로 쳐들어갔다.

콰과과쾅!

"이야호!"

건물을 관통해 버리고 반대편으로 나온 강천. 그의 목소리가 쇼쇼니 마을의 적막을 깨버렸다.

마인은 자신의 주무기 한 번 펼쳐 보지 못하고 그대로 험머에 박히고 바퀴에 갈려 오체분시가 되어버렸다.

"다시 간다!"

강천이 이번엔 삼절곤을 꺼내 들었다.

마니교도들이 반월도로 허공을 가르며 험머를 향해 달려들었다.

쉐에애액!

"어림없다, 이놈들아!"

삼절곤이 허공에다 꿈틀거리는 변형된 곡선을 그렸다.

팍, 팍팍!

곤의 각도가 자유자재로 변형이 가능한 무기였다.

"케에액, 켁켁."

놈들은 반월도를 내리꽂기도 전에 머리가 깨지고 팔다리가 꺾여 바닥에 떨어졌다.

"이번엔 험머의 맛을 보여주마. 살고 싶으면 썩 비켜라!"

드세게 몰고 들어오는 험머의 위력에 마니교도들은 급격히 위축됐다.

"저 자식이 다 휩쓸어 버리기 전에 나도 가야겠어!"

워드가 우왕좌왕하는 마니교도 속으로 뛰어들었다.

패애애액—

워드의 가죽 장갑에 박힌 칼날들이 바람을 갈랐다.

"흐어헉!"

짧은 비명이 놈들의 입에서 터졌다. 하지만 놈들은 약물에 중독되어 더 이상의 신음 소리를 내지 않았다. 놈들은 사이비 종파의 광신도들이라 최면에 걸린 듯 죽음을 두려워하지 않고 맹목적이었다.

황량하던 마을이 날카로운 비명 소리에 바짝 긴장하더니 다시 적막 속으로 잠겨들었다.

저녁이 되면서 풍향이 바뀐 더운 바람은 비 냄새를 몰고 데스밸리 계곡 쪽으로 몰려갔다.

일순간에 마니교도 무리를 휩쓸어 버린 일행이 덤덤한 표정으로 서 있었다.

"생각보다 시간이 오래 걸렸군. 어서 타! 나 성질 급한 거 알잖아."

강천이 험머의 조수석 문을 손수 열어주며 재촉했다.

그들이 가고자 하는 예정 지점은 퍼니스 크릭(Furnace Creek)이었다. 그곳엔 오아시스가 있었다. 주변을 정찰하기에도 안성맞춤인 곳이었다.

왼편으로 길게 늘어선 피나민트 산맥이 그 웅장한 모습을 드러냈다.

이제 협곡이 시작되고 있었다.

피나민트 산맥은 데스밸리 전체를 둘러싸고 있어 거대한 병풍 같아 보였다.

굴곡진 길을 돌아서자 이번엔 오른편으로 블랙 산맥이 그 예사롭지 않은 자태를 드러내기 시작했다. 피나민트와 블랙 산맥은 황량한 데스밸리 입구를 지키는 수호무사처럼 굳건히 서 있었다.

"이제부터 본격적인 데스밸리야."

이제껏 구석에서 말이 없던 마기찬이 카메라를 점검하며 입을 열었다. 그는 사이버 타워 준공식에 몰래 잠입한 적이 있었기에 이곳의 지형에 익숙했다.

마기찬이 연이어 오른편에 위치한 블랙 산맥의 정상 부근을 가리켰다. 그곳은 데스밸리 분지 전체를 한눈에 내려다볼 수 있을 것같이 여겨질 만큼이나 높았다.

"저기 오른쪽에 이제 서서히 모습을 드러내는 곳이 단테스 뷰(Dante's View)야."

"단테스 뷰요?"

단테의 '신곡'에 나오는 아홉 지옥에서 유래된 지명으로, 지옥을 내려다본 단테처럼 데스밸리 전체를 내려다볼 수 있다고 해서 붙인 이름이었다.

"그렇다면 이곳을 지옥으로 봤다는 얘기겠군요."

"그럼 이제부터 지옥을 탐사하는 기분을 즐겨볼까? 흐흣."

마기찬은 여유로운 표정으로 선글라스를 끼고 느긋하게 머리를 뒤로 기댔다. 이제 와서 갑자기 웬 선글라스? 그 이유는 고개를 돌자마자 밝혀졌다.

순간, 갑자기 험머가 기우뚱하더니 급기야 강천이 급브레이크를 밟는 예측치 못한 돌발 사태가 이어졌다.

끼이이익!

타이어 타는 소리가 코를 찔렀다.

"왜 그래!"

"갑자기 눈이!"

연신 눈을 비비다가 눈물을 쏟아내며 강천. 그런 그를 보며 마기찬은 빈정거렸다.

"흐흐흐, 악마의 유혹을 받았군."

"악마의 유혹?"

마기찬의 냉소적인 말투에 무혁이 되물었다.

"배드워터(Bad Water) 때문이지. 이곳을 지날 때면 흔히 겪게 되는 일이니까 촌스럽게 굴지 말라고. 백시 현상이라 불리지."

그가 선글라스를 낀 이유를 알았다. 말 좀 해주지. 얄밉게스리.

"백시 현상이라면 눈 덮인 설원을 보거나 할 때 순간적으로 의식을 잃게 되는 경우를 말하는 거잖아요."

"그럴 만한 이유가 이곳에도 있지. 저기 아래를 보라구."

마기찬이 피나민트 산맥 아래를 가리켰다.

아래를 보던 무혁에게 일말의 탄성이 튀어나왔다.

"아……!"

그곳은 마치 눈부신 은빛 호수와 같았다.

"어떻게 이런 곳에 저렇게 맑은 물이!"

"저건 물이 아니라 소금이야. 낮은 지형 때문에 빗물이 고여 뜨거운 햇살과 바람에 증발되며 형성된 소금의 땅이지."

"소금이라고요? 보기엔 호수 같은데."

"예전에 금광을 캐러 이곳에 들어섰던 사람들이 저걸 발견하고 무척 즐거워했던 적이 있다지. 그러나 소금물을 마실 수는 없었지. 너무나도 실망이 커 그때부터 배드워터라고 부르게 됐지."

"너무 눈이 부셔 볼 수가 없군요."

"선글라스 없이는 불가능하다구."

뒤늦게 일행은 선글라스를 찾기 시작했다. 강천은 오기 서린 눈빛을 강하게 뿜어냈다.

차는 계속 나아가야 했다. 급커브의 길이 나타나고, 그 뒤를 이어 굽이치는 길들이 연이어졌다. 배드워터 일로 긴장의 꼬리를 늦추지 않았던 강천은 유연하게 대처하며 코너를 돌아들었다.

한데 이번엔 그런 그를 우롱하는 별천지의 장관이 눈앞에 펼쳐졌다.

"뭐니, 저건 또!"

온통 형형색색의 물감 칠을 해놓은 기괴한 색채의 구릉들에 강천은 갑자기 방향 감각을 잃고는 주춤거렸다. 이는 마치 이계의 행성으로 시간의 벽을 뚫고 떨어져 버린 기분이었다.

"이런 별천지가 어떻게 존재하지? 베이지색에서부터 검은색, 하늘색, 보라색, 분홍, 빨강, 노란색 등 마치 누군가 장난을 쳐놓은 것 같군요."

"누구긴 누구야, 조물주지. 이곳은 아티스틱 팔레트(Artistic Palette)."

"그렇군요, 정말 화가의 팔레트처럼 화려하군요."

"감탄할 새가 어딨어? 차나 몰아."

마기찬이 재촉해 댔다. 하지만 강천은 그럴 생각이 없는지 험머의 사이드 브레이크를 올렸다.

"왜 그래?"

"아무래도 나보단 카메라 아저씨가 운전하는 게 낫겠어. 보아하니 이곳을 와본 적이 있는 모양인데."

강천이 운전석에서 내렸다.

"제길, 괜히 아는 척했군."

마기찬이 투덜거리며 자리를 옮겨 앉았다.

"정말 경이롭네."

강천이 새삼스럽게 감탄을 흘렸다.

"경이로운 것 좋아하네. 지저분하게 여러 성분이 섞인 화산재가 날아와 덮인 것뿐이야."

"켁!"

이게 화산재가 쌓여서 그런 거라니 믿기지가 않았다.

울퉁불퉁. 기우뚱.

마기찬은 차를 거칠게 몰았다.

"아, 좀 살살 가요, 찍사 아저씨."

"내 탓이 아냐."

비포장 길을 향해 오르고 있었기 때문이다. 지금 이들은 자브린스키 포인트라 불리는 해발 340미터의 언덕의 정상을 올라서고 있었다. 한눈에 골드 캐니언의 장대한 모습이 들어왔다.

파파라치답게 마기찬이 은빛의 카메라 장비 가방에서 고성능 망원경을 꺼냈다. 그의 가방엔 적외선 카메라로 보이는 또 하나의 물건이 있었으나 야간 감시용인 이 카메라는 아직 채 어둠이 드리우지 않은 상황에선 별 효용이 없었다.

"날이 어두워지고 있군. 이를 어쩐다."

석양에 드넓은 하늘이 불타고 있었다. 따라서 골드 캐니언의 웅장한 모습이 거대한 숯덩이처럼 검게 보이기 시작했다. 황량한 사막의 밤은 그렇게 찾아오고 있었다.

"어쩌긴 뭘 어째요. 쳐들어가야지!"

"이 밤에?"

"어차피 나오미도 꽁꽁 묶여서 나를 찾을 테고, 밤에는 놈들의 기습을 당할 게 뻔한데 여기서 머뭇거릴 시간이 어딨어요."

"그럼 난 내릴래. 나는 사이버 타워에 가서 할 일도 없구. 싸움도 못한다구."

마기찬이 카메라 가방을 챙겨 들고 운전석에서 내렸다.

"대빵 치사하네."

"나는 파파라치지 파이터가 아니니까. 이봐, 강천. 자네보고 싸우지 말고 사진 찍으라면 자네는 그렇게 하겠나?"

"그건 아니죠. 저야 싸우다가 맹렬하게 죽자가 좌우명이니까."

"나도 마찬가지야. 사진만 찍다가 예쁘게 죽는 게 내 좌우명이야."

마기찬을 누가 말려. 사실 남덕에게 일방적으로 터지는 걸로 봐선 싸움을 해본 적이 없는 게 분명했다. 그냥 사람이 독할 뿐이었다.

"사이버 타워를 들어가는 통로나 말해줘요."

"정문으로 그냥 들어가."

"그러기엔 너무 적이 많아요. 개구멍이라도 알면 가르쳐 줘요."

사실 일행은 이곳까지 오면서 수차례나 격전을 치러야 했다. 약간 지친 것도 사실.

"그래? 그럼 알았어. 대신 개처럼 다녀야 해."

마기찬은 도촬을 하다가 위급한 상황이 닥칠 때를 대비해 파악해 둔 장소를 일러주었다.

협곡 사이에 우뚝 솟은 사이버 타워는 웅장했다. 일곱 겹의 나선형으로 건물을 휘감아 하늘을 향해 휘몰아쳐 오른 그 끝은 창끝처럼 뾰족하고 날카로웠다.

무혁과 일행은 뒤로 돌아갔다.

상수로가 지나가는 통로를 찾았다. 아무리 기술이 많이 발전했다고는 하나 슈퍼 컴퓨터가 있는 건물이기에 물이 많이 필요했다. 사막지대인 걸 생각한다면, 분명 오아시스에서 물을 공급할 것이다. 그곳은 바로 퍼니스 크릭.

호숫가 주변으로 경계를 서는 마니교도들이 드문드문 보였다.

"저놈들을 유인해야 들어가겠는걸."

워드가 나섰다.

"발은 내가 빠른 편이니까 놈들을 유인하겠어."

"만만치 않을 텐데?"

"내 걱정 말고 기회가 나면 신속하게 들어갈 생각이나 해."

아무리 한국말이 서툴다곤 하지만 나이가 어린 놈이 찍찍 반말을 해댔다. 이제 무혁도 아예 그러려니 해버렸다.

말을 마치자마자 워드가 오아시스 주변으로 발을 옮겼다.

워드는 일부러 마니교의 눈에 잘 띄는 곳까지 다가가 서성거렸다. 해가 지자 워드의 그림자가 길게 늘어져 물가의 바위에 비쳤다.

"거기 누구냐?"

워드는 기다렸다는 듯이 몸을 감췄다. 굼떠 보이는 행동은 오히려 티가 났다.

"게 섯거라! 수상한 놈이다!"

워드의 의도는 성공을 했다. 마니교 몇 명이 따라오더니 급기야 호루라기를 불어댔다. 오아시스 주변이 술렁거리기 시작했다.

오아시스 위에서 일행은 숨을 죽이고 워드의 행동을 지켜보고 있었다. 마니교도들이 예상보다 많이 쏟아져 나왔다.

“저렇게 많은지 몰랐는데. 이거 생각보다 워드가 어렵겠는걸?”

무혁의 얼굴에 근심이 서렸다.

강천이 나섰다.

“기회를 봐서 들어가. 내가 워드를 지원할 테니까.”

“조심해라. 반월도를 가진 거친 놈들이니까.”

강천이 대답 대신 삼절곤을 들어올리며 씽긋 웃었다. 그리곤 곧바로 워드가 사라진 길을 헤쳐 나갔다.

황폐한 사막의 붉은 해가 어둠 속으로 사라지고 있었다. 어둠의 틈을 무참히 흔들며 검은 그림자를 대지 위에 새겨 넣고 있었다.

워드는 도망치고 있었다.

“흐흣!”

거대한 바위 위에서 자조적인 야릇한 웃음이 흘러나왔다.

“그래, 어서 오너라. 네가 선택할 수 있는 건 죽음뿐이라는 걸 알려 줄 테니!”

그때 누군가가 흐느적거리는 워드의 뒤에서 냉혹한 살기를 괴괴하게 뿌려대고 있었다.

“사냥 준비들 해. 드디어 신이 원하는 제물을 찾은 거야, 킬킬.”

온기 없는 말투엔 거부할 수 없는 서릿발이 묻어 있었다. 그는 바로 프리메이슨의 단장 오브랄리우스로, 직접 마니교도들을 인솔하고 있었다. 그건 언젠가 흡혈편복을 밀어내고 강력한 행동대인 마니교를 장악하고 싶은 욕심이 드러나는 대목이었다.

‘흡혈편복을 밀어내야지 프리메이슨이 조직을 장악할 수 있지.’

오브랄리우스는 마니교를 장악하지 못하면 아예 와해시킬 생각이었다. 장악하지 못한다면 큰 걸림돌이 될 테니까.

어느 순간 방향 감각을 잃고 비척거리던 워드의 눈에 데스밸리의 기괴하고도 황량한 지형이 보였다. 그는 신속히 방향을 선회해 구릉을 넘어 바위 틈으로 몸을 숨겼다. 지금 워드는 불행을 자초하고 있었다.

그곳은 위에서 내려다보던 오브랄리우스가 이미 마니교도들을 매복시켜 둔 곳이었다.

툭.

바윗돌이 굴러 떨어졌다. 그 여파로 주변의 메마른 사토가 부서져 내리고 있었다. 흙먼지가 워드의 얼굴을 덮어 누런 먼지가 시야를 가렸다.

순간 워드가 본능적인 반응으로 몸을 낮추며 옆으로 자리를 옮겼다.

"수고하는군."

놀란 워드가 뒤를 돌아보았다.

"아서라, 거기가 아냐."

"누, 누구냐?"

"떨고 있군."

불안해진 워드가 다시 자리를 옮겼다.

"아서라니까."

"모습을 드러내."

"급하긴."

대지를 박차고 떠오르는 달을 등진 채 누군가가 워드를 향해 다가오고 있었다. 양손에 사냥용 그물과 장창을 든 녹색의 거대한 체구를 가진 놈이었다.

일이 이렇게 된 이상 워드가 싸움을 마다할 이유는 없었다. 일 대 일의 싸움에선 져본 기억이 없는 그였다.

"그 몸으로?"

오브랄리우스는 워드의 일거수일투족을 보며 조롱하고 있었다.

"너의 조롱을 듣느니 차라리 맞서고 말지."

답답해진 워드가 바위 틈을 벗어나 앞으로 나가 섰다.

"미쳤나 보군. 원하던 바이긴 하지만."

워드가 열 걸음을 걷기도 전에 뒤에서부터 수런거리는 움직임이 포착했다.

'제길, 매복하고 있었군.'

워드는 무리들의 수를 속으로 세기 시작했다.

'하나, 둘, 셋, 네…… 아홉.'

협소한 산악지대에서 말하고 있는 자를 포함해서 열 명의 적을 상대한다는 건 암담해질 만한 일이었다.

그 불리함 속에서 오기가 발동하기 시작했다. 몸이 서서히 긴장하며 고슴도치의 가시 같은 힘이 몸을 채워주고 있었다.

저녁 바람이 불었다. 바닥의 흙 가루가 산으로 불어오며 뿌옇게 만들더니 이내 피비린내를 머금은 적막에 휩싸이게 만들었다.

상대의 몸가짐으로 보니 만만치가 않아 보였다. 어쩌면 이승에서의 마지막 저녁이 되리라는 육감이 머리를 스쳤다.

워드를 향한 첫 번째의 도발은 앞에 선 녀석이 장창을 머리 위로 휘두르면서 시작되었다.

휘이잉—

한 번의 황량한 바람이 불었다. 좀 전보다 바람이 더워지고 있었다.

상체를 아래로 숙인 예리한 워드의 눈에 놈의 창끝이 달빛에 반짝이는 게 보였다.

취리릭.

두 번째의 시도는 놈의 사냥용 그물이었다. 쇠사슬로 엮여진 그물이 워드의 머리 위로 떨어졌다. 그물추가 묵직하게 땅바닥을 파놓으며 박혔다.

파곽파곽!

재빠르게 피한 워드가 다가서려는 순간, 장창이 워드의 얼굴 옆을 스쳤다. 살기가 마주쳐 오는 바람을 가르며 살벌한 소리를 냈다.

새애앵.

재빠른 워드의 몸짓에 여의치 않아지자 놈이 그물을 펼치려 손아귀를 꿈틀거렸다. 워드는 칼날이 박힌 장갑을 빼서 뒷주머니에 넣었다. 자칫 그물에 칼날이 걸리면 위험할 수 있기 때문이다.

워드를 장창 든 놈의 몫이라고 여겼는지, 아직까지 다른 마니교도들은 침묵만을 고수한 채로 소리없이 웃고 있었다.

여우같이 피하는 워드에게 화가 난 놈의 장창이 이번엔 워드의 목덜미를 향해 쏜살같이 쇄도해 들었다.

쉐애애액!

거대한 놈의 체구에 어울리지 않는 빠르기에 질식할 듯한 압박감이 밀려들었다.

그 순간 워드의 눈빛이 반짝거렸다. 두 주먹을 턱 아래 둔 워드가 깊숙이 머리를 숙였다. 양 사범에게서 배운 보디 블록이었다. 하지만 이번엔 방어용이 아니었다.

놈의 정강이가 보였다. 용수철처럼 상체를 팅기며 놈의 품 안으로 파고들었다.

퍽퍽!

아울러 워드의 두 주먹이 동시에 놈의 턱에 작렬했다.

기습당한 놈의 턱이 젖혀지며 손에서 놓친 쇠 그물이 허공에서 펼쳐졌다.

워드가 그 절호의 기회를 놓칠 리 없었다.

퍼버버버벅! 퍼벅! 퍽퍽!

마룻바닥에 망치질을 하듯 내리퍼붓는 주먹에 놈의 얼굴이 완전히 하늘을 우러러보며 뒤집어지고 있었다.

거기서 끝이 아니었다.

퍽퍽퍽퍽! 퍼버퍽!

놈이 생전에 저녁을 본 건 그게 마지막이었다.

찰나의 반전에 주변에서 동요가 일었다. 약간은 놀란 모양이었다.

이제 아홉 놈 중에 누가 먼저 덤빌지 모르는 법. 그걸 기다릴 여유도 또한 없었다.

'그렇다면 먼저 치는 거지!'

워드가 요란한 발놀림을 선보이기 시작했다.

동시에 속사 기관총 같은 주먹이 연타로 불을 뿜었다. 방향을 가늠하지 않고 종횡무진으로 내지르는 살기 속으로 어설프게 다가온다는 건 오히려 워드를 도와주는 격이었다.

파박, 파박, 팍팍팍!

워드의 주먹은 흑인 특유의 유연하고 다이내믹한 리듬을 타고 있었다.

무차별한 주먹질에 옆으로 꼬꾸라지기도 하고, 명치를 움켜쥐며 꼬꾸라지고, '어' 하고 입을 벌리다 넘어지는 놈도 있었다.

부산한 워드의 몸놀림이 일부러 흙먼지를 일으키며 바람이 부는 쪽을 찾아 등을 돌렸다.

여섯 명. 이미 네 명을 처치했지만 나머지도 호락호락하진 않았다.

모두 반월도를 든 상태였다.

워드가 다시 칼날 장갑을 낄 무렵, 발끝의 흙먼지에서 바람의 행로가 잡혔다. 서서히 등을 치며 바람이 밀려오자 워드가 더욱 빠른 발놀림으로 바닥을 쓸어내기 시작했다.

푸석푸석.

바람에 실린 흙먼지가 여섯 놈을 향해 밀려갔다. 토사의 아수라장 속에 비명횡사의 살극이 벌어진 건 그때부터였다.

허공을 가르며 부딪치는 칼 소리와 비명 소리가 계속 이어졌다. 소리만 가지고도 전세를 알 수 있었다. 흙먼지 속에서 울어도 소용없었다.

생사가 달려 있는 워드에겐 봐줄 수가 없는 노릇이었다.

누군가가 뒤에서 억센 팔로 워드를 들어올렸다. 이에 워드의 머리가 뒤로 젖혀지며 놈의 이마를 받아버렸다.

빠각!

변칙에 능하지 못한 워드였지만 그걸 가릴 새가 없었다. 놈의 품에서 빠져나오며 주먹을 후렸다.

놈의 목에 그어진 가느다란 실선에서 핏물이 배어 나오더니 풀썩하고 먼지가 일었다.

이제 남은 자는 두 명이었다. 여덟을 해치운 워드가 약간 지친 숨을 몰아쉬었다. 언제 다쳤는지 어깨에서 핏물이 배어 나오는 것도 모르고 있었다. 이미 상처는 아가미처럼 갈라져 한 움큼씩의 피를 토해내고 있었다.

"헉헉."

워드도 지쳐 가고 있었다. 이제 두 놈만 해치우면 된다. 이제까지의 빠른 발놀림을 멈추고 워드가 천천히 다가갔다.

겁에 질린 상대가 칼을 내저어 선제공격으로 맞섰다.

쉬이익—

속도는 있었으나 워드의 눈엔 무디게만 보였다. 왼손으로 손목을 잡아채는 동시에 오른손 어퍼컷을 턱에 찔러 넣고 팔꿈치로 턱을 가격하자 놈이 휘청이며 무릎을 꺾었다.

"으아아악!"

나머지 한 놈이 비명을 지르며 달아나고 있었다.

피식.

그쯤에서 워드도 싸움을 그만둘 생각이었다. 굳이 뒤를 쫓을 필요는 없었기 때문이다.

돌아선 워드가 서둘러 자리를 뜨려 할 때, 머리 위에서 나는 메마른 휘파람 소리가 저녁 달빛 속을 갈랐다.

어깨가 벌집처럼 헤져 있어 그 사이로 굵은 땀이 흘러들었다. 온몸이 소금에 절인 듯 쓰라린 통증에 어깨가 저려왔다.

"개새끼들……."

이를 악문 워드의 입에서 욕이 튀어나왔다. 그의 왼쪽 손가락 몇 개는 접질려 꼬부라져 있었다. 걸치고 있는 옷가지가 피투성이의 헝겊 조각으로 변해 버린 지 오래였다. 피가 마르며 꺽꺽하게 달라붙고 있었다.

시체처럼 너저분하게 누워 있는 놈들도 워드에겐 걸림돌이었다. 이미 발이 걸려 넘어진 기억도 수차례였다. 따라서 오른쪽 발목도 시원치가 않은 상태였다.

"킬킬킬, 제법이구나. 제사장이 좋아하겠어. 용맹한 전사의 제물은 그만큼 의미도 큰 법이지."

처음 말을 걸어왔던 놈의 목소리가 머릿속에서 맴돌았다. 그건 녀석의 적극적인 살의 표현이었다.

신호를 받자 수십 명이 모습을 드러냈다.

상대의 모습도 제대로 보지 않고 워드의 주먹이 불을 뿜었다.

더 이상은 피가 뿜어 나오지도 않았다. 그만큼 워드는 많이 지쳐 있었다. 금방이라도 쓰러질 것만 같았다.

양 사범이 생각났다. 처음으로 자신을 따듯하게 받아준 사람. 아버지라 부르고 싶었던 사람. 그의 마지막이 어떠했는지 이해가 될 듯했다.

탈진해 가고 있는 지금, 그의 주검 앞에서 한 약속이 조금은 버겁게 느껴졌다.

퍽!

둔탁한 쇠뭉치가 종아리를 세게 후려쳐 왔다.

기우뚱.

가물거리던 시야가 기울어졌다.

워드가 무너져 버린 것이다. 그가 황폐한 사막의 모래 바닥을 짚고 일어서려 버둥거렸다. 바닥이 핑 돌고 있었다.

주변의 모든 산야가 소용돌이치며 빙빙 돌고 있었다. 머리가 띵하니 무거웠다.

악을 쓰며 두 팔로 일어서려던 워드. 일어서야 했다. 하지만 몸이 다시 기울어져 내리며 토사 위에 쑤서 박혔다.

풀썩!

이제 워드는 전사가 아니었다. 피 흘리는 제물에 불과할 뿐이었다.

얼굴이 모래 속에 파묻힌 채 소처럼 꿈벅거리는 그의 눈으로 사냥용 올가미를 들고 다가오는 놈이 보였다.

워드의 몸이 말을 듣지 않았다. 기어이 그의 목에 올가미가 둘러졌다.

"컥."

험악하게 줄은 당겨지자 단말마의 비명이 솟았다. 워드는 이제 기가 꺾인 한 마리의 짐승처럼 연약했다. 모래 무덤에서 끌려 나가며 발버둥 쳤지만 그건 그를 더욱 추하게 만들고 있었다. 이번엔 그를 향해 그물이 덮어 씌워졌다.

"올가미가 약간 숨을 거북하게는 하지. 하지만 죽으면 안 돼. 우린 살아 있는 심장이 필요하거든. 클클."

피투성이로 헐떡이는 워드를 보며 녀석은 능숙한 사냥꾼처럼 사무적인 행동을 취하고 있었다.

녀석의 신호에 녹동 네 명이 그물 주변에 둘러서더니 워드를 들어올렸다. 축 늘어진 워드는 거의 혼절한 상태였다.

챠르르르.

쌀을 따르는 듯 청량한 소리가 허공을 가르더니 삼절곤이 모습을 드러냈다. 강천이 워드를 찾은 건 그때였다.

퍽, 퍽, 빠빠박, 깡!

삼절곤의 매서운 타격음이 녀석들의 대갈빡에서 터졌다.

투득.

잠겼던 그물 줄이 느슨해지며 워드가 땅바닥으로 떨어졌다.

"카아악!"

서릿발이 서린 호랑이처럼 눈심지에 불을 켜고 달려와 발길질을 하고 바닥으로 내려서는 강천의 등장과 함께 서너 명이 모래 사막 위로 굴러 떨어졌다.

"포기하지 마라, 워드."

강천의 양손엔 삼절곤이 한 개씩 들려 있었다. 쌍절곤을 응용해 만들어진 이 무기는 마디가 하나 더 달려 있었다. 그만큼 다루기가 어려웠지만, 그 효용은 곱절 이상으로 향상된 무기였다. 파괴력이 증가되었을뿐더러 길이가 늘어남으로써 손목 놀림의 변형에 따라 가격 부위를 유동적으로 조절할 수가 있었다.

스르렁.

아직 흥분된 전의가 가시지 않은 마니교 놈들과 녹동들이 곧바로 반격을 시작했다.

이때 강천이 들고 있던 삼절곤은 십분 힘을 발휘해 냈다. 곤 한 마디를 포개 잡은 두 개의 쌍절곤이 휘둘러지며 강천을 얕보고 접근한 놈들이 머리를 싸매고 꼬꾸라졌다.

순식간에 십여 명에 가까운 적을 해치우고 거리를 벌려놓은 강천이 주위를 아우르며 워드에게 덮힌 그물을 벗겼다.

"이봐, 고만 자고 일어나! 내가 왔어, 내가 왔다구."

워드는 거의 빈사 상태에 빠져 있었다. 피를 너무 많이 흘린 탓이다. 귀엔 심한 이명 현상이 일었고, 눈앞에는 허연 안개가 낀 듯이 가물거렸다.

"강… 천……."

목소리가 나왔는지도 구분되질 않았다. 한없는 졸음에 취해 잠이 오려 하고 있었다.

"정신 차려, 십새야! 졸지 말고 형이 얼마나 화려한지를 잘 보라구!"

강천이 워드의 정신을 일깨우려고 욕까지 섞어 떠들어대며 삼절곤을 끊임없이 주변에 부려댔다.

워드는 강천을 알아보곤 미소만을 띤 채로 졸음에 겨워 눈이 감기고 있었다.

"개새끼, 속편하게 잠이나 처자구."

워드를 보고 욕을 하던 강천이 말끝에 힘을 주며 사나운 눈으로 놈들을 훑어보았다.

"야이, 개자식들아! 저리 꺼지든지 얼른 덤비든지 해라."

공중을 솟구쳐 오른 강천이 활공하고 있었다. 삼절곤의 마디마디에 달빛이 부서졌다. 어느덧 휘황찬란했던 달은 살기에 의해 빛을 잃고 있었다.

“뭣들 하는 거냐? 저놈을 일제히 쳐라!”

위에서 오브랄리우스의 목소리가 터졌다.

강천의 주변으로 놈들이 개 떼처럼 몰려들고 있었다.

놈들의 수는 계속 늘어나고 있었다. 이대로 있다간 자신도 낭패를 당할 게 뻔했다. 자신의 애마 험머를 힐끔 돌아본 강천이 워드를 어깨 위에 들쳐멨다.

차차착.

두 개의 삼절곤을 오른손에 말아쥔 그가 앞을 빠개며 나가기 시작했다. 완고해 보이던 벽도 무지막지한 삼절곤 마디마디에 놈들의 피가 묻어나며 서서히 뚫렸다.

“저놈 하나 처단하질 못하고서 황금 여명회의 수호자라 할 수 있겠느냐! 모두 제물로 바쳐 버릴 테다!”

프리메이슨 단장 오브랄리우스가 악에 받쳐 떠들었다. 놈이 극악을 떨자 주변의 마니교도들을 좀 전과는 판이하게 달라진 눈빛으로 돌변해 있었다. 광기에 전염된 느낌이 들었다.

“끝까지 해보겠다는 거냐!”

우직하고 무식하기에는 둘째가라면 서러워할 강천이었다. 제아무리 귀신 할아버지일지라도 보이지 않는 장님 앞에선 허상에 불과할 뿐이었다. 삼절곤이 보리타작을 하듯 작렬시키며 길을 열었다.

“이거 참, 안 되겠군.”

침통한 표정을 짓던 오브랄리우스가 강천이 차로 가 빠져나가려는 걸 눈치 채곤 장창을 건네받았다.

“비켜라!”

쉐에애액―

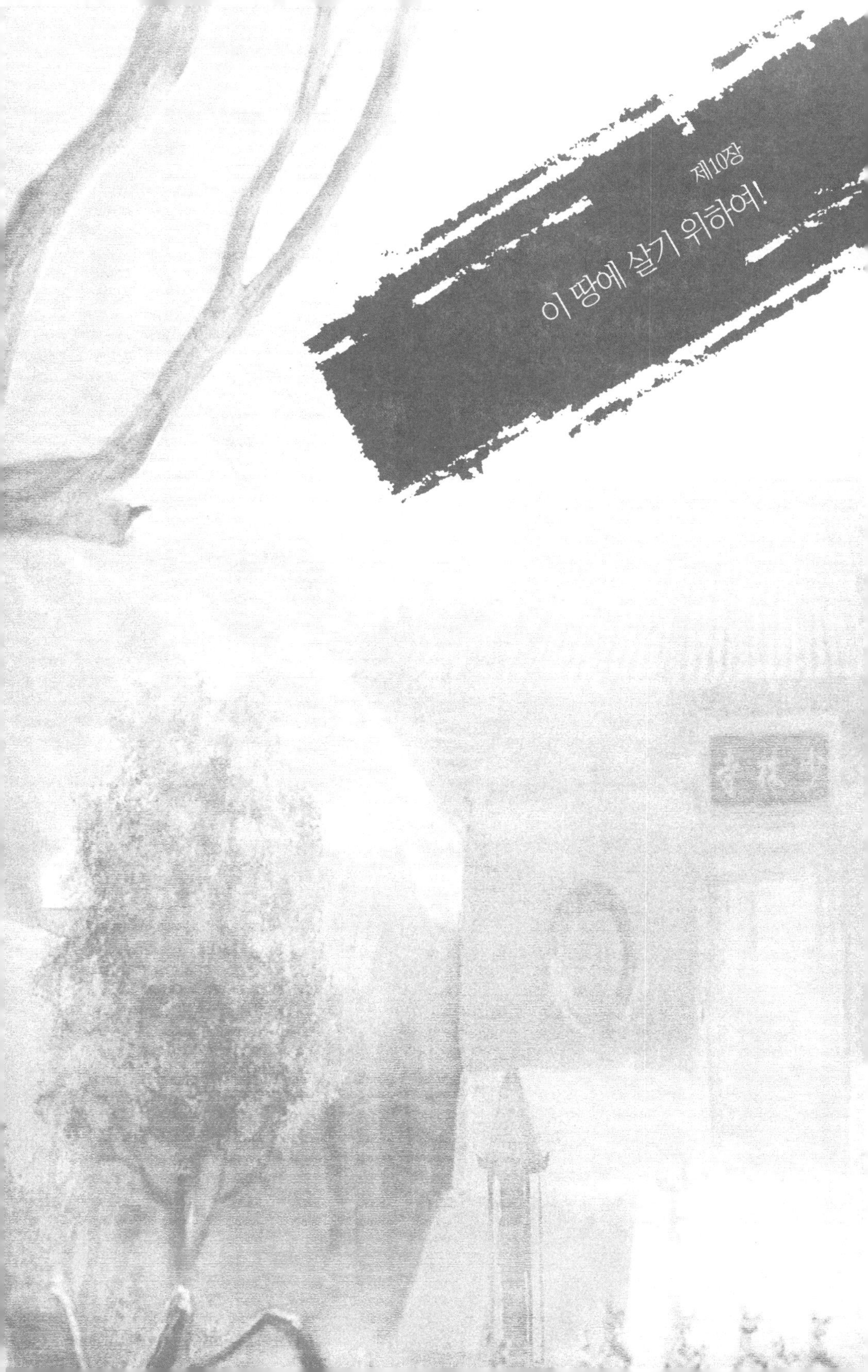

제10장
이 땅에 살기 위하여!

이 땅에 살기 위하여!

오브랄리우스가 강천을 향해 맹렬히 달려들었다.

챙챙챙!

얼마의 교합이 벌어졌는지도 모른다.

부우욱!

녀석의 창날에 험머의 보닛이 찢어져 버렸다. 뿐만이 아니었다. 타이어마저도 놈의 창질에 찢어져 버리고 말았다.

북북.

타이어가 갈라지자 낭패감에 맥이 빠져 버린 강천은 워드를 일단 차에 싣고는 놈을 마주하고 섰다.

"끝을 보겠다는 얘기군. 할 수 없지."

덤덤한 강천의 목소리에 오브랄리우스가 대꾸했다.

"잘 생각했어. 그 친구를 내놔야겠어!"

"고약한 놈들이군! 이미 정신을 잃은 사람을 가지고 더 할 게 뭐가 있다고."

"신에게 바칠 수 있는 최고의 제물이지. 용맹하기까지 하니 신이 흡족해할 제물이야!"

처음부터 워드의 목숨을 노렸다는 얘기에 강천의 눈매가 실룩거렸다.

"미친놈, 개자식들."

싸늘한 미소가 강천의 얼굴에 떠올랐다.

"이렇게 하자. 나는 혼자야. 우리가 싸우는 동안 내 친구를 건드리지 않기로."

"어차피 다 죽을 테니까 상관없어. 참고로 내 피 속엔 살인귀의 모든 게 숨어 있으니까 얕보지 않는 게 좋을 거야."

"그럴 것 같아."

하지만 속마음은 달랐다.

'미친놈, 오늘 어디 한번 당해봐라.'

강천이 삼절곤 하나를 어깨에 두르고 나머지 하나를 땅에 늘어뜨렸다.

오브랄리우스 역시 무섭게 변한 눈빛을 하고 장창을 양손으로 잡아 쥐었다.

피 냄새를 머금은 데스밸리의 거칠고 무더운 바람이 불어오기 시작했다.

먼저 공격을 한 건 강천이었다. 어차피 주위는 마니교도들 천지였다. 자칫 기선을 빼앗겨 버릴 수도 있었지만 결코 서두르진 않았다. 그는 냉정하고도 잔혹한 마음가짐을 유지하고 있었다.

강천의 삼절곤 하나가 허공을 향해 드리워지다 일순간에 각도를 꺾으며 오브랄리우스의 뒷목을 노렸다.

휘리릭… 패애액!

휘익! 챙캉!

하지만 놈은 예측이나 한 듯이 장창의 끝으로 쳐냈다.

예상하고 있던 강천이 손목을 비틀자 삼절곤의 두 번째 마디가 접히며 놈의 면상을 향해 쇄도했다.

패애액—

"제법이구나."

순간 고개를 숙인 오브랄리우스가 장창을 날카롭게 내뻗었다.

사각.

창날은 강천의 얼굴을 스치며 상처를 새겨놨다. 상처 하나쯤이야.

이에 연연치 않고 강천의 파상공격이 시작됐다.

반대쪽 손의 삼절곤이 이번엔 놈의 머리통을 후려치며 떨어졌다.

살기등등한 파괴력에 당황한 놈이 급히 몸을 피하려 할 때, 또 하나의 삼절곤이 공간을 유영하며 놈의 허를 찔렀다.

퍽!

"크흑!"

놈의 입에서 피가 사방으로 튀었다.

강천은 냉정한 자세를 유지했다. 이미 상대의 몇 가지 동작만으로도 그 예사롭지 않음이 드러나고 있었기 때문이다.

쉐새색!

중심을 잃은 놈에게 이번엔 강천의 발이 뻗어 나갔다.

족격이 놈의 턱을 지르는 순간 놈의 턱이 본능적으로 젖혀지며 타점을 벗어나고 있었다.

그러나 천하의 강천이었다.

빠각!

발목을 꺾어 재차 살의를 뿜어내며 그의 발뒤꿈치가 놈의 귀밑 턱에 꽂혔다.

"크아학!"

턱이 돌아간 채로 떨어지던 놈에게 연이어 삼절곤의 묵직한 파괴력이 등짝으로 떨어졌다.

빠악!

"이놈이!"

부우웅.

놈이 본능적으로 장창을 휘둘러 강천의 접근을 막았다. 큰 원을 그린 장창의 살벌한 기세가 강천의 눈앞에 펼쳐졌다.

강천도 더 이상은 접근하지 못했다.

웅웅웅― 웅웅웅―

양손에 든 삼절곤이 길게 회전을 시작했다. 허공을 도약한 강천이 몸을 돌리며 원심력을 배가시킨 삼절곤을 뿌렸다.

쉐애애액!

카카캉!

삼절곤이 장창과 부딪치며 강렬한 불꽃이 밤하늘에 튀었다.

강천이 잠시의 숨을 돌리려는 찰나,

패애애애액―

예리한 소리가 정강이를 노리며 쇄도했다.

창을 길게 잡은 오브랄리우스가 팔을 내뻗고 있었다.

'허헉!'

다급해진 강천이 신속히 발을 빼며 뒤로 피하자 이번엔 용수철같이 바닥을 차고 오른 오브랄리우스의 발이 강천의 턱에 꽂혔다.

"커헉!"

몸이 꺾인 강천이 휘청하자 놈이 공력을 끌어모으고 쇄도했다. 모처럼의 기회를 놓치고 싶지 않았던 것이다.

"가거랏!"

패애애액!

강천에게 일촉즉발의 위기가 닥치고 있었다. 몸을 두 동강 내려는 살기가 옆구리를 향해 빨려왔다.

'으헉!'

짧은 단절음을 내며 급급해진 강천은 공중으로 치솟아올랐다. 아울러 두 개의 삼절곤이 놈의 어깨를 향해 휘둘러졌다.

사각, 퍽!

장창이 종아리에 심한 상처를 만들며 핏물이 튀었다. 눈 깜짝할 사이에 일어난 일이었다.

기민한 반발력을 갖춘 강천이었기에 그 정도였다. 땅으로 내려선 강천이 애써 통증을 감추려 했다. 피가 진하게 모래 위에 뿜어지고 있었다.

강천은 사실 자신의 고통을 내색하고 싶지 않았다. 하지만 한쪽 발이 떨어져 나간 것처럼 아픈 게 사실이었다.

매 순간마다 휘청이고 있는 그의 흔들림이 시간이 지날수록 확연해지고 있었다.

"보내주마."

패애애액─

틈을 놓치지 않고 창날을 앞세운 오브랄리우스가 쏜살같이 밀려들었다.

"……!"

데스밸리의 공기가 순간 냉각되었다.

절체절명의 찰나, 강천이 오른손의 삼절곤을 내뻗었다.

"어림없어."

곤 끝을 쳐내며 속도를 유지하며 달려들던 놈이 장창을 회전시키며 뻗쳐 올렸다.

회전을 먹은 살기가 벼락같이 강천의 얼굴을 향해 쇄도했다.

쉐애액!

뒤로 급속히 물러나려는데 놈이 몸을 돌리며 창날을 숨겼다가 길게 내저었다.

그러자 강천의 허리춤에서 핏물이 튀었다. 놈은 그대로 발을 들어 가슴팍을 내질렀다.

"크아악!"

삼절곤을 하늘에 펼쳐 놓으며 중심을 잃은 강천이 뒤로 나가떨어졌다.

"이익!"

마지막 남은 힘으로 강천이 손목을 잡아챘다. 삼절곤이 허공에서 강하게 꺾이며 놈의 뒷덜미를 향해 떨어졌다.

쉐에애액―

강천으로선 마지막 필살기였다.

이번에도 빗나가게 되면 목숨을 내놓아야 했다. 방향을 잡은 삼절곤의 모서리가 집요하게 놈의 정수리를 향해 빨려들었다.

퍽!

오브랄리우스의 눈이 순간 허옇게 초점을 잃어버렸다.

"저놈이 단장님을!"

놈이 쓰러지자마자 사방에서 기다렸다는 듯이 마니교도들이 반월도를 들고 몰려들었다.

남은 힘으로 결사적인 항전을 했지만 온몸에 상처가 패이며, 강천 역시 워드와 마찬가지로 도륙당하는 짐승처럼 피범벅이가 되어갔다.

"으아악!"

강천은 혼신을 다했지만 더 이상은 어쩔 도리가 없었다. 워드를 바라보았다. 운신할 힘이 고갈된 워드가 가느다란 눈으로 그를 바라보고 있었다.

'미안해.'

"시발놈, 그런 소리 하지 마. 재수없다."

워드가 원망스럽기보다 억울함이 가슴 끝에서 치밀어 올랐다.

죽음을 두려워한 적은 없었다. 다만 더는 어찌할 수 없는 게 아쉬웠다.

누군가 다가오고 있었다. 반월도의 달 그림자가 강천의 얼굴에 드리워졌다.

워드를 돌아봤을 때 반월도를 들고 있던 놈이 그에게도 접근하고 있었다.

아득한 절망감이 밀려왔다. 이미 끝난 것일지도 몰랐다.

한데, 지독하게 질긴 게 사람의 운명인가 보다.

갑자기 강천의 눈을 의심케 하는 일이 주변에서 벌어지고 있었다.

데스밸리 협곡의 어둠 속에서 기이하게도 하얀 빛 줄기가 뿜어져 나왔다.

파파파파파파파파!

십여 개의 표창이 바람을 빨아들이며 날아오고 있었다.

한 치의 실수도 용납하지 않는 잔혹함이 소나기처럼 쏟아져 나왔다.

"크아아악!"

연이은 비명이 한참을 계속됐다. 일그러진 얼굴로 모래 위를 뒹굴고 있는 마니교도들의 모습이 구겨진 종이처럼 오그라져 있었다.

"함부로 내 아들에게 손대지 마라."

츠츠츠츠측.

새끼 호랑이의 아비가 모습을 드러냈다. 그 뒤로 박진기를 비롯한 샌프란시스코 야인들이 모두 모습을 나타냈다. 모두 하나같이 처렁처렁한 갈기 머리를 더운 바람 속에 휘날리고 있었다.

강천은 샌프란시스코 대전 후에 다시 사라져 마니교의 본거지를 노리며 진작부터 데스밸리에 잠입해 있었다.

중간에 우뚝 선 강산의 눈에서 살벌한 불꽃이 튀고 있었다. 강산뿐만이 아니라 검고도 거친 야수 인간들은 통제되지 않는 야성을 거칠게 뿜어내며 주변을 압도하고 있었다.

"넌 누구냐!"

"저 아이의 아버지라 했다!"

놈들은 더 이상 강산의 말을 듣지 못했다.

이미 도륙이 시작되었던 것이다.

"모두 없애 버려."

강천의 대갈호령이 터졌다. 일제히 허공을 도약하며 수백 명의 야인들이 밤하늘을 덮었다. 살기와 피가 데스밸리를 울려놓고 있었다. 달이 중천을 향해 오를수록 혈전은 도를 더해가고 있었다.

"내가 좀 늦었구나."

성나서 포효하던 모습과는 사뭇 다른 목소리였다.

"아, 아버지."

"많이 아프더냐?"

"네."

"미안하구나."

"뭐가요?"

쿵쿵거리는 심장 소리만이 들렸다. 나 자신의 소리 같기도 했다가 아버지의 소리 같기도 했으며, 아들의 소리 같기도 했다.

아들과 아버지는 푸석거리는 사막 데스밸리에서 그렇게 해후했다. 끈적거리고 후덥지근한 밤이다.

무혁과 남덕, 둘의 옷엔 핏물이 튀어 있었다. 그동안 무수한 적들을 만났고 격멸했다.

둘은 마지막 남은 세 번째 비밀 회랑에 있었다. 그곳만 열리면 이제 사이버 타워 안으로 본격적으로 진입할 수 있었다. 무혁은 통로를 열기 위해 고민 중이었다.

"저건 또 뭐냐?"

비밀 회랑 중간에 우주천체도(宇宙天體圖)를 형상화한 조형물이 반짝이는 형형색색의 구슬을 매달고 서 있었다. 기둥은 청동으로 되어 있었는데, 녹이 서려 있는 것으로 봐서 수백 년은 된 것이었다.

황동 철사로 틀을 잡아 12개의 동물 그림이 공처럼 둥글게 둘러져 있었다. 천체 중앙에도 제각각의 색깔을 가진 구슬이 열 개 있었다.

그것은 점성술에 입각해 태양계를 재현해 놓은 황도대(Zodiac)였다.

전갈, 천칭, 처녀, 사자, 게, 쌍둥이, 황소, 양, 두 마리 물고기, 물병, 염소, 궁수 등 상상의 공간이었다.

"저걸 잡고 구슬들을 재배열해야 회랑의 통로가 열리는 모양인걸?"

"그렇긴 해도 어떻게?"

무혁은 곰곰이 생각에 잠겼다.

"열 개의 행성 중에 제일 큰 금빛 구슬은 태양일 테고, 가까운 놈 순으로, 은빛 구슬은 수성, 무지개색은 금성, 붉은색은 화성, 그럼 초록 빛깔은 지구겠지?"

"맞아, 나도 지구가 초록색이라고 들었어. 내가 장담한다구!"

남덕이 그걸 알고 있는 자신이 대견해서 으쓱였다.

"그렇다면 이상하네. 태양이 중앙을 지키지 못하고 바깥에 나가 있는 것도 그렇고, 지구도 태양과 반대편에 엄청 멀리 있는걸?"

"무혁아, 그건 그냥 장난감이야. 애들이 그냥 막 가지고 놀다가 그냥 둔 거야."

"애들이?"

"응."

"여기가 무슨 유치원인 줄 알아?"

"야, 나도 어렸을 때 유치원에서 그런 거 가지고 많이 놀았어. 비켜 봐."

남덕이 유치원을 다녔구나.

남덕은 스스럼없이 초록 구슬을 시계 방향으로 옮기기 시작했다.

"형, 그게 뭔지 알고 함부로 만지는 거야?"

하지만 이미 늦었다. 초록 지구가 남덕의 힘을 못 견디고 가운데를 향해 움직이고 있었다.

"이 아저씨야, 송곳 달린 천장이 무너져 내리면 어떡하려고! 캄보디아 마교 동혈에서의 일을 벌써 잊었어?"

"뭣!! 송곳이 내려온다고! 아, 무서워."

남덕이 일은 혼자 다 저질러 놓고 도망을 쳐 벽에 가서 몸을 웅크렸다.

"어떡해, 어떡해!"

쿠쿠쿠쿠쿠쿵!

아니나 다를까, 웅장한 소리가 비밀 회랑에 울리고 있었다.

"으학, 진짜로 내려오나 봐!"

끼기기기, 끽끽기기긱.

오랫동안 가동되지 않아 뻑뻑해진 기관이 움직이고 있었다.

철컥철컥.

마치 갑옷을 입은 기사의 걸음걸이 같은 소리가 연이어졌다. 어찌 보면 자물쇠가 맞아 돌아가는 소리 같기도 했다. 소리가 점점 빨라지고 있었다.

"무혁아, 귀신이야! 저걸 봐! 으아악!"

남덕이 황도대 조형물을 보고 기겁을 했다.

철컥철컥.

신기하게도 각 행성은 전원이 들어온 장난감 기차처럼 스스로 움직이며 분주하게 자리를 잡아가고 있었다.

철커덕!

간이 떨어질 만큼 싸늘한 쇳소리가 났다. 마치 강력한 자석에 달라붙는 것처럼 들렸다.

또 다른 괴현상이 일어난 건 쇳소리가 끝나고부터였다.

끼끼끼. 끼이이힝, 끼긱끼힝!

순간 무혁과 남덕의 얼굴이 창백해졌다.

제멋대로 움직이던 행성들이 십자가 형태로 늘어선 것이었다.

"아아, 맙소사! 그랜드 크로스!"

"덜덜덜, 그건 또 뭐야? 귀신 이름이야?"

놀라운 일이었다. 지구와 태양을 상징하던 구슬들이 일직선을 이루며 물병자리에 부근에 맞춰졌다. 그 후 모든 행성이 뭔가에 저절로 위치를 바꾸기 시작하더니, 급기야는 십자가 형태를 형성하며 괴이한 운행을 마쳤다.

구르르르릉. 콰쾅!

세 번째 회랑 전체가 흔들리며 기괴한 소리가 울렸다. 회랑 벽의 돌들이 균열하며 비틀리고 있는 듯한 떨림이었다.

"아, 나는 너무 무서워. 무혁아, 날 안아줘."

두렵기는 무혁도 마찬가지. 숨을 곳을 찾아 주춤주춤 뒷걸음을 치고 있었다.

한데 의외의 반전이 그때 일어났다.

정면의 벽면이 열리고 있었다. 두 눈을 의심할 만한 일이었다.

그르르릉, 쿵!

소리가 멈추자 회랑을 울리는 목소리가 들렸다.

"과연 대단한 자로군. 이 어려운 비밀 장치를 풀어내다니."

"누구냐?"

무혁의 물음에도 상대는 자신의 얘기만을 했다.

"어서 오게, 헤르메스의 지팡이를 지닌 자여."

"무슨 개미 똥구멍에서 산삼 캐는 소리냐!"

일단 그자에겐 적의가 엿보이지 않았다. 하지만 이런 자가 더 무서운 법이었다.

무혁은 경계를 늦추지 않았다.

그때 둘 사이의 대화를 방해하는 목소리가 끼어들었다.

"위험한 자입니다. 물러나십시오, 마불."

고음의 목소리. 그자는 바로 검고 칙칙한 눈동자를 가진 흡혈편복이었다.

"뭣들 하는 거냐! 저놈을 쳐라!"

흡혈편복의 목소리에 마인들이 모습을 드러냈다. 하나같이 약물에 중독되어 기괴한 모습들이었다.

우우우웅.

문득 지팡이가 다시 울음을 토하며 떨리기 시작했다.

지팡이를 꽉 움켜쥔 무혁은 이전까진 느껴보지 못한 알 수 없는 기분이 들었다. 마치 전기에 감전된 듯 제어되지 않는 힘이 온몸을 차지하고 있었다. 몸은 감당할 수 없을 정도로 가벼워졌고, 그 파괴력은 배가되고 있었다.

타합!

허공을 박차 오른 무혁은 다가오는 마인들을 기다리지 않았다.

파팍!

지팡이가 위에서부터 아래로 광포하게 내리꽂혔다.

케애애액!

마인들은 무혁의 일격에 핏물을 길게 뿜어내며 쓰러졌다. 살아 있는 놈은 설설 기는 반면에 죽음을 맞이한 놈들은 검은 연기를 뿜어냈다.

"마니교도들도 동시에 합공하거라!"

흡혈편복의 말이 떨어지기 무섭게 마불의 보디가드를 맡은 열 명의 마니교 별동대가 달려들었다. 검은 도복을 입고 있는 놈들은 그림자 부대라 불릴 만큼 빠르고 날카로웠다.

츠츠츠츠츠!

놈들이 신형을 드러냈다.

"저리 안 가!"

풍풍.

남덕이 삽으로 후려치며 온몸으로 주변의 적들을 와해시켰다. 남덕은 자신이 그놈들을 해치웠다고 생각했다. 물론 그 위로는 무혁의 지팡이가 날고 있었다.

무혁의 눈빛은 변해 있었다. 이미 예전의 그가 아니었다. 온몸에서 살벌한 기운을 불호령처럼 내뿜으며 휘둘러지는 파괴의 기운 때문에 신들린 사람 같았다.

뒤늦게 무혁을 발견하곤 남덕의 눈이 휘둥그레진 건 당연한 일. 그는 적토마를 탄 장수와 같았고, 신들린 무당과도 같았다. 감히 범접할 수 없는 신명난 기운에 그저 놀라고 있었다.

이건 개인의 전투 능력이랄 수 없는 것이었다. 춤사위 같으면서도 사방팔방을 향해 뿌려지는 살기에 하늘의 달빛마저도 두려워 구름 속으로 숨어버리고, 오로지 데스밸리의 모든 만물과 빛과 대기는 그를 위해 침묵한 채로 도열해 있는 것 같았다.

두둥.

십여 명의 마인들이 검은 연기로 화해 사라졌다. 그 외의 마니교도들은 부서진 몸통을 잡고 신음을 흘리기에 급급했다. 아수라장이란 말이 꼭 들어맞는 일이 눈앞에서 벌어지고 만 것이다.

마인도, 그림자 부대도 막지 못하자 흡혈편복은 일반 경비병을 불렀다. 실력은 현격히 떨어질 터. 하지만 흡혈편복은 그만큼 급했다.

"모두 모여 죽기를 두려워하지 말고 덤벼들어라. 훗날 크게 상을 내릴 것이다."

50명의 경비대가 쏟아져 들어오자 회랑 안은 비좁아 보일 지경이었다.

"끝까지 해보잔 소리지!"

무혁이 용광검을 수평으로 들어올렸다.

그르릉.

번쩍번쩍.

마치 두 마리의 용이 깨어나서 눈을 부라리는 듯 보였다.

무혁이 용광검을 서서히 시계 방향으로 돌리자 기운이 일어나기 시작했다. 기운이 회오리 물결처럼 감기더니 점점 넘쳐나 주변에 태극 문양과 같은 진이 형성되었다.

그 회전력에 휘몰려 우왕좌왕하던 마니교도들은 목이 졸린 듯이 호흡 곤란을 호소하다간 파랗게 질린 얼굴이 되었다.

"커허헉! 숨이……."

마니교도들은 어느새 침몰해 가고 있었다.

하지만 데스밸리 협곡 주변의 일기 변화를 그들이 알고 있었다면, 지금 사이버 타워 안에서의 일은 그다지 놀란 만한 일이 아니라고 생각했을 것이다.

하늘에선 두 개의 검은 구름이 차오르며 소리없이 번쩍이는 운간방전이 시작되고 있었다.

두 개의 태극 문양으로 회전하며 구름이 만났을 무렵엔 험한 포효소리가 들렸다.

그르르릉!

뿌지지직!

결국에 사이버 타워를 향해 새파란 벼락불이 떨어졌다.

곧바로 천둥이 울렸다.

꽈콰콰쾅!!

벼락을 맞은 사이버 타워가 순식간에 정전이 되며 세차게 떨렸다. 하지만 첨단 시설에 자가발전 시설이 없을 리가 없었다.

다시 불이 들어왔을 무렵, 흡혈편복은 자신의 눈을 의심했다. 부하들로 가득 찼던 실내가 갑자기 한산해진 게 믿기지가 않았다.

"이, 이게 대체 어떻게 된 일이란 말인가!"

모두들 물에 젖은 휴지 조각처럼 누글누글해져 여기저기에 널려 있었다. 마인들의 검은 재에선 역겨운 냄새가 진동하며 코를 찔렀다.

"흡! 크헉!"

흡혈편복이 질식할 듯 입을 틀어막았다.

"대단하군, 헤르메스의 후손이여."

잠자코 있던 마불이 걸어나왔다.

"헤르메스의 후손이라니? 자꾸 이상한 소리 하지 마라. 우리 조상은 양코뱅이가 아니란다."

"그의 후손이 아니고선 지팡이를 지닐 수가 없다고 했다."

"이봐, 그건 내가 마교 동혈에서 기연을 얻었기 때문이야. 아주 대단히 맛없는 독공에 취했거든."

"뭐라고! 그건 우리 조직의 특급 실험이었을 텐데, 그럴 리가 없다."

"나는 니들보다 훨씬 이전의 과거에서 마교 동혈에서 독공을 얻었지. 700년 전에 말이야. 그리고 나는 저자의 이름이 흡혈편복이란 것도 그때 알았다."

"대단하군. 어떻게 그런 일이 일어날 수가 있는지 의문이군. 그건 하늘의 뜻이 아니고선 일어날 수 없는 일이야."

무혁과 마불이 얘기를 나누는 동안에 흡혈편복은 부상당한 척 비틀거리며 뒤로 빠지고 있었다. 도망치는 것이다.

마불을 그가 달아나는 것을 알면서도 그냥 놔뒀다.

"그래, 저자는 700년간이나 살아온 흡혈 인간이 맞아. 현자들이 임무를 계승하기 위해 그렇게 만들어놓은 것이지만, 죽지도 못하는 불행한 인간이지."

"너의 이름이 마불(魔佛)이라 들었다. 의미심장한 이름이야."

"흐흐, 하지만 난 혼자가 아냐. 누구든 선택받으면 될 수 있는 이름이니까. 이번엔 내가 선택받았던 것뿐이야."

마불은 덤덤한 어투로 얘기했다. 감정도 없어 보였고, 권위적이지도 않았다. 창백한 피부에선 어딘지 음울한 냄새가 났다.

"약간 삐딱해 보이네?"

"흐흐, 말하는 게 재밌는 친구군. 어릴 적 진리라고 믿었던 게 어느 날 흔들린다는 걸 생각해 본 적 있나?"

"없어. 난 진리가 뭔지 모르고 관심도 없거든. 그냥 열심히 닥치는 대로 사는 것뿐이야."

"부럽군. 물론 좋아하는 걸 하겠지?"

"물론이지. 나는 내가 하기 싫은 건 때려죽인다 해도 안 했거든."

마불은 약간 우울해 보이긴 했지만 어딘지 모르게 귀티가 흘렀다. 그가 살아온 것이 귀족과 명문가의 교육 방식이었던 탓이다. 하지만 그런 만큼 규율에 젖어 있었고, 감정 표현에도 그만큼 서툴렀다.

엄격한 귀족의 규율이 싫었지만 그걸 벗어던지고는 어떤 것도 할 엄두가 나지 않았다.

마불은 시무룩한 표정을 감추고 싱긋 웃었다.

"세상의 얘기를 듣고 싶었어."

"세상은 뭐 별거 없어. 하고 싶은 걸 하고, 하고 싶지 않으면 말고, 그러고 나서 나중에 자신이 책임지면 되는 거고."

"부럽구면."

사실 무혁은 갑자기 마불과 엉뚱한 대화를 하게 될 줄은 몰랐다. 무협지를 읽고 마교 단체는 음산하고 난폭하며, 음흉하다고 생각했던 것이다.

한데 의외란 생각이 든 것이다.

하지만 본론에 들어갈 차례였다.

"이 모든 계획이 대체 뭐지? 뭔데 수백 년을 준비했다는 것이지?"

"알고 있었군. 역시 대단해."

"그래, 원래 내가 좀 대단하긴 하지."

자꾸 자신을 추켜올려 주자 아예 대놓고 생색을 내볼 참이었다.

"선조들의 못다 이룬 꿈에 대한 망상이 후손들에게 남겨진 것이지."

이제야 본론으로 들어가나 보다.

"선조들의 못다 이룬 꿈이란 게 뭐야?"

마불은 잠시 한숨을 내쉬었다.

"선조들은 지상의 신에게 선택받은 민족이라 생각했지. 우월감을 가지고 항상 자신들이 이 땅의 주인이라 생각했지. 그러던 어느 날 생각지도 못했던 자들이 나타났지. 지구의 반대편에 있던 또 다른 천족이 그들이었어. 하늘에서 내려온 민족이라는 무리였지."

"이봐, 지금 소설 써?"

허무맹랑한 사실에 무혁이 고개를 내저었다.

"어쨌든 그들과 우리의 선조는 패권을 두고 다투게 됐지. 그게 바로 고대에 있었던 하늘과 땅의 전투가 된 것이지. 물론 이제는 신화로 남았지만."

하늘의 신과 땅의 신이 싸운다는 건 그리스 신화에서나 나올 법한 얘기였다.

"근거 없는 신화는 없어. 그 이야기를 접하는 사람이 자신이 알고 있는 상식으로 얘기할 뿐이지."

"돌겠군. 그럼 모든 신화는 사실이란 말이란 셈이군. 그래, 그건 그렇다고 치고. 그 후에 너의 선조들은 어떻게 됐지?"

"결론은 간단해. 한꺼번에 천족을 말살시키려는 계획을 세웠지. 그게 결국은 멸망을 재촉하는 화근이 됐지만."

대충 마기찬이 했던 얘기와 맞아떨어지고 있었다.

"그래서 결국 파워 돔을 가동시켰나? 그리고 실패했고."

"역시 알고 있었군. 그렇게 아틀란티스는 물속에 가라앉아 버렸다. 하지만 조상들은 이 방대한 지식은 수장시키지 않았어. 인접한 대륙으로 모두가 뿔뿔이 흩어졌을 뿐이지."

무혁은 잠자코 마불의 이야기에 귀를 기울였다.

"후손들은 흩어진 지식을 다시 모으기 시작하는 데 수백 년이 걸렸지. 어쨌든 지식이 모이자, 이번에는 그걸 다시 실험하게 됐는데 번번이 실패를 했지. 그건 바로 2,000년마다 오는 우주의 시기 때문이었어."

"한데 내가 나타난 거군."

마불은 아무 말도 하지 않고 눈빛만 마주쳤다. 긍정의 의미였다.

"조상은 예언했지. 헤르메스가 지닌 지팡이를 조심하라고."

"대체 헤르메스가 누구야? 나는 신화를 안 읽어서 잘 모르거든."

"땅의 후손들에게 하늘의 뜻을 전하는 전령이었지. 그는 신들 사이에선 도적의 수호신이라 알려졌지. 그는 가끔 신의 것들을 훔쳐 사람들에게 나눠 주기도 했거든."

"사람 입장에선 좋은 신이었겠군."

"해석하기 나름이지."

"한데 왜 헤르메스가 자네들의 선조들에겐 경계 대상이 된 거야?"

"하늘의 신과 지상의 신의 대립이었으니까. 그리고 영악한 헤르메스는 천손의 편이었지. 사실 아틀란티스의 파워 돔 계획이 실패한 것도 헤르메스 때문이었다는군. 어느 날 침입한 헤르메스가 훼방을 논 거지."

잠자코 듣고만 있던 무혁이 입을 열었다.

"그게 신화였건 지난 사실이었건 간에 나는 신경 쓰지 않아. 다만

지금 내 눈앞에서 너희들이 허무맹랑한 짓을 하려고 하는 게 문제가
될 뿐이야."

마불이 잠시 얼굴을 찌푸렸다.

"우리의 선조들은 세상에 문명을 전한 현자들이야. 그들이 세운 계
획이라면 그다지 허무맹랑하지도 않지. 다만 사람들이 방대하고 치밀
한 그 계획을 이해 못할 뿐이지."

마불이 어느새 날카로운 눈빛을 했다. 모종의 우월감이 드러나고 있
었다.

"나는 그런 건 모르겠고, 그냥 너희들이 하는 짓이 바람직하지 않다
는 거야."

"이봐, 백무혁. 자네는 선택받은 자야. 일반 사람들하고는 다르다는
걸 모르나? 우리가 세상을 나눠 가지면 어때?"

"관심없어."

간단명료한 말에 마불의 눈빛이 심하게 흔들렸다. 그건 일종의 실망
과 당혹감이 서린 눈이었다.

마불은 무혁을 자신과 같은 처지라 생각했던 것이다. 그래서 자신이
가진 양성된 후계자로서의 고민과 고독을 나눌 상대를 만났다고 믿었
던 것이다. 즉, 자신에 걸맞은 친구를 원했다.

하지만 그것도 어떻게 보면 일종의 우월감에서 비롯된 것이었다.

"왜 그런지 물어봐도 되겠나?"

"일단 니들은 생각이 안 좋아. 니들은 너희의 잃어버린 영광을 재현
하기 위해서라면 이 지구의 절반을 죽여도 된다고 생각한다 들었어.
사람 목숨을 파리보다 귀하게 안 여기는 것들은 상종할 필요가 없는
것들이거든."

"이봐, 어차피 한정된 땅덩어리인 지구에 살 수 있는 인구는 한정되

어 있어. 그곳을 좀 더 우월한 사람들로 채우는 게 뭐가 이상하지. 그 것이야말로 훗날 인류가 우주를 지배할 수 있는 힘이 될 거야. 열성인 자를 빨리 줄이는 게 인류를 위한 거라구."

"뭐라?! 지금 그걸 말이라고 해? 열성인자는 사람도 아니란 소리냐!"

"이봐, 백무혁, 흥분하지 말라고. 자네 같은 우성인자가 왜 열성인자 의 편을 드는 건지 답답하구먼."

무혁은 꼭지가 돌아버릴 것만 같았다.

"이봐, 자꾸 꼬시려고 그딴 헛소리를 하는 모양인데, 나는 그런 우성 인자가 아냐. 집에서도 학교에서도 꼴통 소리를 밥 먹듯 들었던 몸이 시라고."

마불은 믿지 않았다.

"그럴 리가 없어! 신들의 선택은 항상 옳았거든. 신은 항상 우성인 자를 택해. 신의 사명을 이뤄야 하니까."

"그건 신의 몫인 거고, 난 나대로 사람의 인생을 살고 싶거든!"

마불의 얼굴이 점점 붉게 물들었다. 더 이상 대화를 해도 무혁이 자 신의 친구가 될 수 없다는 게 안타까웠다.

"하면 자네는 우리의 일을 끝까지 막겠단 소리인가?"

"끝까지 막을 생각은 없어."

"하면?"

갑자기 마불의 얼굴이 밝아졌다.

"다만 허무맹랑한 생각으로 사람 목숨을 개뿔로 알면 막을 거야. 그 러니까 마음만 고쳐먹으면 안 막을 거야."

마불이 무혁의 말에 허탈한 표정을 지었다.

제11장
난세별곡(亂世別曲)

난세별곡(亂世別曲)

“결국… 우리는… 싸워야 하는가.”

마불이 몇 발자국 뒷걸음치다가 돌아섰다. 그는 불꽃이 일렁이는 회랑 끝으로 걸어갔다. 일렁이는 두 개의 성화(聖火) 앞에는 제단이 있었다.

창밖으론 데스밸리 계곡의 전경이 여명 속에 드러나고 있었다. 서서히 태양이 블랙 산맥에서 싹트고 있었다.

지금 무혁이 있는 곳은 사이버 타워의 맨 꼭대기였다.

두 개의 성화 사이에 선 마불이 재단 뒤의 벽면을 건드렸다.

그르르릉.

거대한 벽이 돌고 있었다. 재단 쪽으로 나온 벽의 내부엔 거대한 칼이 한 자루 있었다. 검은 성화의 불꽃에 눈부시게 일렁였다.

벽사마검(碧邪魔劍)!!

무혁의 눈에 놀라움과 흥분이 일었다. 하지만 곧바로 불길한 생각이 머릿속을 무섭게 파고들었다.

"나는 자네와 싸우고 싶지 않네. 자네가 양보하면 안 되는가? 나는 조직에 의해 양성된 자야. 조직의 뜻을 떠나선 아무것도 할 수가 없다네."

"그건 나도 마찬가지야, 마불."

"자네는 혼자가 아닌가. 선택에 의해 자유롭다고 하지 않았나?"

"자유롭지. 하지만 그건 내가 가진 인간적인 것 안에서의 자유야. 나는 흡혈귀도, 살인객도, 냉혈한도 될 수 없어. 왜냐면 나는 실수가 많고 허점투성이의 사람이니까. 그리고 그런 사람을 좋아하니까."

"그럼 나는 아니군!"

"아쉽지만."

마불은 엄중히 경고했다.

"벽사마검은 파워 돔의 촉매제이면서 힘을 조절하는 능력이 있는 신검이지. 그러니 조심하는 게 좋을 거야."

"각오하고 있어."

마불이 거대한 벽사마검을 대수롭지 않게 들어올렸다.

비로소 무혁은 마불이 보통 사람이 아니라는 걸 알아챘다.

"초인이었군."

"그런 셈이군. 어때, 생각을 바꿔보겠는가?"

무혁이 잠시 생각에 빠졌다. 하지만 아무리 생각해도 이건 옳지 않다.

"두 번 말하게 하지 마."

"죽을지도 모르는데……."

마불이 쓸쓸하게 웃었다. 그리곤 마지막으로 입을 열었다.

"나와 다른 생각을 가진 사람이 있다는 게 신기해."

현자들에게 전수받은 지식으로 항상 옳다고 생각되는 것만 배워온 마불이었다. 그리고 그가 말하는 건 항상 인정을 받았고, 그것이 곧 상식이 되었다. 다만 그게 자신의 조직 내에서만이었다는 게 문제였다.

하찮은 외부 세계의 상식은 전혀 쓸모없다고 가르친 그의 스승들이었다.

우우웅.

무혁은 다시 손끝에 이는 떨림을 감지했다. 용광검이 울고 있었다. 위기를 느끼는 듯했다. 다시 한 번 무혁에게 힘이 솟구쳤다.

그그그그긍.

검이 울고 있기는 벽사마검도 마찬가지였다. 점점 무혁에게 다가올수록, 용광검에 다가설수록 벽사마검은 큰 소리를 내고 있었다.

위이이잉잉.

"이야합!"

선제공격에 나선 것은 마불이었다. 좀 전까지 애원하는 듯한 모습은 오간 데 없고, 그의 얼굴에 잔혹할 정도의 냉혈한 눈빛으로 바뀌어 있었다.

"나의 스승들은 내 편이 아니면 모두가 적이라고 가르쳤다!"

말을 마친 마불의 모습이 순간 무혁의 눈에서 사라졌다.

"어?!"

지독하게 빠른 속도였다. 마불을 흑마술을 보여주듯 눈앞에서 사라져 무혁의 머리 위에서 모습을 드러냈다.

"타합!"

맹렬한 기합이 터지며 마불의 벽사마검이 천지를 가를 듯 내리꽂혔다.

너무나 빨라 경계를 했던 무혁이 마치 방심한 듯이 보였다.

급하게 올린 지팡이 위로 검은 살기가 세차게 폭사됐다.

파콰!

"으흑!"

불꽃이 튀기며 무혁의 손목과 어깨가 끊어질 듯이 저려왔다. 기와 기의 부딪침에 엄청난 파공음만이 작렬했다.

간신히 머리 위에서 멈춰 세웠지만 강력한 파괴력은 계속 무혁의 몸을 밀어냈다.

마불의 두 번째 공격이 이어졌다.

이번엔 좀 더 준비를 해서 벽사마검을 막았다. 차츰 그 속도에 적응된 덕분이다.

콰콰콰콱!

좀 전과 같이 피하지 않고 작심을 하고 받아내자 벽사마검의 날이 지팡이의 중간에 단단히 박혔다. 하지만 이미 예상을 했던 듯 마불은 모든 힘을 쏟아 부었다.

"끄흑!"

주르르륵.

강한 충격과 함께 무혁의 몸이 밀리더니 벽에 가서 부딪쳤다.

척추를 타고 오르는 충격에 심장에 가득 찼던 피가 입을 통해 쏟아졌다.

쩌어엉.

지팡이의 신음 소리가 손끝을 타고 무혁의 몸속에 맴돌았다.

벽까지 밀려간 벽사마검의 검기가 뒷벽을 갈라놓았다.

우르르릉.

투드득!

급기야 먼지를 내며 무너져 내렸다.

무혁이 절박한 심정으로 좌우로 흔들어 지팡이를 빼내려고 했지만 마불의 힘에 의해 꿈쩍도 하지 않았다.

마불의 눈동자가 음흉하고도 음산하게 바뀌어 있었다. 싸늘한 비웃음을 하나 가득 흘리며, 피에 굶주린 흡혈귀 같은 얼굴이었다.

무혁은 두 차례의 수를 나눴지만, 그것만으로 마불이 자신에겐 버거운 상대라는 걸 느꼈다. 엄청난 공력과 엄청난 검이었다.

하지만 그대로 무너질 순 없었다. 이대로 무너지면 암흑만이 존재하게 된다. 그리고 많은 사람이 죽게 될 것이다.

"흐흐흐, 애처롭군."

순간 마불의 양손에 힘이 몰리며 잔혹한 핏빛 어둠이 무혁을 향해 뻗쳐 올랐다.

높이 쳐든 벽사마검에서 흉포한 흑색의 검기가 머리 위에서 무지막지하게 쏟아졌다.

파악악!

폭사되었다는 말이 맞을 것이다.

"흐헉!"

자신도 모르게 심장에서 피가 솟아 입으로 튀어나왔다. 온몸의 힘이 한순간에 빠져나갔다.

무혁은 바닥을 떼굴떼굴 굴렀다. 뇌려타곤. 하지만 이 마당에 창피할 건 또 뭐가 있는가.

"아주 구차하군. 나 같으면 차라리 검을 맞고 말겠어."

"그건 내 스타일이 아냐. 죽을 마당에 있는 폼 없는 폼 다 잡을 정도로 한가하지 않거든."

순간 마불은 실망감을 나타냈다. 자신과 같은 우월한 존재라 여겼던 인물에 대한 일말의 존경심이 무너지며, 도리어 자신이 무시당한 기분이 들었던 것이다.

"이이이, 이놈이!"

마불의 입에서 거친 말이 튀어나왔다.

"그래, 바로 그거야. 화가 나면 욕을 하니 얼마나 좋냐? 네놈도 결국 사람이니까 이해해."

갑자기 그 말에 마불은 모욕감을 느꼈다. 자신은 항상 남보다 우월하고 다르다는 생각을 하고 살았기 때문이다.

한데 자신보고 평범한 사람과 다를 바 없다고 하니, 거칠게 말을 한 것 자체가 스스로 인정한 꼴이 된 것이다.

"이놈, 그 입을 갈라주마."

"욕 잘하는구나. 좋았어. 이제 스타일이 비슷한걸. 그럼 친구해 볼까?"

"닥쳐라, 이놈아! 너같이 천박한 놈이 어디서!!"

파학!

흥분한 마불이 또다시 허공을 갈랐다. 검의 무게만 해도 육중한 벽사마검이었다. 마계의 힘을 지니고, 거기다가 초인이 돼 능력을 배가시켰으니 어마어마한 힘이 폭주하기 시작했다.

우드드득!

뻗힌 살기에 사이버 타워의 유리창이 순서대로 터져 나갔다.

파바바바팍!

날카로운 유리 파편이 무혁의 얼굴과 몸을 찢어놓았다.

초반에 기선 제압을 빼앗겼던 게 화근이었다.

마불이 다시 벽사마검에 공력을 끌어올리자 검날에 살기가 일렁였다.

"이야합!"

손목이 저리고 온몸에 힘도 빠져나가 버려 궁지에 몰린 무혁. 하지만 마지막이 될지도 모른다는 생각이 들자 갑자기 오기가 뻗쳤다.

"그래, 어디 한번 붙어보자, 시방새야!"

용광검의 기운을 끝까지 끌어올려 자신의 공력에 혼합시켰다.

'이번 한 번만 더 막자.'

결과는 장담할 수 없었다. 일단 무조건 일합을 막고 나서 생각해 볼 생각이었다.

"이야아앗!"

순간 지팡이에서 방어막 같은 하얀 빛줄기가 일어나며 검은 살기와 맞섰다.

우우우웅.

하얀 방어막과 검은 살기가 폭발했다.

콰콰콰콰쾅!

마불이 눈썹을 찡그렸다.

"제법이구나, 하지만!"

촤촤촤촤촤착!

광포한 검은 살기는 하얀 방어막을 가르며 그대로 내리꽂히고 있었다.

"우흡! 너무 강하다."

그렇다고 지팡이를 치운다면 몸통이 그대로 갈라질 판이었다.

카칵!

벽사마검이 지팡이에 박히며 부러질 듯이 휘청 휘어졌다.

하지만 지팡이도 신의 영물이라고 했다. 서서히 반발을 일으키며 원래의 수평을 유지했다.

문제는 무혁이었다. 지팡이를 들고 있는 양어깨가 빠질 듯이 저렸다.

'아악, 엄청난 힘이다!'

"후후, 이젠 가둬야겠어."

마불은 공중에 뜬 상태에서 지팡이에 박힌 검에 공력을 실어 내리눌렀다.

무혁이 서 있는 바닥이 갈라지기 시작했다. 균열은 점점 번져서 앞뒤를 갈라놓고 있었다.

"제길."

절체절명의 위기 속에 거대하고 끈질긴 어둠이 서서히 다가오고 있었다. 버티고 있는 힘이 소진되면 무혁도 끝나고 모든 게 끝난다.

차라리 이대로 죽어버릴까. 막막해진 무혁이 자포자기의 심정에 치달았다.

일단은 버텼지만 점점 가까워지는 살기가 이마 위에 도달해 머리카락이 잘려 나가는 와중까지도 달리 다른 방도를 못 찾고 있는 무혁이었다.

태초에 혼돈이 있기 전과 같은 고요가 찾아오고 있었다.

지팡이는 왜 용광검이라 불렸을까?

밑도 끝도 없는 말이 마치 옆에서 누군가 귀띔이라도 해주는 듯이 귓전에 들려왔다. 그건 나오미의 목소리 같기도 했으며, 스승 팔공의 전음 같기도 했다.

뜬금없는 소리에 피폐되어 가던 정신이 퍼뜩 들었다.

"용이 비틀리는 날, 엄청난 하늘의 힘이 쏟아져 내린다……."

환청이었을까?

하지만 소리의 진원을 따질 겨를이 없었다.

깨달음이란 한순간이다.

무혁은 그제야 알게 됐다.

"으아합!!"

무혁의 입에서 일기가성이 튀어나왔다. 두 발로 바닥을 찬 반발력이 곧추선 척추를 타고 올랐다. 대추혈(大椎穴)에 고인 힘이 어깨인 운문혈(雲門穴)에서 또렷하게 양팔로 갈려져 나갔다. 갈라진 두 개의 힘은 손목인 양지혈(陽池穴)에 단단히 맺혔다. 태양 빛이 가장 많이 머문다고 해서 붙여진 혈도였다.

초인 무혁.

마치 지팡이를 부러뜨릴 듯이 손목에 강한 힘이 가해지며 양손을 비틀었다.

가각! 으드드득.

카앙!

뜻하지 않았던 청명한 소리.

카앙!

파워 돔 안을 공명시키며 지팡이는 이제 막 잠에서 깬 듯 이제 제 스스로 울음을 토해내고 있었다.

파핫!

순간 광채가 솟구쳤다.

흑색 검기가 폭사되어 내리는 사이로 백색 검기가 솟구쳐 올랐다. 너무나 크고 위대해서 무척 느려 보였지만 어느 순간 백색 검기는 눈앞에 존재했다.

마불은 시린 자신의 눈을 의심했다.

“검?!”

하지만 경탄을 흘리기도 전에 사태는 빠르게 진행됐다.

스르르릉.

무혁의 손끝을 따라 험궂은 두 마리 용이 갈라지고, 어느새 지팡이는 둘로 나뉘어져 있었다.

검, 검이었다. 용의 빛을 닮은 형형할 수 없이 밝은 검.

"으아악!"

숫구치는 빛을 정면에서 받은 마불이 비명을 내질렀다. 녀석은 당황하고 있었다.

"이거였군!"

용광검의 기운이 팔목을 타고 어깨로 모여져 척추로 고였다. 그곳에서 잠시 웅크리더니 박하같이 환한 느낌이 폭발하며 정수리까지 뻗쳤다.

쿤달리니의 기상(起牀). 드디어 무혁의 전신이 깨어나고 있었다.

강력한 빛과 함께 팽팽한 활시위처럼 몸이 휘어진 무혁이 대지를 박차고 공중으로 숫구쳤다.

"타합!"

주체할 수 없는 힘으로 인해 까마득히 올라선 무혁의 양손이 천천히 머리 위로 올라갔다. 다시 강력하게 앞으로 팅겨졌다고 느낀 순간, 둥근 원을 그리며 섬광같이 섬뜩한 용의 발톱이 앞으로 쏟아졌다.

카아악!

마불이 황급히 벽사마검을 횡으로 들어 백색 검기에 맞섰다.

쿠오오오!

"크아악!"

빛에 눈이 먼 마불이 괴악스런 비명을 내질렀다. 그걸로 끝이었다.

빛의 소리가 지나간 허무. 오만한 육체의 감각은 무능을 시인해야 했다.

단말마의 비명 소리가 터져 나오며 벽사마검에 균열이 일었다. 검날에서 시작되어 배(背)로 옮겨지더니 급기야 반대편에 닿으며 하나의 선을 완성했다.

스스슥.

검신이 두 개로 나눠져 미끄러져 내렸다.

챙그랑!

두 동강이 난 벽사마검.

쿠아아아아아!

짝을 잃어버린 벽사마검에서 천둥 같은 울부짖음이 터져 나왔다. 흡사 광기의 몸부림 같았다.

깨어져 벌어진 벽에서 햇살이 새어 들어오고 있었다. 빛을 마주하고 있는 무혁의 얼굴은 눈부시게 밝아져 있었다. 점점 더 밝아지는 빛, 너무나 밝은 빛에 그 형체를 알아볼 수조차 없게 변했다.

손목을 비틀자 용광의 검이 잠시 번뜩였다.

어느새 용광검은 마불의 목젖에 닿아 있었다. 검날이 부러져 나간 검병(劍炳)을 잡고 그는 넋이 빠져 있었다. 마불의 이마에서부터 아래까지 가는 실선이 그어져 있었다.

“끄흑.”

핏물이 가늘게 흐르기 시작했다.

“다 끝났어. 마불, 네가 진 거야.”

더 이상은 움직일 필요도 없을 만큼 가까운 거리. 낮은 호흡 속에 잠깐의 살기만 품으면 모든 게 끝날 성싶었다.

무혁과 마불 사이에 많은 생각이 지나가고 있었다.

황망한 눈길로 마불은 혼란스러워하는 소리만을 되풀이하고 있었다. 이미 생사의 문제는 훌쩍 뛰어넘은 듯했다.

오로지,

“신검이…… 전쟁의 신 마르스의 검이 어떻게…….”

무혁의 얼굴은 무덤덤한 표정이었다. 오로지 눈빛만이 깊고 은은하게 흘러나와 성스럽게까지 보였다.

“군신의 검이라 하더라도 하늘 최고의 보검을 이길 수는 없었군.”

"헤르메스의 지팡이가 검이었다니! 현자들은 그런 말을 한 적이 없었는데……."

"마불, 이건 해모수의 용광의 검이야."

무혁도 이제야 깨닫고 있었다. 그건 오룡차를 탄 해모수가 하늘에서 내려올 때 가지고 온 것임을.

"해모수의 용광의 검? 해모수는 누구인가?"

"깃털이 달린 관을 쓰고 용광의 칼을 들고 하늘을 나는 오룡차로 하늘을 오가며 세상을 다스렸다는 사람."

"그랬군."

"뭐가?"

마불은 뭔가 알 법하단 여운을 남겼다.

"페타소스라 불리는 날개 달린 모자와 뱀 문양이 새겨진 지팡이를 들고 날개 달린 샌들을 신고 하늘을 오갔다던 전령신 헤르메스."

마불은 알 수 없는 웃음을 흘렸다. 약간은 자조적인 웃음이었다.

"헤르메스(Hermes)와 해모수(Hermos). 한민족의 역사를 조사해 보지 않은 현자들의 실수였군. 그랬다면 용광검을 막을 수 있었을 텐데."

과연 마불의 생각대로 같은 인물이었을까.

글쎄, 그건 죽어가며 정신이 혼미해지고 있는 마불의 생각일 뿐 자세한 내막을 모르겠다.

얼굴에서 흐르는 빗물이 점점 많아지고 있었다.

"백무혁, 고마웠네."

"뭐가?"

"죽여줘서. 사실은 나도 조직의 규율이 버거웠거든."

죽여줘서 고맙다니, 하지만 사실이었다.

마불은 자신이 영재 교육이란 명목으로 조직에 의해 세뇌당한 것에 깊은 회의를 느끼고 있었다. 그러면서도 조직에 대한 사명감에 스스로 목숨을 끊지도 못하는 괴리감이 깊이 자리하고 있었던 것.

처음부터 창백한 마불의 모습이 별다른 감정도 없고, 권위적이지도 않으면서 음울해 보인 것도 그 탓이었다. 그는 깊은 허무주의에 빠져 있었던 것.

"백무혁, 욕망 때문에 그들은 결코 포기할 사람들이 아냐."

"그건 또 무슨 말? 자네는 죽어가고 있고, 촉매제인 벽사마검은 부러졌으니 이미 다 끝났잖아."

"피식, 어차피 우주의 시기는 또 돌아오게 되어 있어. 다시 이천 년이 걸리든 만 년이 걸리든. 시간이 갈수록 더욱 완벽한 계획이 출현할 것이야."

"그럼 그놈들을 찾아 말살하면 되겠군."

"그들은 필요하면 수백 년을 지하 세계에 숨어 모습을 드러내지 않을 수 있는 사람들이야. 없는 자들과 마찬가지지. 있으면서도 없고, 없으면서도 존재하는 조직이니까."

"그럼 차후 놈들의 은신처를 말해줄래?"

"호호, 그건 나도 모르지."

"다만 이 후의 일이 어떻게 벌어질지는 예견할 정도랄까?"

"어떻게 되는 건데?"

"일단 자네는 이곳을 지금 당장 빠져나가야 해. 흡혈편복 원로가 이곳을 패쇄할 거거든."

"패쇄? 이 거대한 건물을?"

"붕괴시킬 거야. 이곳에는 첨단의 시설과 고대의 지식이 집약되어 있거든. 그리고 벽사마검은…… 커헉!!"

갑자기 마불이 벌어진 입을 다물지 못했다.

“이봐, 왜 그래?”

입 안의 헛바닥처럼 솟구친 은빛 칼날이 보였다. 뒷목에 박힌 칼날이 입을 꿰뚫었던 것.

무혁은 그 단검을 본 적이 있었다.

마교 동혈에서 대학사 장동건의 가슴팍에 꽂혀 있던 것과 같은 단검, 흡혈편복이었다.

놈은 급히 벽사마검이 숨겨져 있던 벽면 속으로 숨어 들어갔다.

“저런 박쥐 새끼, 가만 안 둔다!”

무혁이 흡혈편복을 잡으러 자리를 옮기려 할 때였다.

마불이 안간힘을 쓰며 손을 들어올렸다. 마불은 더 이상 입을 놀리지 못했다. 피가 목을 타고 들어가며 숨을 몰아쉬는 횟수가 잦아졌다.

맥없이 경련을 일으키면서도 손을 내리지 않았다. 가까스로 입을 어물거려 보지만 더 이상 말은 나오지 않았다.

손을 잡아달라는 의미였다. 마지막 모습이었다. 마불은 외로워하고 있었다.

무혁이 손을 내밀어 꽉 쥐어줬다. 마불의 힘들어하는 모습을 안타깝게 보던 무혁이 말했다.

“그만 좀 쉬어…….”

마불이 영롱하게 무혁을 올려다봤다.

생각보다 그 눈은 무척 맑고 깨끗하다는 걸 알곤 무혁은 잠시 당황했다.

“너, 외로웠구나.”

고맙다.

살짝 그 눈가에 웃음이 보였다.

스르르.

마불의 눈이 감기며 평온한 빛이 떠오르고 있었다. 마불의 창백한 피부가 더 하얗게 변하며 경련이 멈췄다. 이제야 평안해 보였다.

마불의 예고는 곧바로 나타났다.

사이버 타워의 창틀이 우그러지더니 천장 벽에 균열이 일어났다.

짜아아악!

무너지고 있었다.

"남덕 형, 어딨어!"

"나 여기 있다, 시방새야!"

남덕이 어깨에 반월도를 꽂고 피를 흘리며 서 있었다. 삽으로 가까스로 지탱하고 반대편 손으로는 나오미를 잡은 채.

"시방새, 도와주지도 않고 혼자 폼은 다 잡고 있더라!"

하지만 무혁은 대꾸도 하지 않았다. 오로지,

"오미야! 괜찮은 거야!"

"무혁아, 나도 얘기 좀 하자. 내 말에 귀 좀 기울여줘. 나 죽는 줄 알았다구. 힝힝."

무혁은 계속 모른 척하며 나오미의 입술에 키스를 퍼부었다.

"가자, 가. 고생 많았지?"

"무혁아, 나 죽는 줄 알았다니까. 놈들이 끝없이 덤벼드는데, 정말!"

"나오미야, 얼렁 나가자. 이거 곧 무너질 거래! 남덕 형도 가자!"

남덕이 보기엔 이런 동문서답이 없다.

무혁이 나가고 나서 남덕마저 그 뒤를 떠나자 회랑이 내려앉았다. 사이버 타워가 흔들리고 있었다.

이미 무너져 조용해진 회랑의 벽면이 돌아가며 흡혈편복이 다시 모습을 나타냈다.

"또 기다려야 하는가."

한숨 짓던 흡혈편복은 부러진 벽사마검과 검집을 회수했다.

그때 출입구에서 인기척이 있었다.

"누구냐!"

"나, 나요, 편복 원로."

그자는 오브랄리우스였다. 깊은 외상을 입고 있었다.

"이게 어찌 된 일이요, 편복 원로?"

흡혈귀라고 평소에 조롱하던 자가 존칭을 쓰며 불렀다. 그만큼 위축되어 있단 뜻.

이를 가증스럽게 여긴 흡혈편복의 눈이 붉게 돌변했다.

"모든 게 끝났지. 자네만 빼고."

"무, 무슨 뜻이지요, 편복 원로?"

흡혈편복은 대답을 하지 않고 싸늘하게 다가섰다.

"왜, 왜 이러시오?"

"현자들의 뜻이고, 조직의 뜻이다, 오브랄리우스."

흡혈편복이 부러진 벽사마검의 검병을 들어올렸다. 반 토막 난 검날이 남아 있었다.

"알고 있지 않은가. 부러진 벽사마검은 피를 먹여 천 년을 잠재워야 재생이 된다는걸."

"한데 나한테 왜……."

"조직의 성스러운 자의 피여야만 하니까."

사각.

벽사마검이 바람을 일으키며 오브랄리우스의 목을 지나쳤다.

피가 솟구쳤다.

흡혈편복은 검집을 내밀어 피를 채웠다.

부러진 칼날을 넣고 그 위에 검병을 넣어 막았다. 피가 흥건히 넘쳐 흘렀다.

"이 정도면 충분해."

흡혈편복이 다시 회전 벽면 속으로 사라졌다.

구르르릉.

콰콰콰쾅!

파워 돔이 파괴되고, 사이버 타워가 먼지를 일으키며 땅속으로 기어 들어가며 무너지고 있었다.

"형, 달려! 오미는 업혀!"

무혁이 사력을 다해 탈출을 했다.

"건물 무너지는 데 이젠 노이로제 걸리겠다. 무혁아, 나도 업히고 싶다. 힝힝."

남덕은 뒤뚱거리면서도 맹렬히 무혁과 나오미의 뒤를 따랐다.

구구구구구구쿵! 와르르르!

건물 잔해가 일으킨 먼지가 하늘을 가릴 정도로 솟구쳤다. 한참 후 먼지가 사라졌을 때, 데스밸리의 협곡 사이에 웅장했게 서 있던 건물은 더 이상 찾아볼 수 없었다. 사막 데스밸리에 고요가 찾아오고 있었다.

구름을 벗어난 해가 하늘 중간에서 빛을 발하고 있었고, 무혁이 쥐고 있던 지팡이는 더욱 창연하게 자태를 뽐내고 있었다.

한순간 모든 것이 멈춰짐을 느꼈다.

멈춰진 그대로 시간은 거대하게 흘러가고 있었다.

아주 짧기도 했고, 길게 늘어난 듯도 하고.

아주 긴 시간이 흘러가고 있었다. 이 아득함은 뭘까.

퍽퍽퍽!

남덕의 부산한 삽질이 이어졌다.

"무혁아, 후회하지 않겠어?"

"응."

난세엔 난세에 필요한 사람이 있다. 난세가 끝나면 범부로 돌아가는 것 또한 하늘의 이치다.

삼별초 섬.

황토바람이 밀려와 이내 무혁을 휩쓸었다.

먼지들은 어딘가에 잔잔히 내려앉아 지난했던 과거를 잠재우고 새로운 땅을 이루게 할 것이다.

무혁은 어느 날 문자 한 통을 받았다.

제자여, 들으라.

비바람이 거칠면 땅속의 자갈이 드러나지만

날이 개이면 다시 시간과 함께 흙속에 감춰지는 법.

난세가 끝나면 영웅은 루구를 벗고 평범함으로 돌아가는 것이다.

무혁에게 제자라 부를 수 있는 단 한 사람, 팔공 대사뿐이었다.

무혁은 반가운 마음에 통화 버튼을 눌렀다.

하지만 전화는 끝내 받아지지 않았다.

"다 묻었다. 무혁아, 너 정말 후회 안 해?"

아득한 시간이 흘러가고 있었다.

문득 정신을 차렸을 때, 영겁의 시간이 흘러 자신을 아는 사람은 더는 없을 것 같다는 착각이 들었다.

남덕이 용광검을 매장하고는 무혁을 불렀다.

"다 했어?"

"응."

남덕은 땅을 발로 꼼꼼히 다지며 대답했다.

"삽 좀 줘봐, 형."

"왜? 뭐 묻을 거 남았니?"

스스럼없이 자신의 애삽을 건네며 물었다.

무혁은 대답하지 않고 삽질을 해댔다.

"무혁아, 뭐 또 묻을 거 있냐구? 내가 할게."

"아니, 됐어."

대수롭지 않게 대답한 무혁이 혼잣말을 흘렸다. 물론 남덕이 들으란 소리다.

"이제 형도 들어가야지."

무혁이 장난기를 쏘옥 감추고 말했다.

"어딜?"

"사실, 형은 너무 많은 걸 알고 있어. 형도 알다시피 용광검의 비밀은 지켜져야 하잖아. 그렇지?"

"으혁! 무, 무혁아, 너 왜 그래!"

후덜덜덜.

"나는 집에 늙으신 부모님도 계시고, 이번엔 효도를 제대로 해보고 싶어."

여전히 무혁은 대수롭지 않게 묵묵히 삽질했다.

남덕이 떨리는 목소리로 말했다.

“그리고 나는 아직 장가도 못 갔고, 궁뎅이 토실토실한 마누라랑 알콩달콩한 자식도 번듯하게 키워보고 싶었고, 내 불알친구 요미우리하고 산에 개 끌고 가서 된장 바르자는 약속도 아직 못 지켰는데.”

“대의를 위한 일에 그런 사사로운 정에 끌리면 안 되는 거야. 들어가자, 형.”

구덩이를 어느 정도 파놓고 다정한 목소리로 무혁이 권했다.

“그, 그렇긴 하다만 나는 인정할 수 없어. 덜덜덜. 나 먼저 갈게! 미안해, 니 소원 못 들어줘서!”

남덕은 냅다 도주했다. 남덕이 뒤도 안 돌아보고 달리며 외쳤다.

“형, 삽 가져가야지.”

“저놈은 미쳤어! 감히 나를…… 으아앙!”

‘흐흐, 귀여운 남덕 형.’

시원한 바람을 맞으며 배가 있는 곳으로 발걸음을 옮겼다.

서울로 올라가야 했다.

곧 개업식을 하는 날이다. 당연히 나오미와 같이하는 빵집이다.

생각만 해도 기분이 참 좋다.

무혁은 삽자루를 둘러메고 휘파람을 바람에 흘렸다.

섬은 다시 회오리 물살에 휘감기며 인적이 다녀간 흔적을 감추기 시작했다.

『소림, 프라이드에 가다』 終